公开的秘密

［加拿大］艾丽丝·门罗 著
张洪凌 译

Open Secrets

Alice Munro

新经典文化股份有限公司
www.readinglife.com
出 品

这本书献给我忠诚的朋友们——

达夫妮和戴尔德丽、奥德丽、萨利、朱莉、米尔德丽德，
还有安、金杰和玛丽

目录 | Contents

1　忘情

55　真正的生活

87　阿尔巴尼亚圣女

141　公开的秘密

177　蓝花楹旅馆

211　荒野驿站

251　宇宙飞船着陆

289　破坏者

忘情

信

在商务旅馆的餐厅里，露易莎打开了当天收到的海外来信。晚餐她照例吃了牛排和土豆，喝了一杯红酒。餐厅里有几位客人，还有那位因鳏居每晚必至的牙医。起初他对她颇为中意，后来又说自己从没遇到过会喝酒的女士，不管是红酒还是白酒。

"我是为了健康的缘故。"露易莎郑重地说。

白桌布每星期换一次，上面还铺了一层保护油布。冬天，油布用厨房里的抹布擦过，散发着一股油腻味儿。这种气味跟炉子里的煤烟味，还有牛肉汁、烤土豆和洋葱的香味混在一起，对任何饿着肚子从寒冷中走进餐厅的人来说，都不会感到不快。每张桌上都放了一个小调味架，上面搁有一瓶浇汁、一瓶番茄酱和一罐山葵酱。

信封上写的收信人是安大略省卡斯泰尔斯市公共图书馆的图书管理员。信是在六星期前发出的，日期是一九一七年一月四日。

这封信也许会让你吃惊，你不认识写信的人，他也不记得你的名字了。我希望你还是同一位图书管理员，尽管时光流逝，你可能已经开始新的生活。

　　让我住进这家医院的伤并不严重。周围情况比我糟的人多的是。我可以靠想象来分散注意力，比如你是否还在那家图书馆工作。假如你就是我想写给的那个人，你应该是中等个头，也许稍矮一点，有一头淡棕色的秀发。你在我入伍前的几个月开始在图书馆工作，接坦布琳小姐的班，她从我十岁左右刚办借书卡时就在那儿工作了。在她工作的那会儿，书基本上是乱放一气。你要抱着求生的勇气开口找她帮哪怕是最小的忙。她可是个凶神恶煞的女人。然后你来了，一切都变了。你把所有的书分门别类，**小说和非小说**，**历史和旅游**。杂志也被你整理得井井有条，新一期一到就上架，不像过去一直等到它们被遗忘，变成老皇历。我对你非常感激，却不知如何表达。我也想知道你怎么会来我们这儿，你可是个受过教育的人。

　　我叫杰克·阿格纽。我的借书卡就躺在抽屉里。我借走的最后一本书相当不错，是 H·G·威尔斯的《人类的构建》。我只上到了高中二年级，然后就跟许多人一样去了道兹上班。我没有在十八岁的时候马上参军，所以你大概不会觉得**我是个勇敢的男人**。我一直都是个有自己想法的人。不管是在卡斯泰尔斯还是其他什么地方，我唯一的亲人是我父亲帕

3

特里克·阿格纽。他也为道兹家族工作,不过不是在厂里,而是给他们家当园丁。他比我更像一头独狼,一有机会就去乡下钓鱼。我有时候给他写信,但怀疑他是否会读。

晚饭后,露易莎去了二楼的女士会客室,坐在桌旁写她的回信。

  我很高兴你喜欢我在图书馆做过的一些事,不过是些日常整理,没什么特别之处。

  我想你一定想听一些家乡的新闻,但我不是本地人,恐怕不是合适人选。我倒是常跟图书馆和旅馆里的人聊天。旅馆里的客人谈得最多的是买卖(只要能拿到货,马上就能脱手),然后是一点儿疾病,还有很多关于战争的事。这儿有关于谣言的谣言,源源不断的意见和看法。听到那些高见你一定会大笑,如果它们没有让你生气的话。我不想费神把它们记下来——我确信我们的通信会接受审查官检查,他读了会把这封信撕成碎片。

  你问我是怎么到这儿来的。其实这里面没什么故事。我父母都已过世。我的父亲曾在多伦多的伊顿百货商店工作,他在家具部。他死后我母亲接替了他,在针织部。我在那儿也工作过一段时间,在图书部。可以说伊顿就是我们的道兹。我毕业于贾维斯学院,生过一种病,并因此住过很长时间的医院,但现在差不多全好了。

我看书的时间很多。我最喜欢的作者是托马斯·哈代。很多人批评他太悲观，但我觉得生活就是他写的那个样子。此外还有薇拉·凯瑟。前任图书管理员去世的时候，我刚巧路过这个小镇，心想这份工作也许是老天赐给我的。

*

你的信今天到得正是时候，因为我马上就要出院，不知道信会不会被转到新驻地。我很高兴你没觉得我的第一封信很冒失。

如果你碰到我父亲或别的什么熟人，请不要提及我俩通信的事。这是我们之间的私事，与外人无关。我知道会有许多人嘲笑我给一个图书管理员写信，就和当年那些人嘲笑我去图书馆一样。为什么要满足他们的这种心理呢？

我很高兴自己能够离开这个地方。我比身边那些失去双腿或视力的人要幸运多了。他们将不得不离群索居，避开世人的目光。

你问我住在卡斯泰尔斯的什么地方。那不是什么值得炫耀的地方。假如你知道果醋山在哪儿，你可以在百花路上拐个弯，右边的最后一栋房子就是我家，它有一段时间给漆成了黄色。我父亲种土豆，不知道现在还有没有在种。以前我常常推一车土豆在镇上叫卖，每卖一车土豆我可以留下五分钱。

你提到喜欢的作家。有一阵子，我非常喜欢赞恩·格雷①，不过后来，我的兴趣从小说转到了历史和游记。有些书超出了我的理解能力，但我确实从中学到了东西。前面提到的 H·G·威尔斯是一个，写宗教的罗伯特·英格索尔是另一位。他们的作品给了我很多思考。如果你笃信宗教，我希望我没有冒犯到你。

一个星期六的下午，我到图书馆的时候你刚刚打开门，正一盏一盏地开灯。天下着雨，光线十分昏暗。你没戴帽子也没打伞，头发给雨水淋得湿漉漉的。于是你取下发夹，把长发披下来。冒昧问一句：你现在还留着长头发吗？还是已经剪短了？你走到暖气炉旁边甩弄你的头发，水珠滴在上面，如煎锅里的油一样嘶嘶作响。我坐下来读《伦敦新闻画报》上的战争消息。我们相视而笑。（我写这些不是想说你的头发油！）

*

我的头发还没有剪短，尽管我时常有这样的冲动。阻止我的是虚荣心还是懒惰，我也不知道。

我没有宗教信仰。

我去果醋山找到了你家的房子。土豆长势喜人。一条狼狗对我的出现不太欢迎。是你的狗吗？

天气相当暖和了，河里已经发过一次洪水。我猜，这

---

① 赞恩·格雷（Zane Grey，1872—1939），美国小说家，擅长创作冒险小说。——编者注（本书注释若无特殊说明，均为编者注）

是每年春天都会有的。河水灌进了旅馆的地下室,不知怎么污染了我们的饮用水。我们因此喝到了免费的啤酒或姜汁汽水。不过只有我们这些在旅馆常住或小住的人才有。你可以想象大家是如何拿这件事寻开心的。

我应该问你要不要我给你寄点什么。

*

我不需要什么特别的东西。我可以领到香烟和其他一些小玩意儿,都是卡斯泰尔斯的妇女们寄来的。我倒是想读一读你提到的那些作家,但在这儿恐怕没法办到。

前几天,这儿有一个人犯心脏病死了,成为我们这儿轰动一时的新闻。你听说过这事儿吗?这儿的人不分白天黑夜地讨论这件事。谈完大家就忍不住笑。似乎有些冷血,但这事儿确实匪夷所思。战火并不激烈,因此他不太可能是给吓死的。(事实上他当时正在写信,所以我最好也小心为妙。)在他之前和之后,人们或死于子弹,或死于炸弹,只有他的死最有名,死于心脏病发作。人人都说他千里迢迢,花了军队那么多钱,为的就是来前线得心脏病。

*

今年夏天特别干燥,载着水箱的车每天都在街上洒水压尘。孩子们跟在后面手舞足蹈。镇上还有一件新鲜事——一辆卖冰激凌的小推车,一路上铃铛响个不停,孩子们对它很上心。推车的就是在厂子里出事故的那个男人——你知道我说的是谁,不过我想不起他的名字了。他肘关节以下的一截胳膊全没了。我的房间在旅馆三楼,简直就是一个小火炉。我经常在外面散步至午夜时分才能去睡觉。很多人都这样,有时还穿着睡衣。如同一个梦。河里还有一些水,刚好够划船。镇上卫理公会的牧师就在八月的一个星期天去河里划了船。他为镇上的居民祈雨。但船上有个小洞进了水,先是打湿了他的鞋,后来整条船都沉了下去,他独自站在河中央,其实水还没有到他的腰部。这是个意外还是个恶作剧?大家都说他的祈祷应验了,只是方向搞反了。

我时常散步路过道兹家。你父亲把草坪和树篱打理得很漂亮。我喜欢那栋房子,看上去既别致又通透。不过就连那儿也未必凉快,因为我常在深夜听到母亲和小女孩的声音,她们好像在草坪上乘凉。

*

我说过我什么也不需要,但有一样东西我很想拥有,那就是你的照片。我希望这个要求不会让你觉得我越界了。也许你已经跟什么人订了婚,也许你另有心上人,你会给他写信,就和给我写信一样。你是一个出众的女孩,假如有军官追求你，我也不会吃惊。但现在我已经开了口，说出的话难以收回，我还是让你决定该怎么对待我。

露易莎今年二十五岁，曾经坠入过一次爱河，跟一个在疗养院认识的医生。她的爱最终得到了回应，代价是那位医生丢了工作。至于是疗养院让他走人还是他自己害怕陷得太深而逃离，露易莎对此有过痛苦的怀疑。他已婚，有孩子。通信在他们的交往中也起到了一定作用。他离开后，他们仍然给对方写信。她出院后他们还通过一两次信。然后她让他别再写信，他也就没再写了。收不到他的信，她离开多伦多，干起了推销的工作。这样一星期她只会失望一次，在周五或周六晚上回去的时候。她的最后一封信写得冷淡而坚定。那种悲情女主角的感觉挥之不去，伴她四处旅行，特别是在她拖着旅行箱上下小旅馆的楼梯，谈论巴黎时尚并吹嘘她的样品帽子有多么迷人然后独自饮酒之时。如果那个时候她有人倾诉，她一定会对这个念头冷嘲热讽。她会说爱情都是哄人的，是种欺骗，她确实这么认为。但是一想到爱，她仍然会感受到一种静寂，一阵沿着神经末梢传递的微颤，一种感官的臣服，和难耐的虚脱。

她去照了一张相。她知道自己想要什么样的效果。她想穿一件简单的白上衣，乡村女孩的那种罩衫，脖子上的系带散着。她根本没有这样一件上衣，事实上她只在照片里看到过。她也想把头发披下来。假如要扎起来，她会把它松松地盘起来，用珍珠发绳固定。

然而照相那天，她还是穿了那件蓝丝绸衬衣，头发也扎得跟平常一样。她觉得照片上的自己面色苍白，眼神空洞，表情也比想象的严肃，看上去十分不安。不过，她还是把照片寄出去了。

我没有订婚，也没有心上人。我曾经恋爱过一次，最后不得不分手。当时我很痛苦，不过我知道自己只能忍受。现在我相信那是冥冥之中的天意。

她当然也绞尽脑汁地回忆过他。她记不得自己曾像他说的那样甩过头发，或者在水珠滴到暖炉上时对一个年轻男人微微一笑。很可能这一切都是他梦中所见，他可能真做过这么一个梦。

她开始关心战事，比以往更注意细节。她不再试图忽略它。上街的时候，她觉得自己跟其他人一样，脑子里充满了令人激动不安的消息。圣康坦、阿拉斯、蒙迪迪耶、亚眠，然后索姆河那一带也起了战事。之前那儿是不是已经打过一场仗了？她在桌上放了一张战事地图，有摊开的杂志那么大。她顺着不同颜色的线看到德国人挺进马恩，美国人在蒂耶里堡发起第一次进攻。她注视着一些发黄的艺术照片：空袭中扬蹄而立的一匹战马，在东非喝椰汁的几个士兵，一队表情阴郁的德国囚犯，他们的脑袋或四肢上扎着绷带。现在她能明白大家的感受了——持续不断的恐惧和担忧，伴着上瘾似的刺激。从此刻的生活抬头仰望，你能感觉到世界正在墙外裂开。

我很高兴你还没有心上人，尽管这样想很自私。我不觉得你我还会重逢。我这么说不是因为我刚做了一个噩梦，或者我天性悲观，总把事情往坏处想。我只是觉得这是最可能发生的事。当然我也不是整天想这个。我每天都在尽最大努力让自己活着。我并不想让你为我担心，或者从你那儿博得一些同情。我只是想向你解释，为什么一想到可能再也回不到卡斯泰尔斯，我就有了倾诉一切的勇气。我猜这跟生病发烧没什么两样。因此，我要说我爱你。我想象你正站在图书馆的一个凳子上，伸出手去放一本书。我走过去，用手环住你的腰，把你抱下来。你在我的怀里转过身，好像我们在一切事情上都心有灵犀。

每个星期二下午，红十字会的妇女和年轻女孩们都会在图书馆大厅房间的会议室里聚会。图书馆偶尔空无一人时，露易莎会穿过大厅，走进这间挤满女人的房间。她决定织一条围巾。在疗养院时她学会了基础的针法，但没学会怎么起针收针，或者说已经忘了。

年纪大一点的妇女都在忙着打包，或者把铺在桌上的厚棉布单剪成绷带，再一一叠好。年轻女孩们则聚在门边，一边饮茶一边吃小甜面包。一个女孩胳膊上绷着羊毛线，另一个负责把它绕成团。

露易莎告诉她们她想学如何起针收针。

"你打算织什么呢？"一个嘴里还嚼着面包的女孩问。

露易莎说，一条围巾。给一个士兵织的。

"哦，那你用普通毛线就行了。"另一个女孩更客气地说。她起身离开桌子，拿了几团棕色的毛线回来，然后她从包里摸出一对备用织针，告诉露易莎这些她都可以拿去用。

"我只帮你开个头，"她说，"这些毛线的厚度也都是标准规格的。"

其他女孩围拢来，取笑这个叫柯丽的女孩，说她全织错了。

"哦，我弄错了，是吗？"柯丽说。"小心我用针戳你的眼珠子。你是给一个朋友织的吗？"她热心地问露易莎，"前线的朋友？"

"是的。"露易莎说。她们大可把她看成一个老处女。她们可以取笑她或同情她，好心也罢，无礼也罢，全看她们想演哪出戏。

"那就好好织，织结实些，"那个嚼完面包的女孩说，"织结实了才能给他保暖。"

那些女孩中有一个叫格蕾丝·霍恩。她是一个十九岁的姑娘，看上去羞怯但果断。她有一张方脸，薄薄的嘴唇常常抿在一起，棕发，直刘海，身材散发着成熟的魅力。她在杰克·阿格纽出国打仗以前就跟他订了婚，但他们约好了对外保密。

西班牙流感

露易莎跟旅馆里的几个常住客人成了朋友。其中一个是吉姆·弗雷瑞，他推销打字机、办公用品、书和各式文具。他四十来岁，浅色头发，肩膀溜圆但体格健壮。乍一看，你会觉得这个人应该在男性世界里推销更有分量的重型装备，比如农用机械。

在西班牙流感肆虐期间，哪怕不清楚商店是否营业，吉姆·弗雷瑞也没中断过出差。有时连旅馆都会歇业，跟学校和电影院一样，甚至教堂也会关门——吉姆·弗雷瑞认为这是丑闻。

"他们真该替自己感到羞愧，这些胆小鬼，"他对露易莎说，"躲在家里等着病毒找上门来对人们有什么好处？你们图书馆就从没关过门，对不对？"

露易莎说图书馆只在她生病的时候关过门。一点小毛病，一个星期不到就好了，不过她还是去了医院。他们不会让她待在旅馆里。

"那些胆小鬼，"他说，"该你了就是你，躲也躲不过。你同不同意？"

他们谈到了医院里蜂拥的病人，染疾身亡的医生和护士，还有无休无止的凄惨葬礼。吉姆·弗雷瑞住在多伦多，街的一头就是一家殡仪馆。他说殡仪馆在安葬那些大人物时还是会花费大力气动用整套设施，黑色的马匹、黑色的四轮马车和安葬工具。

"葬礼没日没夜地进行，"他说，"没日没夜。"然后他举起杯子对露易莎说："为健康干杯。你看上去气色不错。"

他认为露易莎的气色看上去比从前好多了。也许是她开始擦胭脂的缘故。露易莎的皮肤是一种浅浅的橄榄色，印象中她的双颊没什么血色。现在她的穿着更精神，为人也更友善了。以往她对别人的态度总是忽冷忽热，视心情而定。她还开始喝威士忌了，不过往酒里兑了不少水。过去她只会喝一杯红酒。他想知道她是不是有了男朋友。不过交男朋友虽然会让一个女人神采奕奕，却不会增加她对所有人的兴趣。他确定在她身上，后一种情况也发生了。或许她意识到韶光飞逝，丈夫人选又因战争锐减。这确实会让一个女人开始骚动不安。她比大多数已婚女人聪明有趣，长得也比她们漂亮。对于这样的女人，她们以后会怎么样？有时候仅仅是运气不好。或者运气来时没抓住机会。太过敏锐自信的女人会让那些老派的男人感到不自在吗？

"不管怎样，日子还得往下过，"他说，"你这么做是对的，让图书馆的门一直开着。"

这场谈话发生在一九一九年的初冬，大家都以为危险已过，却又爆发了新的一轮流感。旅馆里好像只剩下他们两个人。才晚上九点，旅馆老板已经上床睡觉了。他的妻子因流感住进了医院。吉姆·弗雷瑞从一家酒吧买了一瓶威士忌，那家酒吧因为害怕传染已经关门了。他们坐在餐厅靠窗的一张桌子旁。外面冬雾渐浓，挤压着窗玻璃。街灯和桥上小心爬行的几辆车几乎都淹没在了浓雾之中。

"噢，其实跟对错无关，"露易莎说，"关于图书馆一直开门那事儿。个中缘由其实比你想的要自私。"

然后她笑起来，说要给他讲个离奇的故事。"天哪，我管不住自己的舌头了。肯定是威士忌害的。"

"我可不爱拨弄是非。"吉姆·弗雷瑞说。

她笑得更厉害了，说当一个人声称他不喜欢拨弄是非的时候，几乎可以肯定他一定喜欢，跟说自己守口如瓶一个道理。

"你可以随时随地把这件事说出去，只要你不指名道姓，也别在卡斯泰尔斯这里说就行。"她说，"我相信你不会这么做，不过现在我一点儿也不在乎。也许酒醒后我会改变心意。这个故事是个教训，是对一个傻得离谱的女人的教训。你肯定会说，这有什么新奇的？这样的教训你每天都学得到！"

她开始讲一个士兵如何从前线给她写信的故事。这名士兵因为常去图书馆而记住了她，她却不记得他。不过，她还是友善地给他回了信，俩人就这样开始通信。他告诉她自己在镇上住的地方，她就经过那里去帮他看看房子的情况。他谈到他读过的书，她也说了自己喜欢的。总之，两人都向对方吐露了一些心事，彼此的感情也开始升温。至于表白，应该是他主动的。她不会像个傻瓜似的那么冲动。起初，她觉得自己只是出于好心。就是后来，她也是因为不想拒绝他，让他难堪。他想要一张她的照片，她就照了一张。尽管她并不喜欢，还是给他寄了过去。他问她是否有心上人，她如实回答说没有。他没有回寄自己的照片，她也没有要，虽然她也好奇他长什么样。在战场上照相不是一件容易的事。而且，她也不想让自己显得像那种以貌取人的女人。

他在信中说他并不指望能活着回家。他说他不怕死，但害怕会落得跟医院里的一些伤兵同样的下场。他没有细说，不过，她觉得他指的就是人们现在能看到的那些人——缺胳膊少腿，失明，又或是被烧得不成样。他没有抱怨自己的命运，她也不是这个意思。他只是一心赴死，宁愿死在战场也不愿苟活余生。在这样的情形下他想到了她，给她写信，如同任何男人在这种时候都会对心上人做的那样。

战争结束后，他已经好一阵子没跟她联络了。她每天都在等待回信，却什么也没有。音信全无。她害怕他成了战争中最不幸的那群士兵中的一员，他们在战争的最后一个星期，最后一天，甚至最后一个小时失去了生命。她每个星期都查看本地报纸，直到新年，那上面还在公布新增阵亡士兵的名单，不过他的名字不在其中。现在报纸也开始刊登那些返乡士兵的信息了，常在名字旁边附一张小照，几行欣喜的文字。当士兵大批从前线返回时，这样的待遇也就没有了。然后，她看见了他的名字，名单上的又一个名字。他没有死，也没有受伤。他正在回卡斯泰尔斯的路上，可能已经到家了。

也就是在那时，她决定不管流感如何猖獗，都要让图书馆一直开着。每一天，她都相信他会来看她，每一天，她都做好他来的准备。星期天对她来说最是难熬。当她走进镇公所的时候，她总会感到他可能已经先她而至，正倚墙等待她的到来。有时候她的预感如此强烈，她会错把一片阴影当成一个男人的身影。现在她明白为什么人们会声称见鬼了。无论大门什么时候被推开，她都期待看到他的脸。有时候她告诫自己，不默念到十不准抬头。因为流感，上门借书的人越来越少。她决定重新整理一下书刊，不然她会发疯。每天不到关门后的五分钟甚至十分钟她都不会锁门。然后她又会想象他可能站在对面邮局的门阶上注视她，因害羞而不敢主动上前。她当然也担心他可能生病了，总是在谈话中留意最新的流感病例。不过没人提到他的名字。

也就是在这个时候，她完全放弃了阅读。书的封面对她而言与棺材无异，不是太破旧就是太华丽。里面很可能就是一堆尘土。

她完全有理由这么想，不是吗？在交换了那些信件后，难道她不该认为最不可能发生的事就是他不来找她，不跟她发生任何瓜葛？在那样的表白之后，他怎么可能从不踏入她的门槛？送葬队伍一支接一支地从她窗前经过，她毫不在意，只要不是他的就行。即使在她自己也病倒以后，她唯一的念头也是必须赶紧回去，必须下床离开医院，图书馆的大门不能对他锁着。她跌跌撞撞地走了回去，开始工作。在一个炎热的下午，她在报架上整理刚到的报纸，他的名字突然映入眼帘，仿佛自她狂热的梦中跃出。

她读到的是一则他和一位叫作格蕾丝·霍恩小姐的简短婚讯。不是她认识的任何一个女孩。不是图书馆用户。

新娘子身穿浅黄色绉丝婚纱，镶有咖啡色和乳白色花边，米色草帽上系着棕色的天鹅绒丝带。

没有照片。咖啡色和乳白色的花边。这就是她这一段罗曼史的结局，只能是这样。

然而就在她图书馆的办公桌上，几星期前的一个星期六夜晚，在所有的人都离开后，她锁上门正准备关灯时，发现了一张纸条，上面写有一行字：我上前线以前就订婚了。没有名字，不管是他的还是她的。不过有她的照片，一半被压在吸墨纸板下。

那天晚上他来过图书馆。那是个很忙碌的晚上，她常常离开她的桌子去为某位读者找书，整理报纸，或者将图书上架。他跟她在同一个房间待过，观察过她，瞅准了他的机会，一点儿也没让她察觉。

我上前线以前就订婚了。

"你认为他只是跟我开了一个玩笑吗？"露易莎说，"你觉得一个男人会这么残忍吗？"

"据我所知，女人更喜欢玩这样的把戏。别，别，千万别这么想。他很可能是真心的。他只是有点忘情罢了。表面上来看就是这么回事。他上前线以前订了婚，根本没指望能完好无缺地活着回来，但他做到了。等到他回来，未婚妻就在这儿等着他——你说他还能怎样呢？"

"是啊。能怎样呢？"露易莎说。

"他贪得无厌。"

"啊,没错!就是这么回事!"露易莎嚷道,"至于我呢,就是虚荣心作祟!活该被甩!"她的眼睛亮起来,双颊开始泛红。"你觉不觉得他是趁我不备仔细打量了我,发现真人比那张可怜的照片还要糟糕,所以打退堂鼓了?"

"我不这么认为!"吉姆·弗雷瑞说,"你千万别小看自己!"

"我不想让你觉得我是个傻瓜,"她说,"我没故事里听上去那么愚蠢和无知。"

"真的,我一点儿也没觉得你傻。"

"但也许你觉得我太过天真?"

女人都这样,他想,无一例外。她们只要开口给你讲一个故事,接下来就会有第二个。酒精只会让她们更心烦意乱,那份谨慎也早就抛诸脑后。

她已经告诉过他自己曾在疗养院里住过,现在又说她在那儿跟一个医生谈过恋爱。疗养院坐落在汉密尔顿山上一片美丽的空地上,他们就在有树篱笆掩映的小路上约会。台阶是一层一层的石灰石砌成的,荫凉处长着安大略难得一见的植物——杜鹃花、映山红、木兰。那位医生对植物略懂一二,告诉她这是卡罗来纳的植物,跟本地植物十分不同,长势更好。到处是小片的树林,奇异的树,树下踩出来的小径。郁金香树。

"郁金香!"吉姆·弗雷瑞说,"长在树上的郁金香!"

"不,不是,是说树叶的形状。"

她略带挑衅地朝他笑笑,然后咬住下嘴唇。他感到了她的暗

19

示,接过话来,"树上的郁金香!"而她则说不是,是树叶的形状跟郁金香很像。不对,我可没那么说过,别说了!现在他们进入小心翼翼的试探阶段——这方面他是老手,并希望她跟自己旗鼓相当——满是令人愉悦的小惊喜,半带嘲讽的信号,肆无忌惮的满满的欲望,还有一种宿命般的善意。

"只属于我俩的夜晚,"吉姆·弗雷瑞说,"以前从未有过,以后可能也不会再有这样的美事。"

她让他握住她的手,让他将自己轻轻带离座位。离开餐厅的时候,他关上了所有的灯,然后他们一起走上他们分别爬过无数次的楼梯。他们经过一张张的画像——主人坟前的忠犬,田间歌唱的高地玛丽,鼓眼睛的老国王以及他那纵情声色大腹便便的模样。

"这一晚大雾茫茫,我的心陡然惶惶。"吉姆·弗雷瑞爬着楼梯,半哼半唱。他用手搂着露易莎的腰,安慰她。"都会好的,都会好的。"他边说边领着她绕过楼梯转角。当他们沿着窄窄的楼梯爬上三楼时,他说:"从来没有爬得离天堂这么近过!"

但是夜更深一点的时候,弗雷瑞发出最后一声呻吟,带着浓浓的睡意责备道:"露易莎,露易莎,为什么没有告诉我真相?"

"我什么都告诉你了。"露易莎说,声音显得虚弱而飘忽不定。

"那就是我会错意了,"他说,"我从没想过让这件事改变你。"

她说不会。现在,他不再把她压在身下令她动弹不得,她感到一阵难以抵抗的眩晕,好像身下的床垫变成了小孩玩的陀螺,转个不停。她想解释床单上的血迹是因为来例假的缘故,但她语气中的满不在乎过于夸张,让人没法相信。

事故

没到中午,阿瑟就从工厂回家了。一进门他就喊道:"离我远点,我要先洗洗。厂里出事了。"没有人回应他。他的管家费尔太太正在厨房里打电话,声音大得根本听不见他。女儿自然还在学校。他冲了澡,把身上穿过的所有衣服都塞到洗衣篮里,然后开始使劲擦洗浴室,如同一个杀人犯一般。他干干净净地出了门,连头发都弄得光滑整洁,然后开车去那个男人的家。他已经问过那个可怜人的住址。他本来以为是在果醋山,结果他们说不是,那是他父亲的家——那个年轻人和他的妻子住在镇子的另一边,要经过战前苹果汁蒸馏塔的旧址。

他看到两栋紧挨着的砖房,照人们说的进了左手边的那栋。其实不用指点也一目了然,消息已经先他而到。这家人的房子房门大开,几个未到入学年龄的孩子在院子里跑来跑去。一个小女孩坐在儿童脚踏车上,挡住了他的道,并且没有让开的意思。他绕开她走过去。一个大点儿的女孩用警告的口吻一本正经地对他说：

"她的爸爸死了。她的爸爸！"

一个女人抱着一摞窗帘从前厅出来，把窗帘递给站在过道里的女人。接过窗帘的女人头发已经白了，脸上带着哀求的神情。她的上牙都没了，可能是因为在家图舒服，摘掉了假牙托。把窗帘递给她的是个敦实而年轻的女人，皮肤光洁。

"你去告诉她别爬那架折梯，"白发女人对阿瑟说，"她这样摘窗帘会把脖子扭断的。她觉得我们应该把里里外外都洗个遍。你是殡仪馆的师傅吗？噢，天哪，对不起，您是道兹先生。格蕾丝，快过来！格蕾丝！道兹先生来了！"

"别打扰她了。"阿瑟说。

"她觉得她可以赶在明天以前把窗帘都摘下来洗好，再挂回去。因为他明天会被放在前厅里。她是我的女儿，我的话她听不进。"

"她会慢慢平静下来的。"一个穿着罗马衫的男人从屋后走出来说道。他表情严肃，但长相看上去让人挺舒服。这是他们的牧师，不过他似乎不属于阿瑟熟悉的任何一个教堂。浸信会？五旬节教会？普利茅斯兄弟会？这位牧师正喝着茶。

另外一个女人过来，利索地摘了窗帘。

"我们已经把洗衣机装满开始洗了，"她说，"这么好的天气，一会儿工夫就能晾干。只是别让孩子们在这儿乱跑就成。"

牧师不得不站到一边，高举着茶杯好让女人和她的窗帘通过。他说："你们不去给道兹先生倒一杯茶吗？"

阿瑟说："不，不了，别麻烦大家了。"

"葬礼的费用，"他对白发女人说，"假如您能让她知道——"

"丽莲的裤子湿了！"一个孩子在门边得意地喊道，"阿格纽夫人，丽莲尿裤子了。"

"好，好，"牧师说，"她们会感激不尽的。"

"墓地和墓碑，所有的费用，"阿瑟说，"你要确保她们明白我的意思。不管她们想在墓碑上刻什么都行。"

白发女人已经跑到院子里去了。回来的时候怀里抱了一个哭哭啼啼的孩子。"可怜的小羊羔，"她说，"他们不许她在房子里玩，那她能还去哪儿呢？不出事才怪。"

年轻女人拽着一张地毯从前厅出来。

"我想把这个也挂起来捶一捶。"

"格蕾丝，这是道兹先生，他来向你表示哀悼。"牧师说。

"也想问问我能为你们做些什么。"阿瑟说。

白发女人抱着尿裤子的孩子上楼了，后面还跟着一两个孩子。

格蕾丝看见了他们。

"噢，别，不要！你们到外面去！"

"我妈妈在里面。"

"没错，你妈妈在这儿，她很忙，不想要你来给她添乱。她在帮我做事。难道你不知道丽莲的爸爸死了吗？"

"这儿有什么是我可以帮忙的吗？"阿瑟说，心里想要离开。

格蕾丝张着嘴盯着他。洗衣机的声响充满了整个房子。

"对，有一件事你可以帮忙，"她说，"你在这里等着。"

"她快垮掉了,"牧师说,"不是存心对你不礼貌。"

格蕾丝抱了一摞书过来。

"这些书,"她说,"是他从图书馆借的。我不想交罚金。他每个星期六晚上去,所以我想它们应该明天到期。我不想惹上什么麻烦。"

"我去处理这事,"阿瑟说,"我很高兴能帮上一点忙。"

"我只是不想惹上任何麻烦。"

"道兹先生谈到了由他来支付葬礼费用的事,"牧师轻声提醒她,语气带着几分责备,"所有的费用,包括墓碑。不管你想在墓碑上刻什么都行。"

"噢,我不要任何花里胡哨的东西。"格蕾丝说。

上周五早上,道兹工厂的锯木车间发生了一起骇人听闻的悲惨事故。杰克·阿格纽先生在将手伸到主转轴下面时,衣袖不幸被法兰盘上的定位螺丝扯住,他的胳膊和肩膀被连带着卷到了主转轴下。他的脑袋随即碰到了直径约为一英尺的圆锯。这位不幸的年轻人立即身首异处,他的头从左耳下方的脖子处被削下。他被认为是瞬间丧命,来不及发出任何呼叫。因此,让工友惊觉这场恐怖灾祸的不是他的声音,而是从他的身体里喷溅而出的鲜血。

这则报道是在一周后重印的,专给那些错过这则新闻或者希望给外地亲友(特别是那些曾经在卡斯泰尔斯居住过的人)多寄一份报纸的读者。重印中"法兰盘"①一词的拼写错误得到了纠正,还附有一小行道歉声明。报道中有对那场隆重葬礼的详细描述,有不少人从附近镇子赶来参加,最远的来自沃利。他们中有的开车和坐火车来,还有的骑马和坐马车来。在杰克·阿格纽生前,他们对他一无所知,但正如报纸所指出,他们希望对这场轰动一时的悲剧性死亡表示哀悼。当天下午,卡斯泰尔斯所有的商店都停业两小时。只有旅馆继续开着门,那是为了给来访者一个休息和喝酒的地方。

死者的遗孀名叫格蕾丝,他们有一个四岁的女儿丽莲。他在第一次世界大战中英勇奋战,只受过一次小小的轻伤。许多人评价了其中的讽刺意味。

报道并非有意遗漏死者的父亲。报社的编辑不是本地人,人们忘了告诉他杰克有一个父亲,后来想起时已经太晚了。

这位父亲并没有抱怨报道对自己的疏忽。葬礼那天天气不错,通常在这样的天气他是不会待在道兹的厂子里的。他跟往常一样出了城,戴一顶毡帽,穿着他的长大衣——小睡时还可以兼作毯子。他脚上套着一双胶鞋,用密封罐上的橡胶圈箍好鞋口。他去钓亚口鱼。钓这种鱼的季节其实还没到,但他总有办法提前钓到。整个春天和初夏他都去钓鱼,钓到的鱼就地做好吃掉。他在河边藏了一口煎锅和一个煮罐。罐子用来煮他从田里掰下的玉米棒子,不过这个还要等一阵子,这个时节他能吃到从山荆子树

---

① 原报道中将"flange"写成了"flunge",中文分别译为"法兰盘"和"法蓝盘"。

和葡萄藤上摘下的果子。他头脑清楚，只是厌恶跟人打交道。在儿子死后的数周内，他都没法躲避这件事，不过他自有办法尽快结束对话。

"他应该自己小心才是。"

那天在野外，他遇到了另一个没去参加葬礼的人。一个女人。她完全没有跟他搭腔的意思。事实上，她看上去跟他一样，只想沉浸在自己的孤独里。她迈着狂热的步子，脚下生风。

那家钢琴厂靠生产管风琴起家。厂房向小镇西边延伸，犹如中世纪城镇的古城墙。两排长长的建筑好似内外两道城垣，由一座封闭的桥梁连接。几间主要的办公室都在那里。往小镇和工人街的方向走，一路可以看到瓦窑、锯木厂、木材场和储料棚。厂笛清晨六点拉响，告诉人们起床的时间到了。七点再次拉响，提醒工人上工，十二点那次则是宣告午饭时间，下午一点又开始新的一轮工作。五点半则是让工人放下工具回家。

工厂制度贴在考勤机旁边的玻璃柜上。头两条是：

迟到一分钟扣除十五分钟的工钱。请按时上班。
安全问题，切勿大意。当心自己，留意工友。

厂里出过几起事故，事实上，还发生过一起木材滚落砸死人的事故。这是阿瑟上任前的事了。还有一次是在战争期间，一个男人丢了一只胳膊，也许是部分胳膊。事发那天阿瑟在多伦多出差。因此他从来没有亲眼见过一起事故——至少没有什么严重的事故。但是现在他老是有种要发生什么的不祥预感。

或许，他不像妻子去世前那么自信了，那时他笃定麻烦不会找上他。她死于一九一九年，在西班牙大流感引发的最后一波慌乱里。那时人们已经克服了对流感的恐惧，连她自己都没把它当回事。快五年过去了，阿瑟仍然将她的离世看成是他无忧无虑的生活的终结。但对其他人而言，他似乎总是这么认真尽责，谁也没有注意到他有什么变化。

在他关于工厂出事的梦里，一切都被关闭，静寂蔓延开来。机器不再发出惯有的噪声，声音从每个人的嗓子里消失。当阿瑟从他的办公室里往窗外看时，他明白厄运终于降临。他记不清以往看到过什么让他产生这样的联想。然而正是这片空间，工厂院子里的尘土，在对他说，就是现在。

那些书在他的车里待了一个星期左右，直到女儿碧问他"这些书是怎么回事"他才想起来。

碧大声念起书名和作者的名字。《约翰·富兰克林爵士和西北航道的探险》，作者 G.B. 史密斯。《世界怎么了？》，作者 G.K. 切斯特顿。《魁北克之战》，作者阿奇博尔德·亨德里。《布尔什维克主义：实践和理论》，作者伯特兰·罗素。

"波尔－谢维－主义。"碧一字一句地念道。阿瑟告诉她这个词该如何念。她问这个词是什么意思，他说："俄国人发明的什么东西，我也不太明白。但从我听到的消息来看，不是什么好东西。"

碧那时十三岁。她听说过俄国芭蕾舞团，也听说过俄国托钵僧。之后的几年里，她一直相信布尔什维克主义是某种邪恶甚至淫荡的舞蹈。至少长大后她是这么跟人说的。

她没提这些书和那个出事的人的关系。如果提了的话，她的故事就没那么有趣了。不过也许她是真的忘了。

图书管理员有些不悦。书卡还夹在书里，这意味着它们从来没有被借出去过，只是被从书架上取下，拿走。

"罗素伯爵的这本书已经不见好一阵子了。"

阿瑟不习惯听到这样的责备，不过他还是温和地说："我是替别人来还这些书的。那伙计已经过世，在工厂事故中丧生的那位。"

图书管理员已经打开了有关富兰克林的那本书，正凝视着那张船只被坚冰困住的图片。

"他的妻子让我帮忙把书还掉。"阿瑟说道。

她拿起书一本一本地摇，好像期待会有什么东西从里面掉出来。她用手指翻动着书页，下巴抽动着——那样子不太好看——像是在嚼着脸颊里的什么东西。

"我觉得他就是想看这些书，就把它们拿回家了。"阿瑟说。

"什么？"她过了一会儿才有反应，"您刚才说什么？抱歉我没听到。"

都是那场事故，他想。最后打开过这些书、翻动过这些书页的就是那个以那样的方式死去的人。想到书里可能会留下一点他的生活痕迹,用作书签的小纸片或者烟斗通条,甚至几缕烟丝,这些念头让她失常。

"没关系,"他说,"我只是顺路把它们还给你。"

他从她的桌前离开,但并没有马上离开图书馆。他已经很多年没有来图书馆了。他父亲的画像就挂在两扇前窗之间,而且会一直挂下去。

> A.V. 道兹,道兹管风琴厂创始人和本图书馆的赞助人。进步、文化和教育的忠实信徒。卡斯泰尔斯镇和劳工大众的挚友。

图书管理员的桌子位于前后厅之间的拱道上。图书被摆在后厅排成行的书架上。绿色灯罩的电灯拖着长长的拉线开关,悬挂在走廊里。阿瑟记得在多年前的一次理事会议上,他们讨论过用六十瓦的灯泡替换四十瓦灯泡的事宜。提出请求的正是这个图书管理员,他们批准了她的请求。

图书馆前厅放着摆有报刊杂志的木架子和几张厚重的圆桌,桌旁放着椅子,供人们坐下阅读。玻璃柜里陈放着一排排厚厚的黑皮书。那是些字典、地图和百科全书什么的。两扇漂亮的高窗俯瞰着主街,中间挂的是阿瑟父亲的画像。房间里别的画都挂得太高,上面的说明文字挤成一团,难以辨认,让前来欣赏画作的人无法看清。(后来,阿瑟在图书馆待了更多时间,与图书管理员讨论了这些照片,这才得知其中一幅画的是弗洛登之战,画中苏格兰国王从山上俯冲而下,闯入一片硝烟。一幅画的是罗马少年皇帝的葬礼,还有一幅画的是仙王奥布朗与仙后提泰妮娅的争执,是《仲夏夜之梦》里面的故事。)

他挑了一张可以眺望窗外的桌子坐下,拿起一本原来就放在那里的《国家地理》。他背朝图书管理员坐着,觉得这样做很明智,因为她的情绪似乎有些不稳。这时又进来一些人,他听见她跟他们说话,声音听上去很正常。他想着自己应该离开了,但是没有离开。

他喜欢那些充盈着春夜月光的高高的窗户,喜欢房间里的井然有序和其中透出的尊严。想到人们在这儿来来往往、借书还书,他感到一种令人愉悦的神秘感。一周又一周,一本接一本,一生就这么过去了。他自己偶尔才会读一读书,通常是有人推荐,读的时候他很享受。他一般会阅读杂志,保持对时事的敏感。他从未想要主动读一本书,除非它自己撞进他的生活,以这种近乎意外的方式。

有那么几次,图书馆里只剩下他和图书管理员。

有一次她走过来,把他身边杂志架上的旧报纸换成新的。换完之后,她和他说起了话,带着一种竭力压抑的迫切。

"报纸上对那起事故的报道,应该多多少少有其准确之处吧?"

阿瑟说可能太准确了。

"什么意思?为什么这样说?"

他提到公众对那些可怕的细节的津津乐道。报纸应该这样迎合公众吗?

"噢，我觉得这很自然，"图书管理员说，"想知道最坏的情况是人的天性。人们确实喜欢在脑子里想象当时的情景，我自己就会这么做。我对那些机器一无所知。对我来说，我很难想象到底发生了什么，就是报上的报道也帮不了我。是不是机器的运转出现了异常？"

"不是的，"阿瑟说，"并不是机器拽住他，跟野兽一样把他拽了进去。他操作失误，也可以说是不小心。然后他就完蛋了。"

她没说话，也没走开。

"你得时刻保持警觉，"阿瑟说，"一刻也不能松懈。机器可以是人类的仆人，非常能干的仆人，但它也可能会让主人变得愚蠢。"

他不知道这些话是自己在什么地方读到的还是临时发挥的。

"难道就没有什么保护措施吗？"图书管理员说，"不过你一定很清楚这些。"

有人进来了，她离开了他。

意外发生之后，暖和的天气接踵而至。缩短的夜晚和转暖的天气让人们感到既突然又意外，好像这里每年的冬天都不是这么结束似的。泛滥的河水魔术般地退去，留下一片沼泽。新叶从发红的树枝中长出，各种气味飘到镇上，和紫丁香的芬芳混合在了一起。

在这样的夜晚，阿瑟丝毫没有外出散步的欲望，相反，他总是想到图书馆，常常会信步走到那儿，坐在他第一次坐的位置上。他会在那儿坐上半个或者一个小时，看《伦敦新闻画报》

《国家地理》《星期六晚报》或《科利尔周刊》。这些杂志他家里都有订。他可以舒舒服服地坐在自己的书房里,欣赏老阿格纽打理得差强人意的围着树篱的草坪,郁金香已经开了,色彩绚丽,单色和混色的都有。他似乎更喜欢主街的风景,那儿偶尔会经过一两辆小巧轻快的新款福特车,或者某辆吭吭哧哧、车顶上落满灰尘的老式汽车。他也喜欢看看邮局,它顶上的钟塔会从四面显示四种不同的时间,不过如大家常说的,没一个是准的。还有在人行道上往来和闲逛的行人。不断有人想去喷泉饮水器上喝水,尽管它要等到七月一号才会被打开。

他并没有什么社交的需求。他去图书馆也不是为了聊天,不过碰到叫得出名字的人他也会打招呼,那儿的大多数人他确实也认识。他会跟图书管理员交谈两句,也就是在进门时说声"晚上好",出门时道声"晚安"。他从不麻烦任何人,觉得出现在这里的自己看起来亲切,友好,最重要的是自然。在此处而非家中看书思考,他觉得自己仿佛贡献了什么。人们可以指望这个。

有一个词他很喜欢:公仆。阿瑟的父亲——那位有着婴儿一般的粉颊、呆滞的蓝眼珠和老年人特有的任性嘴角,此刻正从高处注视着他的老人——从没把自己当公仆看过。他更看重自己公众人物和施惠者的身份。他靠心血来潮的念头和命令管理工厂,却从来没给自己惹上什么麻烦。他会在生意清淡的时候去厂里巡查,一个一个地告诉工人:"回家,现在都给我滚回家。等我能用上你们的时候再给我回来。"他们就会真的回家,拾掇自家的花园或者外出打兔子,然后靠借贷度日,并认为事情理应如此。

直到今天人们还热衷于模仿他父亲的吼叫。滚回家去！他在人们心中的英雄地位阿瑟永远无法取代，而如今他们却不打算接受同样的待遇。战争让他们赚到了不错的薪水，以为工作会源源不断。没人想过士兵回家后劳动力会过剩。他们也从来没有想过钢琴厂这样的生意之所以能够维持，靠的完全是好运和智谋，否则别说一年，就是一季也撑不下去。他们不喜欢变化，对工厂转向生产自动钢琴感到不满，而阿瑟相信自动钢琴才是钢琴业的未来。阿瑟不会因为他们的反对而畏缩不前，尽管他的工作方式跟他父亲的完全不同。他把所有的事情都仔细想一遍，然后再想一遍。除非不得已，他宁愿留在幕后。处事不失尊严。待人力求公平。

人们期待你提供一切。整个小镇都这么期待着。他们期待你提供就业机会，如同期待太阳每天清晨照常升起。工厂要交的税上涨了，原来免费的水开始收费。道路维修的责任从镇公府转移到工厂。卫理公会教堂在募集一笔不小的款项，用以修建新的主日学校。小镇曲棍球队需要新的运动服。阵亡战士纪念园的大门口竖了两根石柱。每年毕业班最聪明的学生都能去上大学，承蒙道兹家的赞助。

求就必得着①。

来自家里的期待也不少。碧闹着要去上私立学校，费尔太太又看上了某种新式搅拌机，还想要一台新的洗衣机。房子的装饰镶边今年要重漆一遍。那些和婚礼蛋糕裱花一样的装饰会消耗大

---

① 《圣经·约翰福音》16:24。

量的涂料。除此之外,阿瑟还给自己买了一辆新车——一辆克莱斯勒牌小轿车。

车子是必需品——他必须开一辆新车。他必须开一辆新车,碧必须离家上学,费尔太太必须有最新款的搅拌机和洗衣机,房子镶边必须漆得如圣诞白雪一样白。否则他们会失去尊敬和信心,会被怀疑生意是不是在走下坡路。这些都是可以处理的,运气不坏的话这些都可以妥善处理好。

父亲去世已经多年了,他依旧没法摆脱一种替身的感觉。不是一直如此,但时不时地,这种感觉会冒出来。而现在,它消失了。他坐在这儿,知道那种感觉消失了。

事发时他在办公室,正跟一个镶饰推销员谈话。外面噪音的某种变化引起了他的注意,它变得更嘈杂,而不是某种突然的安静。这没有引起他的警觉,只是令他感到烦躁。事情发生在锯木厂,所以商店、烘窑和谷仓里的人没能立即得知消息。其他地方的工作还持续了几分钟。阿瑟当时正在俯身查看镶饰样品,可能是最后几个明白出事了的人之一。他问了推销员一个问题,推销员没有回答。阿瑟抬头,看到那人张着嘴,面色惊恐,原本属于推销员的自信一扫而空。

然后,他听到有人叫他的名字,有照例的尊称"道兹先生"和童年时就习惯听到的年长一点的人叫的"阿瑟,阿瑟!"。他也听到"锯子"和"头",还有"天哪,天哪,天哪!"。

阿瑟本希望那一刻能安静下来,一切声响和物体能从眼前退去,给他空间,让他在恐惧的同时能有所准备,但实际上根本不是那么回事儿。到处是喊叫声、询问声,人们来回奔跑,他挤在人群中,身不由己地给推到了锯木厂。那里已经有一个人昏倒了。要不是电锯那时刚被关掉,他很可能也会送命。有那么一瞬间,阿瑟把那一具昏倒在地但仍然完好无缺的身体当成了受害者。噢,不,不。他们还在推着他向前。锯屑都给染成了鲜红色。红透了,绚烂耀眼。鲜血欢快地溅满了旁边的木料,还有锯刀。一团被血浸透的工装服躺在锯屑中,阿瑟意识到那就是受害者的尸体,一具连着四肢的躯体。那么多的血!把这具身体都泡走形了,难以辨认,如同一块布丁。

他的第一个念头是盖住它。于是他脱掉自己的夹克衫盖在了上面。他走得近了一些,鞋子踩在血泊里咯吱作响。之所以还没人那么做,原因很简单,没人穿夹克衫。

"有没有人跑去叫医生了?"有人大声喊道。"去叫医生!"阿瑟旁边的一个男人说。"医生也没办法把他的头缝回去,不是吗?"

但是阿瑟还是吩咐人去叫了医生;他觉得这是必经程序。人死了必须有医生到场,这样下面的事情才好办——医生、殡仪员、棺材、鲜花、牧师,一环接一环,让这些人有事可做。铲走锯屑,洗干净锯子,打发当时围在死者身边的人去洗澡,把昏倒的男人抬到午餐室。他没事吧?叫办公室的那个勤杂女孩煮点茶。

此刻最需要的东西是白兰地或者威士忌,然而厂里有规定,

35

任何人不许在厂里喝酒。

还缺什么东西。在哪儿呢？那儿，众人说道。在那儿。阿瑟听到不远处传来呕吐声。好吧。不是自己去把它捡起来，就是吩咐人去捡起来。呕吐声拯救了他，让他镇定下来，轻而易举地下了决心。他过去把它从地上拾起，小心翼翼地捧着它，如同捧着一个笨重而珍贵的罐子。他把脸那一面朝向自己的胸膛，好像在安抚它。鲜血濡湿了他的衬衣，衣料粘着他的皮肤，热烘烘的。他感到自己好像受了伤。他清楚大家都在看着他，知道自己成了一位必要的演员，或者是牧师。把脑袋捡起来抱在怀里，接下来怎么办？答案随之而来。把它放下，放到它所属的位置上，当然不可能衔接得天衣无缝，只能大致拼凑一下，然后拿起夹克，重新盖好。

现在不能问这个人的名字，得通过别人打听一下。在提供了如此亲密的服务之后，这样的无知几乎是一种犯罪。

但他意识到自己其实是知道的——他突然就想起来了。在他把夹克衫的一角往死者的耳朵下掖了掖——那耳朵还露在外边，看起来还好好的——的那一刹那，他突然记起了他的名字。是常来给他拾掇花园的园丁的儿子，那父亲并不怎么靠得住。那是个从战场上回来后重新开始生活的年轻人。已婚？印象中好像是的。他必须去看看他的妻子。越快越好。换一身干净的衣服。

图书管理员经常穿一身暗红的衬衫，嘴唇也涂得红红的，好跟衬衫相配，头发也剪短了。她已经不再年轻，但仍然保持着魅力。他还记得多年前雇她时的印象，觉得她的打扮太朴素了。那时她还没有把头发剪短，而是盘起来，显得很老气。头发的颜色倒一直没变，一种让人心旷神怡的暖色调，树叶一般的颜色——秋日的橡树。他竭力想记起他们付她多少钱。肯定不多。那么点薪水能把自己收拾得这么体面。她住在什么地方？其中一栋宿舍楼吗？学校老师住的那种？不，不是那儿。她住在商务旅馆里。

现在，其他传闻在脑海里浮现。不是什么确定的事。你不能因此断言她名声不好，但也不是无可指摘。人们说她有时会和旅馆里的客人喝上一两杯。也许其中有她的男朋友，一个或两个。

当然，她是成年人，可以做任何喜欢的事。这跟学校老师还不完全是一码事——教师工作的一部分就是要成为榜样。图书管理员只要把本职工作做好就行了，而这一点大家是有目共睹的。工作之外她有自己的生活，跟所有人一样。难道你宁愿在这儿雇用一个像玛丽·坦布琳那样性格乖张的老处女而不是一个容貌漂亮的女人吗？外地人可能偶尔路过，他们对小镇的评价往往基于他们的所见。你需要让他们看到一个优雅漂亮的女人。

打住。谁说你不能呢？他在脑子里为她的事跟人争辩，好像真的有人要把她撵走似的。这种空穴来风的事是怎么钻进他的脑子来的，他根本不知道。

那她的问题是怎么回事？第一次见面的那天晚上，跟机器有关的？她是什么意思？是在拐弯抹角地指责他吗？

他已经跟她聊了墙上的画，室内的灯光，甚至告诉了她他的父亲如何把自己的工人送到这里来给图书馆制作书架，但是对那个瞒着她把书顺手牵羊拿走的人,他只字未提。也许他一次只拿一本。夹在大衣里?再以同样的方式送回。他一定把书都还了,要不然他房子里会堆满了书,他的妻子是绝对不会容忍这一点的。这不是偷,只是临时占有。古怪但无害的行为。以为自己可以耍点小把戏不被人发现,就算不小心也不至于被机器拽住袖子和被锯子锯掉脖子。两者之间有什么联系吗?

很可能。两者之间很可能存在着某种联系。都是态度的问题。

"那个小伙子——你知道他的——那次事故——"他对图书管理员说,"他看到喜欢的书就那么拿走。你觉得他为什么要那么做呢?"

"人们会做各种各样的事,"图书管理员说,"他们会撕掉某页书,只是因为不喜欢或者太喜欢。他们就是会那么做。我不知道他为什么要那么做。"

"他撕过书页吗?你教训过他吗?有没有让他害怕见到你?"

他只是想跟她开个小玩笑,想说她吓唬不了任何人,不过她没朝那个方向理解。

"我连话都没有跟他说过,又怎么能让他怕我呢?"她说,"我从来没有见过他,连他长什么样都不知道。"

她走开了,谈话戛然而止。这么说她不喜欢开玩笑。她是那种满身伤疤但你只有在靠近后才能看到的人吗?什么样的旧伤在困扰着她?某个秘密?也许是在战争中失去的某个心上人。

之后的一个夜晚,一个周六的夏夜,她自己主动提起了这个他绝不会再碰的话题。

"你还记得上次我们谈到的那个人吗？那个出事故的男人？"

阿瑟说他当然记得。

"我有一些事想问你，不过你可能会觉得奇怪。"

他点点头。

"我问你的事——我希望你能保密。"

"当然，一定的。"他说。

"他长什么样？"

长什么样？阿瑟有点困惑。他不理解她为什么这么小题大做和神神秘秘。当然对这个瞒着她偷拿书的男人感到好奇，想知道他长什么样，这再正常不过了。但是他没办法帮她，他只能摇摇头。他的脑子里没有任何有关杰克·阿格纽长相的记忆。

"很高，"他说，"我认为他的个头算是高的。除此以外我就说不出什么了。我真的不是你该问的人。让我认人不难，但描述长相我不行，哪怕是天天见面的人。"

"但是，我以为你是那个——我听说你就是那个——"她说，"那个捡起它的人。他的头。"

阿瑟生硬地说："我觉得没有人能眼睁睁地看着它躺在那儿。"他开始对这个女人感到失望，不自在，替她害臊。但是他想尽可能地就事论事，不流露任何责备的语气。

"我甚至说不出他的头发是什么颜色。基本上——它已经完全无法辨认了，在那种时候。"

她沉默了片刻，他移开目光。然后她说："你一定觉得我是

39

那种人——那种对此类事情非常着迷的人。"

阿瑟小声地抗议了一句，不过对他来说，她看起来确实就像那种人，难道不是吗？

"我本来不该问你的，"她说，"我压根儿不该提这事。我永远没法跟你解释我为什么要问这个。我只能请求你——假如可能的话——永远不要把我看成那样的人。"

阿瑟听到了"永远"这个词。她永远无法跟他解释。他永远不要那么想。在失望中他接受了她的暗示，那就是他们的谈话会继续，但可能不如以前那么随性。他从她的声音里听出了卑微，那是一种建立在某种自信之上的卑微，无疑是和性有关的。

也许，他这么想仅仅是因为那个晚上的缘故？每月的这个星期六晚他通常会去沃利。今晚他也打算过去，只不过路过这里顺道进来坐坐，没想到自己会待这么久。那晚他要去看一个叫简·麦克法兰的女人。她跟丈夫分居，不过并没有考虑离婚。她没有孩子，靠做些缝纫活为生。阿瑟就是在她上门给妻子做衣服的时候认识她的。那时什么也没发生，他们两人之间也没有那种意思。从某种意义上来讲，简·麦克法兰跟这个图书管理员有相似之处——漂亮，但不那么年轻了，都时髦而有胆量，在工作上也都是把好手。不过在其他方面却不那么像。他无法想象简·麦克法兰会带给男人某种神秘感，接着又明白无误地告诉你谜团永远不会揭开。简是一个能给男人带来平静的女人。他和她之间的交流很像他过去与妻子的对话：家常，节制而友好。

图书管理员向门边的开关走去，关掉了主灯。她锁上门，消失在书架中，不紧不慢地把那儿的灯也关掉。镇上的钟敲到九点。她一定对它的准确性确信无疑。他自己的表则指向九点差三分。

是该起身的时候了。他该去沃利了。

她关完灯后，走过来，在桌旁挨着他坐下。

他说："我永远不会用让你不快的眼光看你。"

熄灯后的屋子不该这么暗。正是仲夏时节，不过厚厚的雨云已开始逼近。阿瑟方才向大街看过去的时候，那里似乎还残留着不少天光：买东西的乡下人，在饮水喷泉前互相溅水的男孩子，女孩子们身穿柔软、廉价的印花夏装在街上走来走去，任由扎堆的小伙子们打量——他们三五成群地聚集在邮局的台阶上，或饲料店门口。现在他再向窗外看，街上完全是一副喧嚣骚动的场景，狂风中夹带着雨珠。年轻的姑娘们尖叫着，大笑着，用手拿包遮住头向避雨处跑去。店员们扯起遮篷，将刚才还放在人行道上展示的一筐筐水果、一架架夏鞋和园艺用具拖回店里。市政厅的大门因不时闯进来的农妇而砰砰作响，她们抱着孩子和包裹挤在女厕所里。有人想进图书馆的大门。图书管理员瞟了一眼，但没有动。雨帘顷刻之间扫过街道，风撞击着市政厅的屋顶，从树梢上呼啸而过。危险和喧闹伴随着移动的狂风持续了几分钟，然后只剩下雨声。大雨倾盆而下，人们仿佛置身于瀑布之中。

假如沃利也是这样的天气，简就应该知道不用等他。这是他在以后很长的一段时间里最后一次想到她。

"费尔太太当时都不愿洗我的衣服，"他说，自己都有些吃惊,"她不敢碰。"

图书管理员用一种坚决却夹带着颤抖和羞愧的声音说:"我认为你做了——我认为你做了一件非常了不起的事。"

雨声连绵,释去他回答的重负。现在,他发觉扭过头看她比以前容易了。她的侧脸被冲刷着玻璃的雨水微微照亮,她的表情平静而满不在乎,至少在他看来如此。他意识到他几乎完全不了解她——她到底是什么样的人?有着什么样的秘密?他甚至不知道自己在她心中的分量,只知道是有一些的,而且不是寻常的那种分量。

他没法描述自己对她的感受,如同他没法描述一种气味。好像被电灼伤,又像烧焦的麦粒。不,更像一颗发苦的橙子。我放弃。

他从来没有想到自己会置身这样的情景,被一种如此明确的冲动驱使。但是他好像也不是毫无准备。他想也不想这样做的后果就开了口:"我希望——"

他的声音太小,她没有听见他。

他抬高了声音,说:"我希望我们能结婚。"

这时她转向他。她笑了起来,但很快又控制住了自己。

"对不起。"她说,"对不起。我只是突然想起一件事。"

"什么事?"他问。

"我以为——那会是我最后一次看到他。"

阿瑟说:"你错了。"

托尔普德尔殉道者

从卡斯泰尔斯开往伦敦的客运火车在第二次世界大战中停运,连铁轨都被起走了。人们说是为了援战。当露易莎在二十世纪五十年代中期去伦敦看心脏科专家时,她只能坐巴士去。她不应该再自己开车了。

那位大夫,那位心脏科专家说她心跳不稳,脉搏一扯一扯的。这让她觉得她的心就像一个小丑,她的脉搏则好似牵在一根线上的玩偶。她坐了五十七里路的车赶来,可不是为了听到这种儿戏般的评论,不过她无暇顾及。在候诊室读到的一则新闻让她分心。也许是她读的东西让她的脉搏这么波动不稳。

在当地报纸的内页,她看到名为"悼念本地殉道者"的头条。为了打发时间,她继续读了下去。文章说当天下午在维多利亚公园将举行某个仪式,纪念托尔普德尔的殉道者。报纸说知道这些烈士的人极少,露易莎就从来没有听说过他们。这些人因非法宣誓受到审判并被判有罪。这桩奇特的罪案发生在一百年前英国的多赛特郡，判决的结果是将他们流放到加拿大。有几个人到了伦敦，在此地了却余生，死后安葬时也没有特别的公告或纪念仪式。现在，人们认为他们是工会运动的先驱。今天这场纪念活动就是由工会理事会，加拿大劳工联合会的代表以及本地一些教堂的牧师们发起的，纪念他们被捕一百二十周年。

露易莎觉得殉道者的称呼有些夸张，毕竟他们没有被处决。

纪念活动在下午三点举行，主要发言人是本地的一位牧师，还有从多伦多赶来的工会发言人约翰（杰克）·阿格纽先生。

露易莎从医生诊所出来的时候是下午两点一刻。回卡斯泰尔斯的巴士要到晚上六点才出发。她本来打算先去辛普森百货的顶楼喝点茶，吃点东西，然后去买结婚礼物。时间允许的话再去看场午间电影什么的。维多利亚公园位于医生诊所和辛普森街之间，她决定抄近路去。天气炎热，树荫下凉爽宜人。她一眼就看到公园里摆好的椅子。挂着黄色帷帘的小讲台上，一边插着加拿大国旗，另一边她猜是劳工联合会的会旗。一群人已经开始聚集，为了看得更清楚，她发现自己已经离开了原来的位置。人群中有一些老人，衣着普通但整洁。女人们大热天也扎着头巾，一看就是欧洲人。还有一些是从厂里提前下班的工人，男工穿着干净的短袖衬衣，女工穿着新洗的罩衫和便裤。人群中有几个女人显然是直接从家里赶来的，因为她们穿着连衣裙和凉鞋，还要照看带来的小孩。露易莎觉得她们不会在意她的衣着——米色山东软绸和深红色丝质便帽，一如既往的时髦。但就在那时，她注意到一个比她更时髦的女人起身。她穿绿色丝绸上衣，黑发向后紧绾，用金绿两色相间的手绢扎起。她可能有四十岁，脸蛋憔悴而美丽。她很快向露易莎走来，微笑着指给她一把椅子，并递给她一份油印传单。露易莎辨认不出那些紫色的印刷字体。她想把正在讲台边谈话的那几个男人看得更清楚一点。发言人也在他们中间吗？

这种姓名的巧合连有趣都谈不上。他的姓和名字都不罕见。

她不知道自己为什么坐下，甚至不知道自己为什么要来这儿。她开始觉得有些恶心，一种熟悉的不安感。这种感觉常常来得莫名其妙，但一旦来了，就算知道它毫无缘由也于事无补。唯一能做的就是赶紧起身，趁更多的人围坐过来之前逃走。

穿绿衣服的女人拦住她，问她是不是有些不舒服。

"我得去赶车。"露易莎嗓音嘶哑。她清了清喉咙。"出城的车。"说这话时她感觉好了些，然后就大步走开了，不过不是向辛普森百货的方向。她知道自己不会去那儿了。她也不会去伯尔克斯珠宝店买结婚礼物或去电影院看电影。她会径直去巴士车站，一直等到巴士带她回家。

走到离巴士车站只有半条街的时候，她才记起当天早上自己并没有在那儿下车。原来的车站正在被拆了重建，临时车站设在好几条街以外。她没留意是哪条街，是旧车站东面的约克街还是国王街？无论如何，她都得绕路了，因为这两条街都在拆建。就在她几乎认定自己迷路了的时候，她发现她已经侥幸从后街绕到了临时车站。临时车站是一栋老房子，那种高高的灰黄色砖房，早在这一片还是居民区的时候就建成了。这可能是它在被拆毁前最后的用处了。周围的房子都被拆掉了，这一定是为了腾出大片空地铺上碎石，方便巴士停靠。停车场的四周还剩下一些树，树下放着几排椅子，她上午下车的时候并没有注意到。两个男人坐在这栋房子曾经的阳台上，椅子是废弃的车座。他们穿着棕色的衬衣，上面有巴士公司的标识，不过他们对工作似乎并不上心。当她问他们去卡斯泰尔斯的巴士是否会六点准时出发，还有在哪里可以买到饮料的时候，他们连站都没有站起来。

六点，据他们所知。

咖啡店在街的那一头。

里面的冰箱里有饮料，不过只剩下可乐和橙汁。

她从冰箱里给自己拿了一瓶可乐。候车室又小又脏，还有一股失修厕所的味道。车站搬入这栋破旧的老房子后，大家一定变得懒散和懈怠了。在用作办公室的房间里有一个风扇，她经过时，看到一些纸张从桌上被吹了下来。"噢，该死。"女办事员一边诅咒一边用高跟鞋踩住这些纸。

外面的树灰扑扑的，树荫下放着老式的木椅，直靠背，最初漆的是别的颜色，看上去好像是从不同的厨房里搬来的。每把椅子的前面都放着一小块旧地毯或浴室里的那种橡胶垫，防止脚直接踩在碎石子上。在第一排椅子的后面，她以为自己看到一只羊卧在地上，结果是一条脏兮兮的白毛狗。它一路小跑过来，用一种严肃、半示威的神情打量了她一会儿，略略嗅了嗅她的鞋，然后又跑开了。拿可乐的时候她没留意是否有吸管，现在也不想再折回去找。她就着瓶子喝了一口可乐,头微微后仰,闭上了双眼。

当她睁开眼睛时,旁边椅子上坐的一个男人开始跟她说话。

"我尽快地赶了过来,"他说,"南希说你要赶巴士。我发言结束后就出发了。但是巴士车站已经拆了。"

"拆掉重建。"她说。

"我一眼就认出了你,"他说,"尽管——过去了这么多年。看到你的时候,我正在跟另一个人说话。再看时你已经不见了。"

"我认不出你了。"露易莎说。

"嗯,认不出了,"他说,"我想也是。你当然认不出我。"

他穿着棕褐色的便裤和浅黄色的短袖衬衣,系一条鹅黄色的领巾。工会的人这么穿就有些花哨了。他有一头浓密而卷曲的白发,有弹性的那种,从前额开始一个小卷一个小卷地往后翻。他的皮肤有些发红,脸上的皱纹因对演讲——她觉得也包括私下谈话——投入太多热忱和精力而加深了。他本来戴了一副茶色眼镜,现在摘了下来,好像想让她看得更清楚一点,浅蓝色的眼睛里有少许血丝和不安。一个长相英俊的男人,除了皮带上方微微凸起的将军肚,总体还是保持得不错。不过她发现这种讲究的帅气——休闲时尚的服饰,引人注目的卷发和充满感染力的表情——对她并没有太大吸引力。她更喜欢阿瑟的样子。他的自我克制和深色西装中透出的尊严,有些人可能称之为傲慢,在她看来却显得真挚而令人敬重。

"我一直想打破沉默,"他说,"我想跟你说上话,最起码我应该进去跟你道个别。我走得太突然。"

露易莎不知该说什么。他叹了一口气,说:"你一定很生我的气。你现在还气我吗?"

"早就不了,"她说,有些可笑地客套了起来,"格蕾丝怎么样?你的女儿丽莲怎么样?"

"格蕾丝身体不太好,患了关节炎。她的体重不利于她的健康。丽莲还可以。她结了婚,还在高中教书。教数学。对女人家来说不算太寻常吧。"

露易莎怎么好意思拆穿他呢?难道她能说,不,你的妻子格蕾丝在战争中又结了婚。她嫁给了一个农民,一个鳏夫。在那以前,她每星期来我们家做一次清洁。费尔太太已经很老了。丽莲一直没能从高中毕业,她又怎么能做高中老师呢?她年纪轻轻就结婚了,有几个孩子,现在在一家药店工作。她的身高和头发都很像你,不过她把头发染成了金色。我经常看着她,心想她一定很像你。她小的时候我常常给她送去我继女穿小了的衣服。

不过这些她都没说。她说:"那么那个穿绿衣服的女人——她不是丽莲?"

"南希?哦,当然不是。南希是我的守护天使。她帮我记下我需要去的地方和时间,确定我的演讲稿是否准备好了,照顾我的饮食和服药情况。我的血压有些偏高。不是什么大问题。但我的生活方式很不好,总是在路上奔波。今晚我就要飞去渥太华,明天白天有一个很难对付的会议,晚上还有一个无聊的晚宴。"

露易莎觉得她不能不说了:"你知道我结婚了吗?我嫁给了

阿瑟·道兹。"

她觉得他看上去有点吃惊,不过他说:"对,我听说了。对。"

"我们工作也很卖命,"露易莎坚定地往下说,"六年前阿瑟去世了。整个三十年代,我们苦苦支撑,不让工厂关门,哪怕有段时间厂里只剩下三个人。我们也没钱翻修,我记得自己动手剪掉了办公室的遮篷,好让阿瑟拿着爬上梯子去补屋顶。我们想尽一切办法,连户外保龄球场那样的娱乐场所也用上了。然后又开始打仗了,我们再也撑不下去了。我们生产的钢琴都卖得掉,但我们也在为海军生产雷达包装箱。那段日子里我每天都待在办公室。"

"去工厂上班对你一定是个不小的变化,"他说,用一种听上去似乎有些老练的口吻,"跟图书馆相比的话。"

"工作就是工作,"她说,"我现在仍然在工作。我的继女碧离婚了,她可以对付着帮我料理家事。我的儿子也终于念完了大学——他本来应该学做生意,但他每天下午总能找到借口溜出去。晚饭回家时我常常累得要趴下,这时候,我会听见酒杯里冰块碰撞的叮当声,还有树篱后的说笑声。噢,麻麻,他们看到我时这么叫我。噢,可怜的麻麻,坐这儿来,给她倒一杯酒!他们叫我麻麻,是因为我儿子小时候就是这么叫我的。但他们现在都不是小孩子了。我回家的时候,房子非常凉快——不知你是否还记得,那是一栋很不错的房子,有三层,像一个婚礼蛋糕。门厅处镶着马赛克砖。不过我总是想着工厂的事,我满脑子净是这些。怎么做才能让生意继续下去。现在加拿大只剩五家生产钢琴的工厂了,其中三家在劳动力低廉的魁北克。这些你肯定都知道。当我在脑子里跟阿瑟谈话时,翻来覆去不过是老一套。我跟他心灵仍然相通,不过不是以什么神秘的方式。大家都觉得人老后会想一些更神神道道的东西,但我好像变得越来越实际,整天想的就是如何把某件事情办好。还有谁会和死去的人聊这样的事!"

她停住口,有些不好意思。她不知道他是不是都听进去了,事实上她连自己是不是说了这些话都拿不准。

"让我开始一切的——"他说,"不管我最后做成了什么,从一开始就推动我往前走的那股力量,是图书馆。所以我欠你一个大人情。"

他把双手放在膝盖上,垂下头。

"啊,扯得太远了。"

他嘟哝了一下,不过又笑了。

"我的父亲,"他说,"你不记得我的父亲了吧?"

"噢,当然记得。"

"其实,有的时候,我觉得他的想法很有道理。"

他抬起头,摇了摇,然后宣称:

"爱情永远不死。"

她失去了耐心,几乎有种受到冒犯的感觉。这就是那些没完没了的演讲干的好事,她想,让一个人说出这样的话。爱情时时刻刻都在消亡,或是被转移、覆盖,那其实多少与死亡无异。

"阿瑟过去常来图书馆,"她说,"刚开始我对他很恼怒,常常盯着他的后脖颈想,哈,要是有东西砸中你那个地方会怎样呢?你不会明白这些的,这毫无道理。结果后来我发现我想要的东西完全是另一码事。我想嫁给他,过正常的生活。"

"正常的生活。"她重复道。一阵眩晕似乎正向她袭来,对于荒唐之事的宽恕蔓延开来,唤醒了她那长满老年斑的手和干枯而粗壮的手指,它们离他的手并不远,就搁在他们之间的椅子上。情欲和旧日的渴念陡地升起,点燃那些孤寂的细胞。噢,永远不死。

从碎石停车场的对面走来一群衣着古怪的人。他们成群走着,犹如一团黑云。女人们没有露出头发——她们都戴着黑色的披肩和软帽,遮住脑袋。男人们戴着宽边草帽,系着黑色的背带。小孩们穿得和大人一模一样,连帽子也不例外。这身衣服对他们来说该多热啊——那么热,灰尘仆仆,警惕而胆怯。

"托尔普德尔殉道者。"他说,声音里隐约有些玩笑成分,还有认命和怜悯。"啊,我想我最好过去一下,跟他们打个招呼。"

那玩世不恭的口吻,还有那种不太自然的好意,都让她想起另一个人。是谁呢?等到她从后面看到他的宽肩和扁平的臀部时,她知道是谁了。

吉姆·弗雷瑞。

哦,她被什么样的戏法耍弄了?或者说她给自己设了什么样的戏法?她不能接受这样的耍弄。她稳稳地站起身,看到所有的黑衣都融进地上的一摊水里。她觉得头晕,又感到羞辱。她不能接受这个。

现在他们走近了,她看清他们的衣服并不全是黑色。她看见有深蓝色,那是男人衬衣的颜色。女人的衣服有深蓝和紫色两种颜色。她可以看到他们的脸——男人的脸藏在胡须后面,女人的则隐在带深帽檐的软帽里。现在她知道他们是谁了。他们是门诺派[①]教徒。

这一带现在住着门诺派教徒了,过去他们可不住这儿。卡斯泰尔斯北部有一个叫邦迪的小村庄,那里也住了一些门诺教徒。这些人会跟她一起坐巴士回家。

他不在他们中间,也不在任何视线所及之处。

一个叛徒,无可救药。一名过客。

一旦知道他们是门诺教徒而不是什么灵魂迷失、身份不明的陌生人,这些人看上去就立马没有那么胆怯或愁苦了。实际上,他们看上去十分兴高采烈,相互传递着一袋糖果,成年人跟小孩子们一起吃。然后,他们在她周围的椅子上安坐下来。

难怪她感到寒冷潮湿。她刚刚被一阵巨浪淹没,不过没人注意到。谁都可以对刚才的事做出解释,但实际上她就是被巨浪淹没。她被巨浪淹没,又探出头来,剩下的只有皮肤上的寒光,耳朵里的轰鸣,胸中的空洞和胃里的恶心。她面对的是一片混乱——一种要把她完全吞没的荒芜。突然暴露的空洞,即兴而起的把戏,明亮又旋即化作泡影的慰藉。

但是谢天谢地,来了这些门诺教徒。她听着他们屁股落座的

[①] 16世纪起源于荷兰的基督教新派,强调自由意志,主张俭朴生活,反对婴儿洗礼等。

扑通声，糖果袋被撕开的噼啪声，催眠般的吮吸声和轻柔的谈话声。一个小女孩看也没看露易莎就递过来糖果袋，露易莎拿了一颗奶油味的薄荷糖。她惊讶自己居然能够用手拿住糖果，用嘴唇吐出"谢谢"二字，然后在嘴巴里尝到她期待的味道。她学着他们那样细细品味糖果，允许那种味道给她带来某种时空的合理延续。

虽然还没到晚上，灯却亮了。在木椅上方的树上，有人绕了几道串着五颜六色的小灯泡的线。她直到现在才注意到。它们让她想起节庆的日子。嘉年华会。湖上一船船的歌手。

"这是什么地方？"她问身边的一个女人。

坦布琳小姐去世的那天，露易莎正好住在镇上的商务旅馆里。那时她在给一家公司做推销员，到处旅行向零售商推销帽子、缎带、手帕、饰物和女士内衣裤。她听到旅馆里的人议论坦布琳小姐的死讯，突然想到这座小镇很快会需要一名新的图书管理员。她已经厌倦这种四处奔波的生活，成天拖着样品箱，上下火车，在旅馆展示她的样品，装好行李然后又打开。她立即去找负责图书馆的人谈了话，一位道兹先生和一位麦克劳德先生。他们听上去像一对滑稽戏的搭档，但看上去又并不像。薪水是少得可怜，不过她的销售提成一直也不高。她告诉他们她在多伦多念完了高中，做推销以前在伊顿的图书部门工作过。她没说她在那儿只工作了五个月，然后就因肺结核而不得不去疗养院疗养，在那儿一待就是四年。肺结核倒是治好了，只留下一些干干的钙化点。

旅馆把她安排到三楼的一间永久客房里。从那儿，她的目光可以掠过屋顶看到白雪覆盖的群山。卡斯泰尔斯镇位于一个河谷里。小镇住着三四千居民，长长的主街顺着山坡蜿蜒而下，跨过小河，再顺势上坡。小镇上还有一家制作钢琴和管风琴的工厂。

那些房屋在建造时就有耐久经住的打算。屋前有宽阔的庭院，街边是长成的榆树和枫树。她从未在绿叶满枝的时候来过这里。想来那种景致一定与现在十分不同。现在暴露于光天化日之下的一切，将会掩隐在一树一树的碧绿之中。

她很高兴能有一个新的开始，为此充满感激，心绪也平和下来。她不是没有过重新开始的经历，不过事情并不如她所愿。这次的即兴决定仿佛冥冥之中有神灵介入，她相信这是她不平凡命运的开始。

小镇上一股马匹的味道。夜晚来临时，蒙着眼罩的高头大马扬起多毛的马蹄，拉着雪橇过桥，经过她住的旅馆，把街灯甩在身后，消失在夜沉沉的小路上。最终它们到达乡野的某处，连彼此的响铃也不再听得见。

真正的生活

一个男人出现在多莉·贝克的生活里并爱上了她。至少，他想跟她结婚。这是真的。

　　"要是她哥哥还在的话，她一辈子都不需要跟人结婚。"米利森特说。她在暗示什么呢？不是什么有伤风化的事，也不是指钱。她想说的是，爱确实存在过，温情营造了舒适。在多莉和阿尔伯特那贫穷和得过且过的生活中，孤独从来不是一个威胁。米利森特在某些方面精明实际，在另一些事上却不可救药地多愁善感。她相信不掺杂性成分的甜蜜情感。

　　她认为是多莉拿刀叉的方式捕获了那个男人的心。没错，跟他的拿法一模一样。多莉用左手拿叉，右手只用来拿刀切菜。她没有不停地把叉子换到右手去叉菜的习惯。她年轻时上过惠特比女子学院，那是贝克家花掉的最后一笔钱。她在那儿还学得了一手好字，可能这也是原因之一。据说初次见面以后，两人的交往就全靠通信了。米利森特非常喜爱惠特比女子学院的发音，她计划——她还没跟别人说过——日后把女儿也送到那里去上学。

米利森特不是一个没有受过教育的人。她在学校教过书。在嫁给比她大十九岁的波特以前，她拒绝过两个认真的男友。他们一个有让她受不了的母亲，另一个想把舌头伸进她的嘴里。波特有三个农场，许诺在一年之内给她造一间厕所、一套餐厅家具、一条长沙发和几把椅子。在他们的新婚之夜，他对她说："现在，你要准备好承受命运了。"她知道他的话并没有恶意。

那是一九三三年的事。

她很快生了三个孩子。老三出生后，她的身体出现了一些毛病。波特是个正派男人——大多数时候。打那以后，他就不去烦她了。

贝克家的房子就在波特的领地上，不过他不是房子的第一手买主。他是从收购贝克家房产的另一个男人手上买过这栋房子的。因此严格说来，阿尔伯特和多莉是从波特手里租回自家的老房子。但中间没有涉及金钱交易。阿尔伯特还活着的时候，他会在有重要农活的时候现身——比如给谷仓浇水泥地面或垛干草堆，干上一两天活。多莉会跟着一起干，她也会在米利森特生孩子或打扫房子的时候帮忙。她力气大得惊人，搬得动笨重的家具，可以干男人的活儿，像装防风窗之类的。开始干一桩重活以前——比如撕掉整间房的墙纸——她会往后缩一下肩，快活地深吸一口气，全身上下洋溢着心意已决的光芒。她是个高大结实的女人，腿很粗，头发是棕栗色的，羞怯的宽脸上点缀着深色雀斑，如同天鹅绒上的斑点。当地一个男人用她的名字命名了自己的一匹马。

多莉虽然喜欢打扫房间，对自己家却不怎么上心。以前她和阿尔伯特一起住的房子（现在是她一个人住）很大，布局也很漂亮，但是几乎没什么家具。多莉聊天时会提到家具，比如橡木家具柜、母亲的衣橱、线轴床等，不过之后总会附上那句"最后去了拍卖行"。拍卖听上去像一场自然灾害，跟洪水风暴一样，抱怨它是没有意义的。地毯没了，照片也没了，剩下的只有纳恩杂货店的挂历，阿尔伯特曾经在那儿工作过。房间里缺了那些大家习以为常的东西，却多了另外一些东西，例如多莉的捕兽夹、猎枪和用来绷紧兔皮和麝鼠皮的木板。房屋设计者的本意因此而流失，打扫房间的想法也随之变得微不足道起来。在某一个夏日，米利森特在楼梯口看见一泡狗屎。她看到的虽然不是刚拉的狗屎，不过也新鲜得足以让人觉得恶心。之后整个夏天，狗屎由棕色慢慢变成了灰色，变得如石头一般坚硬而有尊严。奇怪的是，米利森特发现自己越来越认同它的存在，好像它天生就该在那个地方。

黛利拉要对这泡狗屎负责。她是一条杂交的黑色拉布拉多，喜欢追逐汽车，最终也因此送了命。阿尔伯特死后，她和多莉可能都有些失去常态。不过，不是每个人都能立即觉察到这些变化的。起初是没人回家了，晚饭时间开始变化不定。然后是没有男人的衣服可洗了，洗衣服也变得不规律了。家里没人说话了，多莉跟米利森特或者波特两人的话便多了起来。她聊阿尔伯特和他的工作，先是给纳恩杂货店驾马车，然后是开卡车，跑遍了整个乡野。他上过大学，不是没见过世面的乡巴佬。然而自打他从一战中归来后，他的精神状态便没有那么好了。他觉得户外工作对他最为有利，于是接过那份给纳恩杂货店开车的活计，一直干到他去世。他乐于社交，从不疲倦，做的事远不止简单的送货。他让人搭便车，从医院带病人回家。在他送货的客户中有一个疯女人。一次他从卡车上给她卸货时，突然有一种转身的冲动。她就站在那里，举着一把斧头朝他的脑袋劈来。实际上她那一斧子已经挥了过来，在他避开后她也没能停下，斧头不偏不倚地砍向一箱杂货，将一磅黄油一劈为二。他仍然给她送货，不忍心将她交给警察局，他们一定会把她送进疯人院。那以后她再没有向他挥过斧头，但常给他吃一些小蛋糕，上面撒了可疑的种子。每次他都把它们扔到小路尽头的草丛里。还有其他女人——不止一个——在他面前赤身裸体。其中一个在他送货时，从放在厨房中间的一缸洗澡水中站起身来。阿尔伯特弯腰把货品放在她的脚边。"有些人是不是让人叹为观止？"多莉说。接着她又讲了一个单身汉的故事。这人的房子里老鼠泛滥成灾，他不得不把食物放进一个布袋里，吊到厨房的梁柱上。结果老鼠沿着梁柱跳下来，用爪子把布袋挠开，最后这位老兄不得不带着所有的食物上床睡觉。

"阿尔伯特总是说一个人住很可怜。"多莉说，好像没有意识到自己现在也是一个人住了。阿尔伯特死于心脏衰竭——他只来得及把车开到路边，关掉引擎。他死去的地方很美丽：河谷里长着黑色的橡树，路边流过一条甘甜清澈的小溪。

多莉谈到过贝克家族早年的故事，是从前阿尔伯特告诉她的。贝克两兄弟如何撑着筏子溯河而上，如何在大弯曲地区开了一家磨坊。那时候那里除了荒山野岭，别的什么都没有。现在除了磨坊和水坝的废墟以外，还是什么也没有。农场从来都不是他们的谋生之道，而只是一个爱好。他们建了那栋大房子，从爱丁堡运来家具——就是后来拍卖了的床架、椅子、雕花箱柜等。他们是绕过霍恩河把家具运来的，多莉说，往上进入休伦湖，再往上才到这条河。噢，多莉，米利森特说，不可能。她拿出自己保存的学校地图，指出多莉的错误。那就是通过运河运来的，多莉说。我记得他提到过一条运河。巴拿马运河？伊利运河的可能性更大，米利森特说。

"对，"多莉说，"绕过霍恩河，然后进入伊利运河。"

"不管别人怎么说，多莉是一位真正的淑女。"米利森特对波特说，后者没有争辩。他已经习惯了妻子不容置喙地评价别人。"比缪丽尔·斯诺还要淑女一百倍。"米利森特说，提到了这个可以说是她最好朋友的名字。"我非常喜欢缪丽尔·斯诺，不过我还是要那么说。"

这样的话，波特也习以为常了。

"我爱缪丽尔·斯诺，可以在任何情形下为她挺身而出。"米利森特会说，"我爱缪丽尔·斯诺，但这并不表示我赞成她做的一切。"

抽烟。说他妈的、老天、狗屎。我差点儿把屎拉到裤子里。

缪丽尔·斯诺并不是米利森特最好朋友的第一人选。刚结婚那会儿,她眼光很高。内斯比特律师夫人。芬尼根医生夫人。道兹夫人。她们在教区的妇女服务团把她当驴一样使唤,下午茶聚会时却从不邀请她。要不是开会,她根本进不了她们家的门。波特是个农民。不管他有多少个农场,他仍然是个农民。她早该明白这个道理。

她打算让女儿贝蒂·琼上钢琴课,缪丽尔就是这么认识的。缪丽尔是音乐老师。她在学校教音乐,也私下做家教。那时候人们手头都不宽裕,一节课她只收两毛钱。她在教堂弹管风琴,指挥各种唱诗班,有些分文不收。米利森特和她一拍即合。不久,缪丽尔在她家的出入频率就赶上多莉了,不过这两种交情完全不同。

缪丽尔三十多岁了,从没结过婚。她开诚布公地谈论自己的婚姻问题,用一种自我调侃和自怜的口吻,特别是波特在场的时候。"波特,你不认识什么男人吗?"她会说,"难道你就找不出哪怕一个像样的男人给我吗?"波特会说也许他能,只是她可能会觉得那些男人也不怎么样。夏天,缪丽尔常去蒙特利尔看姐姐。有一次她还去了费城看望几个表亲,她和他们靠通信来往,但之前从没见过。回来后她汇报的第一件事就是有关男人的。

"太可怕了。他们都早早结了婚,都是天主教徒,妻子永远不会死——她们也太能生孩子了。"

"对了,他们安排我和一个男人见面,不过我一眼就看出他没戏。他是那种离不开母亲的男人。"

"我自己倒是也见了一个,不过他有一个致命的缺点。他不剪脚指甲。指甲又长又黄。哎，你怎么不问问我是怎么发现的？"

缪丽尔总穿蓝色的衣服。她说女人应该找到真正适合自己的颜色，然后就只穿那一个颜色。跟用的香水一样。它应该成为你的标识。人们都觉得蓝色是属于金发女郎的颜色，其实他们错了。蓝色只会让一个本来就苍白的金发女郎看上去更暗淡无神。暖肤色的人其实更适合穿蓝色，像缪丽尔那样的——阳光在她身上晒出的褐色永远不会全部褪掉。蓝色也适合棕色的头发和眼睛，她的就是这个颜色。在穿衣上她从不将就，那样做是不对的。她的指甲永远涂着指甲油——那种艳丽得让人心神荡漾的颜色，例如杏黄色或者宝石红，甚至金色。她个头不高，身材有点圆，她坚持锻炼以保持腰身纤细。她的脖子正面中间有一颗黑痣，如同隐形项链上的一颗宝石，还有一颗在眼角，像一滴泪。

"用来形容你的词不是漂亮，"米利森特有一天这么说，自己也吃了一惊，"是让人神魂颠倒。"说完她脸红了，知道自己的过度赞美听上去一定十分孩子气。

缪丽尔的脸也有一点点红了，不过她很高兴。赞美让她陶醉，她毫不掩饰自己对更多赞美的渴求。一次，她去沃利参加音乐会，特意路过米利森特家，希望能有所收获。她穿了一条闪闪发光的冰蓝色裙子。

"不止这件，"她说，"我身上穿的一切都是新的，都是丝制品。"

说她总也找不到男人，这不是真的。她的身边不缺男人，但很少有那种能带去赴晚宴的。通常她会在带唱诗班去别的小镇参加弥撒音乐会时碰到那些男人。又或是在带一个有天分的学生去参加多伦多的钢琴独奏会时。有时候，她也会在学生的家里找到男人。他们是叔叔、父亲和祖父等等。这些男人从不进米利森特的家门，只会在车里挥手和她道别——有时很冷淡，有时又过分热情。原因在于他们都已经结婚。卧病不起的妻子，酗酒成性的妻子，邪恶粗暴的悍妇？都有可能。有时候他们对自己的女人只字不提——幽灵妻子？他们陪缪丽尔参加音乐会，对音乐感兴趣是个再现成不过的借口。有时候还会有一个表演的孩子在场，仿佛是他们的监护人。他们带她去远一点的小镇上的饭馆吃饭。她将他们一概称之为朋友。米利森特总是替她说话。一切都在光天化日下进行，怎么可能会对任何人造成伤害呢？然而事情并不总是如人所愿。最后不外乎以误解、恶语相向和敌视结束。校董会的警告。斯诺小姐必须注意她的行为。一个坏榜样。一个妻子的电话。斯诺小姐，很抱歉我们要取消——或者干脆沉默。一个失约的约会。一则没有回音的留言。一个永不再提起的名字。

"我的期待不高，"缪丽尔说，"我只是想和他们当朋友。他们说会永远支持我，结果一嗅到麻烦的气息，逃得比谁都快。怎么会这样呢？"

"唉，缪丽尔，你应该清楚，"米利森特有一次对她说，"妻子就是妻子。有朋友当然是好事，然而婚姻毕竟是婚姻。"

缪丽尔勃然大怒，认为米利森特跟别人一样，把她往最坏的一面想。难道她就不能给自己找点乐子吗？一段快乐单纯的好时光？她摔门开车离去，压倒一片马蹄莲——当然是故意的。整整一天，米利森特的脸上都因哭泣而泪迹斑斑。不过两个朋友都没有记仇，缪丽尔很快含泪回来，责备自己。

"我一开始就是个傻瓜。"她一边说，一边走到前厅弹钢琴。米利森特现在摸准了缪丽尔的行为模式。在她兴高采烈、刚结识一个新朋友的时候，她会弹悲哀温柔的曲子，例如《森林里的花儿》。或是唱：

> 她用男人的衣饰装扮自己，
> 她打扮得十分喜气——

失意的时候，她的琴键敲得又急又重，歌声也显得倨傲轻蔑。

> 嘿强尼·柯普你还没睡醒吗？

☙

有时候，米利森特请人来家里吃晚餐（当然不是芬尼根夫妇、内斯比特夫妇或道兹夫妇），这种场合她喜欢叫上多莉和缪丽尔。多莉可以在饭后帮忙洗碗盘，缪丽尔在席间弹琴助兴。

星期天，她邀请了圣公会的牧师做完晚祷以后来家吃饭，带上听说正在他家小住的一个朋友。圣公会的这位牧师是位单身汉，不过缪丽尔对他早已不抱幻想。不伦不类的一个人，她说。

太可惜了。米利森特很喜欢他，主要是因为他的声音。米利森特从小就是圣公会教徒，虽然由于波特的缘故她改信了联合基督教派（这也是这座小镇所有居民笃信的宗教，包括那些有身份的重要人士），不过她仍然喜欢圣公会的仪式。晚祷，教堂钟声，唱诗班在长廊上缓步高歌，极尽庄严——而不是挤着坐在一块儿。他们唱着最优美的字眼：噢，主啊，求你怜悯我们的过错与软弱。认罪的，求主怜悯。悔罪的，求主赦免，应验福音的许诺……

波特跟她去过一次，对此厌恶至极。

米利森特对这顿晚餐准备得非常用心。她拿出了锦缎桌布、银匙和装甜点用的手绘三色紫罗兰黑盘。桌布熨过了，银器擦亮了，剩下的就是没完没了的担心：一小块没有擦到的污点，叉尖上或婚礼茶壶的葡萄饰边上的一小点灰垢。整个星期天，米利森特都在高兴和苦恼、期待和担忧之间摇摆。可能出错的地方防不胜防。巴伐利亚奶油可能不会凝固（他们还没有冰箱，夏天只能用地窖来冷却食物）。天使蛋糕的形状可能没法发成最漂亮的那种样子——就算真的发起来了，也可能会太干。饼干可能会尝出面粉的霉味，沙拉里可能会爬出一只甲虫。到下午五点钟的时候，她的紧张不安已经让人没法跟她一同待在厨房里。缪丽尔早早到她家来帮忙，但是她的土豆切得不够细，擦胡萝卜时又刮伤了指关节。她因无用被赶出了厨房，给送到客厅去弹钢琴了。

缪丽尔穿着宝石绿的绉纱连衣裙，身上可以闻到她那西班牙香水味。牧师的名字可能已经被她从名单上划掉，不过她还没有见过他的客人。一个单身汉,也许是一个鳏夫——既然他是一个人旅行。一定十分富有,要不然不会出门,至少不会跑这么远。人们说他从英国来。也有人说不是,是澳大利亚。

她在为待会儿弹奏《波罗维茨舞曲》热身。

多莉的迟到打乱了晚餐的节奏。果冻沙拉得重新拿回地窖,以防变软。放在烤箱里保温的面包得赶快拿出来,不然会太硬。三个男人已经坐到了门廊上——晚餐将在那儿举行,自助餐,喝柠檬汽水。米利森特目睹过酒精给她家带来的灾难——父亲在她十岁时死于酒精中毒——她在婚前就要波特保证从此不再喝酒。他当然还是会喝——他的酒都藏在谷仓里——不过是背着她喝,她也就真的相信他没有背弃诺言。这样的事情在当时很普遍,至少在农民中间是这样。他们在谷仓喝酒,在家中戒酒。假如某个女人不立下这么一条规矩,大多数男人还会觉得她有问题。

可是缪丽尔却不管。当她穿着高跟鞋和优雅合身的绉纱连衣裙来到门廊上时,她立刻嚷道:"噢,杜松子酒和柠檬!我的最爱!"她啜了一小口,然后嘟起嘴埋怨波特:"你又这样。你忘了放杜松子酒!"然后她逗牧师玩,问他口袋里是不是藏了一小瓶酒。牧师很大胆,也许是因为无聊而变得满不在乎。他说他真希望自己带了。

起身被介绍的客人又高又瘦,面色发黄,脸上好像挂了一道道褶子,显得严谨而忧伤。缪丽尔没有对失望让步。她在他身边坐下,尽量显得兴致勃勃地跟对方聊起来。她谈到自己的音乐教育,严厉地批评了当地的唱诗班和音乐家,连圣公会也没放过。

她嘲笑牧师和波特,讲到在一个乡村中学的音乐会上,竟有一只鸡走上了舞台。

波特很早就把活儿干完了,然后洗了一个澡,换上了西装。不过他老是心神不宁地往谷仓方向看,好像想起了还有什么事没做。一头奶牛在地里哞哞大叫,最后波特不得不去看看她有什么毛病。原来她的小牛犊被铁丝栅栏挂住,给勒死了。洗手回来后他只字不提他们的损失,只说了句"小牛给铁丝网挂住了"。不过最终他把这件糟心事跟这次聚餐联系了起来,穿得这么正式,却要把盘子放在膝盖上吃饭,他觉得那样不自然。

"那些奶牛就跟小孩一样难搞,"米利森特说,"总是在你忙得不可开交的时候找你麻烦!"她自己的孩子已经提前吃过了,正从楼梯上的栏杆缝里偷窥送到门廊上的食物。"我觉得不能再等多莉了,开吃吧。你们男人一定饿坏了。不过是一顿简单的自助餐。周日的晚上,我们有时候喜欢在外面吃。"

"开饭,开饭!"缪丽尔嚷道。她已经帮着把菜肴端到了外面——土豆沙拉、胡萝卜沙拉、果冻沙拉、卷心菜沙拉、芥末蛋和冷烧鸡、三文鱼糕、温热的烤面包和各种调味酱。他们刚把菜摆好,多莉就从屋子的一侧出现了,不知是一路穿过田地的缘故还是因为兴奋,看上去微微发热。她穿的是比较拿得出手的一件夏裙,海军蓝的薄棉布裙,白色的波点和领子,老少皆宜的那种。衣领上的蕾丝脱线了,她没有缝,而是直接拽掉,上面残留的线头说明了这一点。天这么热,她还是穿了件贴身内衣,有一截从袖口露了出来。她的鞋显然在不久前胡乱洗过,草地上留下一串漂白粉的印迹。

"本来我是可以按时到的，"多莉说，"不过我要射杀一只野猫。她老在我家周围转悠。我敢打赌它有狂犬病。"

她的头发洗过，还是湿的，用发夹别着。她的发型，再加上她那容光焕发的粉脸颊，让她看上去像个玩偶，瓷做的脸蛋儿和四肢连着布身，里面塞着严严实实的稻草。

"起先我以为它可能中了暑，但看上去又不像。它也不像我平常看到的猫，用爪子挠肚皮。我还注意到了一些唾沫。因此我想，只能给它一枪了。我把它放进一只袋子，然后叫了弗雷德·纳恩过来，看他能不能帮我把它送到沃利去看兽医。我想知道它是不是真的得了狂犬病。弗雷德喜欢找借口开车出去。我告诉他要是兽医星期天晚上不在家的话，他可以把袋子留在台阶上。"

"他看到袋子会怎么想呢？"缪丽尔说，"一份礼物？"

"不会。我在袋子上别了一张纸条，这样就不会误会了。这儿绝对沾上了唾沫。"她摸了摸自己的脸，让他们看沾到猫唾沫的地方。"你在这儿住得还愉快吗？"她问牧师。牧师在这个小镇已经住了三年了，是他帮忙安葬了多莉的兄弟。

"多莉，斯皮尔斯先生才是我们小镇的客人。"米利森特说。多莉向来客点点头，对认错人似乎毫无窘意。她说之所以认定它是一只野猫，是因为它的毛打结了，又脏又丑。她认为如果不是得了狂犬病，野猫是不会走近她的房子的。

"不过我会在报上登个小小的声明，以防万一。如果是谁的宠物那就糟了。三个月前我刚失去了我自己的宠物狗黛利拉。它被车撞死了。"

听到那条狗被称作宠物有种怪怪的感觉。又大又黑的黛利拉以前常常跟在多莉身边，漫山遍野地乱窜。看到车，它会兴奋地撒野，不顾一切穿过田野向车冲去。它的死没有让多莉多么悲伤。她说她知道会有这一天。现在听到"宠物"一词，米利森特意识到也许她在人前掩藏了自己的悲伤。

"快来把盘子盛满吧，不然我们都会饿死的。"缪丽尔对斯皮尔斯先生说，"你是客人，你先来。如果蛋黄的颜色有点深，那是母鸡的缘故——饲料没有人下毒。那道沙拉里的胡萝卜丝是我擦的。如果你注意到上面有血丝，那是因为我有点忘乎所以，把指关节上的皮擦破了。现在我要闭嘴了，不然米利森特会杀了我的。"

米利森特气得大笑，说："噢，没有人要下毒。噢，你没有！"

斯皮尔斯先生十分注意听多莉说的每一句话。也许这是缪丽尔突然变得十分无礼的原因。米利森特想也许他觉得多莉是个稀罕人物，一个四处开枪打猎的加拿大女野人。他可能在研究她，好在回英国以后向朋友们描述她。

多莉吃东西时很安静，她吃得也很多。斯皮尔斯先生也吃得不少，米利森特对此感到欣慰。他似乎从头到尾都很沉默。牧师为了不冷场，说起了他正在看的一本书，叫《俄勒冈小径》。

"可怕的苦难。"他说。

米利森特说她听说过。"我有几个表姐妹住在俄勒冈，不过忘了她们住的镇子叫什么名字，"她说，"不知道她们是不是在俄勒冈小径上走过。"

牧师说如果她们生活在一百年前的话，那是非常可能的。

"噢，没有那么早，"她说，"她们姓拉弗蒂。"

"姓拉弗蒂的这个男人以前赛鸽很有名，"波特突然来了兴致，"这是很久以前的事了，那时候这些活动还很盛行。赛鸽也赌钱。这么说吧，他看明白问题出在鸽房，鸽子飞到后不肯马上进鸽房。可是如果它们不触网就不算到达。所以他拿了一只鸽子正在孵的蛋，戳破后倒掉蛋液，然后放进一只甲壳虫。甲壳虫在蛋里面折腾不休，鸽子自然以为孵蛋的时机到了，就抄最近的路线飞回家，触了网，把钱押在它身上的人都赢了大把钞票。他自然也在内。这个故事其实发生在爱尔兰。讲故事的人来加拿大就是靠的这笔钱。"

米利森特根本不相信那个男人姓拉弗蒂。那只是个由头。

"如此说来你家里有枪？"牧师对多莉说，"你是不是害怕流浪汉或坏人？"

多莉放下手中的刀叉，小心地咀嚼嘴里的东西，然后吞下去。"我家里放枪是为了打猎。"她说。

她停顿了一下，然后说她打过旱獭和兔子。她把旱獭拿到小镇的另一头，卖给那儿的一家水貂养殖场。她给兔子剥皮、绷皮，然后卖给沃利一家做游客生意的大商家。她喜欢油炸兔肉或水煮，不过她一个人吃不了，所以她常常把死兔清理干净，剥掉皮，拿给一些需要救济的家庭。很多时候她的好意会遭到拒绝。

人们认为吃兔子是跟吃猫狗一样不好的行为，不过她相信，就算是后者，在中国也不是什么反常的事。

"的确如此，"斯皮尔斯先生说，"我都吃过。"

"那你就明白了，"多莉说，"人们都是有偏见的。"

他问了剥皮的事，说剥动物皮一定得十分小心。多莉说的确如此，你得有一把你信得过的刀。她兴致勃勃地描述如何在肚子上整齐地划第一刀。"麝鼠更难下刀，因为你要小心不伤到它的皮毛，麝鼠毛很珍贵，"她说，"麝鼠毛更密，还防水。"

"你不用枪打麝鼠？"斯皮尔斯先生问。

不，不用枪，多莉说。她下套捉它们。捉它们，对，斯皮尔斯先生说。多莉描述了她最喜欢的捕猎陷阱，她自己还做了一些改进。她想过申请专利，不过一直没有找到时间。她谈到春天的水路，她走过的小溪，一天又一天，每天步行数十里路，正是冬雪融化而新叶未发之际，那时节的麝鼠毛最好。米利森特知道多莉做这些事情，不过她以为多莉只是为了赚些小钱。现在听她谈，她好像是真的喜欢那种生活。她讲述着飞来飞去的黑蝇，漫过靴面的冷水，淹死的老鼠。斯皮尔斯先生本来像一条老狗——可能是一条老猎狗——一样坐在那里半闭着双眼，如果不是怕留下坏印象，他可能已经陷入失礼的昏睡之中。而现在，他嗅出了某种旁人无法理解的气息——他的眼睛完全睁开了，鼻孔翕动，肌肉也做出回应，激动的涟漪在皮肤上层层荡开，好像忆起某段莽撞但全身心投入的岁月。多远，他问，水有多深，它们称起来有多重，一天能捉到多少，给麝鼠剥皮也用同样的刀吗？

缪丽尔向牧师要了一根烟，抽了一会儿，把烟蒂摁灭在巴伐利亚奶油里。

"这样我就不用吃它然后长胖了。"她说。她起身帮忙收拾碗碟，但很快又坐回到钢琴边弹《波罗维茨舞曲》。

米利森特很高兴有人跟客人聊天，不过这俩人之间的吸引力有点让她摸不着头脑。此外，她对晚餐的食物也很满意，没让她丢脸，也没有奇怪的味道和黏糊糊的杯把。

"我本来以为所有会下套的捕猎者都生活在北方，"斯皮尔斯先生说，"我以为他们都在北极圈以北，起码生活在加拿大地盾[①]。"

"我曾经想过去那里。"多莉说。她的声音第一次因害羞——也可能是激动而变得低沉。"我觉得我可以住在一间小木屋里，整个冬天都狩猎。但那时我和哥哥一起住，我不能丢下他不管，而且我对这一块儿很熟悉。"

晚冬的一天，多莉拿着一大块纯白的缎子来到米利森特家。她说想做一件婚纱。那是大家第一次听说婚礼的事——她说会在五月举行——或者说第一次知道斯皮尔斯先生的名字。威尔金森。威尔基。

自门廊上的那顿晚餐之后，多莉又是在何时何地再跟他见面的呢？

[①] 地理学术语，是北美洲板块最坚硬、最稳定的核心，又称为前寒武纪地盾区。

没有在任何地方。那之后他就回了澳大利亚，他在那儿拥有财产。他们靠信件往来。

餐桌给推到了墙边，厨房地板上铺上了床单，上面再摊开那块绸缎。它宽阔明亮，闪着易碎的光芒，让整座房子都静了下来。孩子们跑过来盯着它看，米利森特吼着让他们走开。她不敢下手裁布。而多莉呢，虽然她可以轻而易举地给动物剥皮，现在却放下了剪刀，承认自己双手发抖。

一个电话打到了缪丽尔的学校，让她放学后到米利森特家来一趟。她听到消息后手重重地拍了一下胸口，说多莉是狐狸精，是克里奥佩特拉①，竟然迷倒一位百万富翁。

"我敢打赌他是百万富翁，"她说，"在澳大利亚有财产——那是什么意思？我打赌那绝不是一座养猪场！要是他还有一个兄弟就好了。噢，多莉，我是不是太小心眼了？连一句祝福都还没说！"

她给了多莉一连串响亮的吻。多莉安静地站在那儿，宛如一个五岁的小女孩。

多莉说她和斯皮尔斯先生计划举行"某种形式的结婚仪式"。这是什么意思？米利森特问。你是指婚礼吗？是这个意思吗？多莉说是。

缪丽尔剪下了第一刀，她说总得有人开头。不过假如重新开始，她可能不会在同一个地方落剪。

---

① 埃及艳后，古埃及最后一位法老，凭借不俗的智慧和迷人的风姿征服了罗马两位最伟大的将领——凯撒大帝和安东尼。

很快她们就对犯错见怪不怪了。犯错和矫正。每天傍晚,缪丽尔会赶到米利森特家。她们一起咬牙发誓,给自己打气助威,攻克新的难题——裁剪、固定、绷线、缝纫。她们修改了婚纱的式样,来应对中途出现的问题,比如袖口紧了,厚重的缎子会堆在腰部,还有多莉古怪的体型。多莉只会妨碍她们干活,她们就派她打扫打扫碎布头,装装线筒。每次坐到缝纫机前,多莉都会紧张地咬舌头。有时候她无事可做,就在米利森特家从一间房走到另一间房,偶尔停下,盯着窗外的大雪和冰凌出神,漫长得没有尽头的冬天。有时候她穿着羊毛内衣站在那里,如同一头温驯的野兽,任由她们拿衣料在她身上比来划去。她的体味清晰可闻。

缪丽尔负责婚礼的衣服。她知道应该准备什么。光一件婚纱是不够的。出行的时候得换一套行头,还有新婚睡衣和配套的晨袍。当然,一套全新的内衣也是必不可少的。丝袜、胸罩——都是多莉有生以来第一次穿。

多莉对此一无所知。"我以为婚纱就是最大的难题了,"她说,"没想到还有更多。"

雪化了,小溪的水满了,麝鼠又会在冰凉的溪水里游来游去了。它们体态轻盈,背上珍贵的毛皮显得油光水滑。就算是想要捕猎,多莉也不会说出来。这些天她唯一走过的路,就是从自己家穿过田地到达米利森特家。

缪丽尔经验多了,胆子也大了。她用红褐色的羊毛料子剪裁出一套裙装,还带里衬。至于唱诗班的排练活动,也完全泡了汤。

米利森特得考虑婚礼宴席，它会在布伦瑞克酒店举行。可是，除了牧师以外，还有什么人可以请呢？认识多莉的人不少，但他们知道的多莉，是那个会把剥了皮的兔子放在人家台阶上的女人，那个带着狗和枪穿过田野和森林、穿着高筒橡胶靴蹚过小溪的女人。知道老贝克家的人已经不多了，尽管大家都记得阿尔伯特，也喜爱他。多莉还没有沦落到小镇笑料的地步——有什么东西保护了她，也许是阿尔伯特的讨人喜爱，也许是她本人性格中的生硬和自尊——不过她的婚讯倒是引起了人们极大的兴趣，虽然不一定都是出于同情的本性。人们议论纷纷，说这是一件怪事，不那么体面，很可能是一场骗局。波特说大家甚至打赌那个男人不会在婚礼上现身。

最后，米利森特想起了几个参加过阿尔伯特葬礼的堂表亲，他们是受人尊敬的普通人。多莉有他们的地址，请柬发去了。然后是杂货店的纳恩兄弟，阿尔伯特给他们干过活，还有他们的太太。一两个跟阿尔伯特打过草地保龄球的朋友和他们的妻子。水貂养殖场的场主？多莉常常卖土拨鼠给他们。糕点房的老板娘？她要给蛋糕挂上糖霜。

先在家里做好蛋糕，再送到糕点房让老板娘挂糖霜。她在芝加哥的某个地方取得了糕点装饰证书。蛋糕用白玫瑰、花边扇贝、心形图案、花环和银叶装饰，还有那些小小的、硬得可以硌掉牙齿的银色糖果。此外，蛋糕材料得先搅拌烘烤，这时，多莉强壮的胳膊就能派上用场了。她不停地搅啊搅，直到面糊发硬，所有的水果干、葡萄干和醋栗果都被姜黄色的面团牢牢粘住。当多莉用大碗抵住腹部,用搅拌勺搅打面糊时,米利森特这么久以来第一次听到她发出一声心满意足的叹息。

缪丽尔认为还需要一位伴娘,或者一位已婚的首席女傧相。她不行,她要弹管风琴。《完美的爱》。还有门德尔松。

只能是米利森特了。缪丽尔不允许她说"不"。她从家中拿来自己的一件晚礼服,天蓝色的长裙,被她从腰间一撕为二——现在她在裁衣缝纫上变得多么自信而果断啊!她建议镶上一条深蓝色的蕾丝腰带,配上相衬的蕾丝短上衣。到时候它就成了一件新衣服,给你穿再合适不过,她说。

米利森特第一次试穿时大笑不已,说:"我这个样子会把鸽子都吓跑!"但是她很满意。她和波特结婚时没怎么张罗婚礼。他们只去了教堂,决定把钱省下来置办家具。"我觉得我还需要一样东西,"她说,"头上戴的。"

"新娘子的面纱!"缪丽尔叫道,"多莉的面纱怎么办?我们一门心思想着婚服,把面纱这事儿忘得一干二净!"

多莉突然插话了,说她决不会戴面纱。她可受不了那东西挡住自己的脸,感觉和蜘蛛网一样。从她口中听到"蜘蛛网"一词,缪丽尔和米利森特都吓了一跳,因为别的地方也有过关于蜘蛛网的笑话。

"她是对的,"缪丽尔说,"面纱是有些太过了。"她开始考虑其他的选项。花环?不行,也太过了。阔边帽?对,找一顶夏天戴的旧帽子,围上白色的缎子。再找一顶,缀上深蓝色的蕾丝。

"这是婚宴的菜单,"米利森特迟疑地说,"酥皮奶油鸡、小圆烤饼、果冻、苹果核桃沙拉、粉白双色冰激凌蛋糕——"

想到蛋糕，缪丽尔问多莉："他是不是碰巧有一把剑？"

多莉问："谁？"

"威尔基。你的威尔基啊。他有剑吗？"

"他要剑做什么？"米利森特说。

"我只是觉得他可能有。"缪丽尔说。

"无可奉告。"多莉说。

有那么一刻，她们都陷入沉默，因为她们想到了新郎。她们得把他领进房间，领到所有这一切的中间来。阔边帽。奶油鸡。银树叶。她们顿时为怀疑所苦，至少米利森特和缪丽尔是如此。她们几乎不敢对视。

"我只是觉得既然他是英国人，或者不管他是哪国人。"缪丽尔说。

米利森特说："不管怎样，反正他是个不错的男人。"

婚礼定在五月的第二个星期六。斯皮尔斯先生计划星期三到，住在牧师家中。在这之前的那个星期天，多莉本应该过来跟米利森特和波特一起吃晚饭。缪丽尔也来了。多莉没有现身，他们也就没等她，先开吃了。

晚饭吃到一半时，米利森特站起来。"我过去看看，"她说，"婚礼的时候她最好别这么迷糊。"

"我跟你一起去。"缪丽尔说。

米利森特说不用，谢谢。两个人一起或许会让事情更糟。

让什么更糟？

她不知道。

她独自一人穿过田野。这天很暖和，多莉家的后门敞开着。在房子和原来用作谷仓的地方中间有一小片核桃林，树枝仍然光秃秃的，因为核桃树是这个季节最晚抽叶的树木之一。灼热的阳光从光秃秃的树枝间倾泻而下，令人感觉有点异常。她的脚步在草地上悄然无声。

屋后的凉台上放着阿尔伯特的旧手扶椅，一个冬天都没有人坐过。

她脑子里想的是多莉可能出了事。跟枪有关。也许就在擦枪的时候。这种事是可能发生的。也许她正躺在田野里的某个地方，躺在林中枯死的腐叶和新发芽的韭葱与血根草中间。穿过篱笆的时候绊倒了。她想在最后再单独出去一次。就这样，在平安无事了这么多年之后，枪走火了。米利森特以前从来没有这么担心过多莉，她知道在某些事情上，多莉非常细心能干。一定是今年发生的这一切让人觉得任何事都有可能发生。被求婚，如此出人意料的好运，只会让你觉得灾难也可能会如影随形。

可是，在她脑海里挥之不去的其实不是意外。那不是她真正担心的。在对可能发生的意外做了如此忙碌恐慌的想象之后，她隐瞒了自己真正害怕的事。

她对着敞开的门大声叫着多莉的名字。她已经准备好了面对沉默，一栋最近被清空的房子所散发的邪恶的沉默和冷漠，房子的主人不久前遇到灾祸（或许遇到或招致灾难的那人身体还在，屋子并没有完全空出)。她做了最坏的打算,因此当她看见身穿旧工装裤的多莉时,她大吃一惊,膝盖不由得软了一下。

"我们在等你,"她说,"我们在等你过去吃晚饭。"

多莉说:"我肯定是忘了时间。"

"噢,你的钟都停了吗?"米利森特问。她穿过堆着各种熟悉而神秘的破烂杂物的后厅,慢慢平静下来。她能闻到做饭的香味。

厨房里光线很暗,窗户给一大簇蔓生的紫丁香挡住了。多莉用的是房子原来的木头炉灶,还有一张老式厨桌,带放刀叉的抽屉。看到墙上挂的是今年的日历,米利森特不由得松了一口气。

多莉正在做晚餐。紫洋葱切到一半,准备加到正在锅里煎的培根碎和土豆片里。健忘到这个地步。

"你继续,"米利森特说,"接着做你的饭。我在来找你之前已经吃了点东西。"

"我烧了茶。"多莉说。茶壶放在炉子后面保温,倒出来时已经黑如墨水。

"我不能走,"她一边说,一边翻炒着锅里噼啪作响的培根,"我不能离开这儿。"

米利森特决定用对付不想上学的孩子的办法来对付多莉的宣言。

"好吧,这对斯皮尔斯先生来说可是个好消息,"她说,"尤其他这么大老远地赶来。"

锅里的油四下飞溅,多莉往后仰了仰。

"最好把它端得离炉火远一点。"米利森特说。

"我不能走。"

"你已经说过了。"

多莉做好饭,把锅里的东西舀到盘子里。她加了一点番茄酱,拿起在平底锅的剩油里浸泡过的几片面包,坐下,一声不吭地吃了起来。

米利森特也坐了下来,等着她吃完。最后她终于开口说道:"为什么?"

多莉耸了耸肩,嚼着嘴里的东西。

"也许你知道一些我不知道的事,"米利森特说,"你发现了什么?他很穷吗?"

多莉摇了摇头。"很富有。"她说。

这么说缪丽尔是对的。

"很多女人会巴不得嫁给他。"

"我不在乎那些。"多莉说。她嚼着嘴里的东西,咽下去,然后重复道:"我不在乎。"

米利森特觉得有必要冒一下险,尽管这让她有些难为情。

"假如你担心的是我认为你正在担心的事,那你就是在庸人自扰。男人在年纪大以后,多数情况下,他们根本都不想费那个劲儿。"

"噢,不是那个!那事儿我都知道。"

哦,你都知道吗?米利森特想。果真如此的话,你是怎么知道的呢?多莉可能自以为自己知道,从动物身上。有时候,米利森特觉得，假如女人真的知道那事的话，没人会愿意结婚。

然而她说的是："婚姻会让你走出自我，过真正的生活。"

"我已经有自己的生活了。"多莉说。

"那好吧。"米利森特说，好像放弃了争论。她坐下来喝那杯看上去跟毒药差不多的茶，突然灵机一动。她先等了一会儿，然后说："结不结婚自然是取决于你，绝对取决于你。但是你以后在哪儿住是个问题。你不能住在这儿了。波特和我得知你要结婚以后，我们把这栋房子放到市场上出售，已经卖掉了。"

多莉立刻说："你撒谎。"

"我们不想让这间房空下来，变成流浪汉的栖身处。因此就把它卖掉了。"

"你们不会对我要这种花招的。"

"你要结婚了，这怎么能是花招呢？"

米利森特对自己的话开始信以为真。很快这件事就会成为现实。他们可以把价格压低，一定会有人愿意出价。房子可以修一修，也可以直接拆掉，砖头和木头还能留做他用。波特会很高兴把它卖掉的。

多莉说："你不会让我无家可归的。"

米利森特一言不发。

"你在撒谎，是不是？"多莉说。

"把你的《圣经》给我，"米利森特说，"我可以对着它起誓。"

多莉真的开始用眼睛四处搜寻了。她说："我不知道它在哪儿。"

"多莉，听我说。所有这些都是为了你好。听上去好像是我在赶你走，不过这都是为了让你做你该做的事情，尽管你自己还没太准备好。"

"噢，"多莉说："为什么？"

因为结婚蛋糕已经做好了，米利森特想。婚纱缝好了，婚宴预订了，请柬也发出去了。所有的麻烦都经历了。人们会说这是个愚蠢的理由，但这么说的人肯定不是那些经历过麻烦的人。付出的心血不能这么白白浪费，这不公平。

但这不是全部的理由，因为她相信自己刚才告诉多莉的话，那就是只有这样多莉才能拥有一种生活。多莉说的"这儿"是什么意思？假如她指的是她会想家，那就让她想吧。思乡从来就不是什么克服不了的毛病。米利森特决定不再去深究"这儿"的意思。假如别的人也能有多莉那样的好运气，没人还会继续在"这儿"生活。拒绝这样的机会是一种罪过。这是固执，是恐惧和愚蠢。

她开始有一点儿明白多莉的困境了。多莉可能想放弃，或者说允许放弃的想法渗入她的脑子里。很可能是那么回事。她坐在那儿一动不动，如同一截树桩，但这树桩里面没准儿还有甘甜的汁液。

奇怪的是，米利森特突然开始抽泣。"噢，多莉，"她说，"别傻了。"她们俩人都站起来，抓住对方，然后多莉开始安慰她的朋友，像长辈一样拍她的肩，让她平静下来，而米利森特则泣不成声，断断续续地重复着一些字眼。幸福。帮助。可笑。

"我会照看好阿尔伯特的。"她稍稍平静了下来,然后说,"我会在他的坟头放上花。今天的事我不会对缪丽尔·斯诺提起,也不会跟波特说。没人需要知道这个。"

多莉什么也没说。她看上去有些迷惑,心不在焉,好像忙着翻来覆去地想某件事,认同它的沉重和奇怪。

"这茶太难喝了,"米利森特说,"我们能不能弄点什么能喝的东西?"她过去把杯中的剩茶倒在了泔水桶里。

多莉就那样站在窗前昏暗的光线中——执拗,温驯,孩子气,充满女人味——也许是米利森特有史以来拿下的最神秘而疯狂的女人。而她就要被送走了。自己付出的代价可能更大,米利森特心想,比她原本想的还要大。她止住哭泣,用忧郁的眼神鼓励地看着多莉。她说:"木已成舟。"

多莉是走着去自己的婚礼的。

事前没人知道她有这个打算。当波特和米利森特在她家门前停车接她时,米利森特仍然悬着一颗心。

"摁喇叭,"她说,"她最好一切准备就绪。"

波特说:"她不是已经下来了吗?"

是的。她在绸缎婚纱外面套了一件阿尔伯特的灰大衣,一只手拿着阔边帽,另一只手握了一束紫丁香。他们把车停了下来,只听她说:"不用,我想要走走。这样我的脑子会更清醒。"

他们没办法,只好把车开到教堂前等她。看到她沿着这条街走来,店里的人都跑出来看热闹,几辆车兴高采烈地鸣着喇叭,人们挥手嚷道:"新娘子来了!"快到教堂时,她停了下来,脱掉阿尔伯特的大衣,她看起来奇迹般地光芒四射,如同《圣经》里的盐柱。

缪丽尔在教堂里面弹管风琴,这样她就无须知道,她们在最后一刻才发现新娘的手套给忘得一干二净,多莉光着手握着那束紫丁香的木质茎。斯皮尔斯先生也在教堂里,不过他已经坏了规矩,自己走了出来,把牧师一个人留在那里。他跟米利森特记忆中一样又瘦又黄,像一头野狼。当他看到多莉把旧大衣甩进波特的车后座,把帽子戴在头上时——米利森特得赶过去帮她把帽子戴正——他显得极其满足。米利森特的眼前出现一幅画面——他和多莉爬得很高,骑在身披华丽盔甲的大象背上。大象负重向前,驮着他们去冒险。一幅未来的图景。她如释重负,满怀希望地在多莉耳边说道:"他会带你周游世界!他会让你成为女皇!"

"我已经胖得像一个汤加女皇了。"许多年后,多莉从澳大利亚写信说道。寄来的照片表明她没有夸张。她的头发花白,皮肤棕黑,脸上的雀斑好像不受控制般地聚集到了一起。她穿了一件无比宽松的长袍,颜色像热带花朵一样鲜艳。战争的到来终止了一切旅行,等到战争结束时,威尔基却已时日无多。多莉继续留在昆士兰,在一片广袤的土地上种甘蔗、菠萝、棉花、花生和烟草。她仍然会骑马,尽管很胖,而且还学会了开飞机。她在世界的另一端时不时地去旅行,独自一人。她射杀过鳄鱼。五十年代她在新西兰去世,死于登高看火山的途中。

米利森特把她许诺过不对任何人提起的话告诉了所有人。自然她把功劳算在自己头上。她回想起自己的灵机一动和小诡计，毫无内疚。"总得有人当机立断。"她说。她觉得自己是某种生活的缔造者，这在多莉身上产生的效果比在自己孩子身上要好得多。她创造了幸福，或者说某种接近幸福的东西。她忘了自己那天痛哭流涕的样子，不知道为什么。

多莉的婚礼对缪丽尔也产生了冲击。她递上辞职信，去了阿尔伯特省。"给我一年期限。"她说。一年之内，她找到了一个丈夫——跟过去与她纠缠不清的那类男人完全不同。他是一个带两个孩子的鳏夫。一个基督教牧师。米利森特对缪丽尔的描述有些好奇。难道不是所有的牧师都是基督徒吗？当他们回来探亲时（那时他们已经又添了两个孩子，自己生的），她明白了缪丽尔为什么那么描述。抽烟喝酒骂人她都戒了，不再化妆，也不再弹奏过去她喜欢的音乐。现在她弹赞美诗，她以前大肆嘲弄过的那种。她现在什么颜色的衣服都穿了，还烫了一个很糟糕的卷发。已经开始花白的头发被烫成一串串小卷，直刺刺地立在前额上。"过去的大部分生活我一想起就反胃。"她说。米利森特感到，她和波特很可能属于那个让她反胃的时期。

那栋房子既没卖掉也没出租，也没有被拆掉。它建得那么牢固，不会轻而易举地倒塌。它可以年复一年地立在那儿，却不会让人觉得它的存在有任何不合情理之处。裂缝如树一般在砖墙上生枝发芽，墙却没有倒。窗框歪向一边，窗子却没有掉下来。锁着的门挡不住孩子们的入侵,他们在墙上涂鸦,打碎多莉留下的坛坛罐罐。米利森特从没进去看过。

有一件事是多莉和阿尔伯特曾经一起做的,后来就只剩多莉一个人做了。这件事可能在他们还是孩童时就开始了。每年秋天,他们——之后是她一人——会去收集从树上落下的核桃。他们一轮一轮地捡,核桃的数量也越来越少,直到最后他们确定自己捡完了最后一颗,或者倒数第二颗。然后他们一个一个地数,把最后的数字写在地窖的墙上。年,月,日,然后是核桃总数。他们没有用捡到的核桃做任何事。只是把它们倒在田埂边,任由它们在地里腐烂。

米利森特没有继续这项无用功。她有忙不完的家务要做,她的孩子们也是。但是每年的这个时候,当核桃落在深深的草丛里时,她会想起这个习惯,想到多莉是如何希望能保留这个习惯,直到她去世。充满了习惯的生活,季节轮换的生活。核桃从树上掉下,麝鼠在小溪里游泳。多莉一定相信她本该如此生活,连同她那合情合理的古怪,可以忍受的孤独。也许她还会再养一条狗。

但我不会放任不管的,米利森特想。她不会放任不管,她当然是对的。她已经活成了一个老妇人,还会继续活着,哪怕波特已经死了几十年了。她不常去留意那栋房子,它只是在那儿。不过每隔一阵子,她确实会注意到它裂开的墙面和空洞斜歪的窗户。屋后的核桃树失去了它那美丽的树冠,一次又一次。

我应该拆掉那栋房子,把砖卖掉,她自言自语,并奇怪自己为什么还没有那么做。

阿尔巴尼亚圣女

在马拉希阿马达区①的山里时,她一定试过把自己的名字告诉他们,不过他们都听成了"罗塔尔"。向导中弹之后,她从马背上跌到尖利的石块上,腿受了伤,还发起了烧。他们用毯子裹住她,把她绑在马背上,驮着走出了大山。走了多久,她不知道。每隔一小会儿他们就喂她一点水,有时候是拉基酒,一种烈性白兰地。她能闻到松木的清香。有一阵子他们在船上,她醒过来,看见了满天的星星,忽明忽暗,变幻不定,一簇一簇地摇移着,让她感到头晕。后来她想当时他们一定在湖上,斯库台湖,又叫斯科达斯科湖,或斯库塔里湖。他们把船停在芦苇丛中。毯子上爬满了寄生虫,钻进缠在她腿上的破布里。

旅途结束后(当时她并不知道那就是终点),她躺在一间小石屋里。那小屋紧挨着一栋被称作库拉的大房子,专给患病或濒

---

① 位于阿尔巴尼亚西北部,属于斯库台州的一部分。

死的人住。产妇是不能在里面生产的,她们往往在玉米地里或在背着篓子去赶集的路边生产。

她在一张铺着羊齿草的床上躺着,可能躺了有几个星期。床很舒服,如果弄脏了或染上了血渍,换起来也很方便。一个叫提玛的老妇人照看她。她把混着蜂蜡、橄榄油和松脂的敷料涂在她的伤口上。一天要换好几次,伤口则用拉基酒清洗、包扎。罗塔尔看见黑色的花边窗帘从梁上垂下,以为还在自己家中,母亲(其实她已去世)在照顾她。"为什么要挂这种窗帘?"她说,"难看得要命。"

她能清楚地看见蜘蛛网,全都厚厚的、毛茸茸的,挂满了烟灰——古老的蜘蛛网,从未受到惊扰,一年又一年。

神志不清的时候,她感到有一条宽宽的板子(类似棺材板)压在她的脸上。等清醒后她才明白那其实不过是一个十字架,木头做的,一个男人拿来想让她亲吻一下。那人是个修道士,圣方各济会的。他个子很高,长相有点凶,黑眉毛黑胡子,身上有股难闻的味道。除了十字架,他还带了一把枪,后来她得知是一把勃朗宁左轮枪。他一看她的样子就知道她是异教徒——她不是穆斯林,只是他没想到她可能不信教。他会说一点儿英语,不过她很难听懂他的发音。她则连一句盖格方言①也听不懂。她退烧后,他试着对她说了几个意大利语单词,他们居然能交谈了。她在学校里学过意大利语,还在意大利旅行生活过六个月。跟周围

---

① 阿尔巴尼亚的两大方言之一,使用者主要生活在阿尔巴尼亚北部。

的人相比,他似乎更能明白她,弄得她一开始还以为他全能听懂呢。离这儿最近的城市是哪一座?她问他。他说是斯库台。那就去那儿吧,求你了,她说,去那儿找到英国领事馆——假如有的话。我是大英帝国的子民。告诉他们我在这儿。要是没有领事馆的话,就去找警察吧。

她不明白的是,这儿的人无论在什么情况下都不会去找警察。她也不知道,现在她已经是这个部落,这个库拉的一分子了,尽管关押她并非他们的本意,而是一个令人羞愧的错误。

在这儿,袭击女人是无法接受的可耻行为。朝她的向导开枪时,他们以为她会掉转马头,顺着山路飞奔回巴尔[①]。谁知她的马受了惊,被大石头绊倒,她从马上跌下,摔伤了腿。他们别无选择,只好驮着她穿过黑山(又叫门特内哥罗)和马拉希阿马达的边界,把她一同带回。

"为什么要抢劫向导而不是我呢?"她问,自然而然地认定抢劫是他们的动机。她想到他们饥饿的脸,那个男人和他的马,头巾上飘扬的白布头。

"噢,他们可不是劫匪!"圣方各济会的修道士震惊地说。"他们都是诚实的好人,枪杀你的向导是因为跟他有血仇。跟他的家族。这是他们的律法。"

他告诉她被杀的那个男人,也就是她的向导,曾经杀死过这个库拉的一个男人。而她的向导这么做,是因为那个被杀死的男

[①] 黑山的一个港口城市。

人也杀死过向导库拉里的人。这种冤冤相报会代代相传——实际上已经持续了很长时间。总会有更多的子嗣出生。他们认为本族的子嗣多于世界上任何其他部落的,只有这样才能满足需要。

"唉,是很可怕。"圣方各济会的修道士总结道,"不过这是为了他们的荣誉,为了家族的荣誉。他们时刻准备为荣誉而死。"

她说既然她的向导逃到了黑山,他似乎还并没有准备好。

"那倒没什么区别,不是吗?"圣方各济会的修道士说,"就算他逃到美国也一样。"

她在的里雅斯特①上了一艘轮船,准备一路沿着达尔马提亚②海岸旅游。同行的有科珍斯先生和太太,她是在意大利遇到他们的。还有他们的朋友兰姆医生,他从英国前来加入他们一行。他们在巴尔(意大利人称之为安蒂瓦里)的一个小港口入港,当夜住在欧洲大酒店里。晚饭后他们在露台上散步,可是科珍斯太太怕着凉,于是他们又回到室内玩牌。那晚下了雨。她夜里醒来听着雨声,心里满是失望。失望又变成对这些中年人的厌恶,特别是那个兰姆医生。她相信科珍斯夫妇把他从英国叫来就是为了跟她见面。他们可能认为她很有钱。一个来自大西洋彼岸的、有遗产继承的女人,口音可以忽略不计。这些人吃得太多,然后又不得不吃药。陌生的地方让他们焦虑不安,那他们跑到这儿来干什么?清晨,她必须跟他们一起回船上,不然他们又会小题大做。

---

① 意大利的一座海港小城。
② 克罗地亚的一个地区,首府是斯普利特。

她绝对不能走山路去门特内哥罗的首府来蒂涅,有人告诫过他们那是不明智的。她也永远看不到钟塔了,那是曾经悬挂土耳其人头颅的地方;或者是那棵悬铃木,王子诗人曾经在树下为听众吟诵。她辗转无眠,在天刚破晓时索性下了楼。就算还在下雨,走一段路去看看城后的废墟也没什么。她知道那些废墟还在那里,在山岩上的奥地利城堡和洛夫琴山之间,在那些橄榄树丛中。

天公促成了她的出游,还有酒店的前台,几乎立即给她召来了一位衣着破烂但性情活泼的向导,牵着一匹营养不良的马。他们就这么上路了——她骑在马上,向导走在前面领路。山路陡峭曲折,遍地都是大石头。太阳越来越热,不时出现的荫凉地却十分阴冷。她觉得饿了,心里想着要尽快返回,跟她的同伴一起吃早饭,他们起得很晚。

毫无疑问,向导的尸体被发现后,人们多多少少会寻找她。政府当局肯定会接到通知——不论哪个政府。但轮船会准时出发,她的朋友们也绝不会为她耽误行程。酒店没有把他们的护照收走,加拿大也不会有人调查此案。她没有定期给任何人写信;父母都去世了,唯一的兄弟早已跟她闹翻。不把遗产花光你是不会回家的,他的兄弟曾这么对她说,日后谁来照顾你?

马驮着她穿过松林的时候,她苏醒过来,发现自己被悬空吊着。她感到昏沉,尽管全身疼痛,还是陷入一种难以置信的听天由命的状态,也许是拉基酒的作用。她目不转睛地盯着前面男人马鞍上挂着的一包东西。那东西有一颗卷心菜那么大,用一块硬硬的、铁锈色的布包着,正有节奏地敲打着马背。

我是在维多利亚的圣约瑟夫医院里听到这个故事的,从一位名叫夏洛特的朋友口中。她是我刚到维多利亚不久时结交的朋友。那个时期我的友情似乎都是这种类型的,亲密而不稳定。我从来就没弄明白过为什么人们要跟我讲那些事,又或是他们想要我相信什么。

我带着鲜花和巧克力去医院。夏洛特冲着玫瑰抬起头,她的白发齐整而柔软。"呸!"她说,"一点香味也没有!至少我闻不到。当然啦,这些花儿十分美丽。"

"这些巧克力你得自己吃了,"她说,"什么东西到了我嘴里都跟沥青差不多。我也不知道自己是怎么知道沥青的滋味的,可我就是这种感觉。"

她在发烧。我握住她的手时,可以感受到它的热度和浮肿。她的头发都给剪短了,脸和脖子看上去消瘦了不少。而医院床单下的身体一如既往地庞大臃肿。

"你可千万别觉得我不知好歹。"她说,"坐吧,把那把椅子搬过来,她不需要。"

房间里还有另外两个女人。一个只看得到枕头上一团灰黄的头发,另一个被绑在椅子上,身子不停地蠕动,嘴里嘟哝着什么。

"这地方太可怕了,"夏洛特说,"但我们也只能尽量忍受。我真高兴看到你。那边那位叫了整整一夜。"她一边说,一边朝靠窗的床位点点头。"感谢我主耶稣,现在她睡着了。我一刻都没有合过眼,不过我也没有浪费时间。你猜我在做什么?我在编故事，给一部电影编的！我脑子里都构思好了，想说给你听听，你帮我判断一下这能不能拍成一部好电影。我觉得肯定能。我会让珍妮弗·琼斯[①]来主演。不过我也拿不准她能不能演好。她嫁给那个大亨以后，好像没有从前那股精神气儿了。"

"听着，"她说，"（哎，你能把我头下的枕头拽起来一点吗？）故事发生在阿尔巴尼亚，阿尔巴尼亚北部，在二十世纪二十年代叫作马拉希阿马达，那时一切都很落后。这是关于一个年轻女人独自旅行时发生的事。她在故事中的名字是罗塔尔。"

我坐下来听她讲。讲到重要的地方时，夏洛特身体前倾，有时甚至会在她那张硬床上摇晃几下。她那浮肿的手臂上下挥舞，蓝色的眼睛威严地睁大。时不时地，她会重新陷入枕头里，闭上眼睛整理自己的思绪。啊，是的，她说。是的，是的。然后继续往下讲。

"对，对，"她终于说道，"我知道下面该怎么发展了，不过今天就讲这么多了。你得回去了。明天吧。明天你还会来吗？"

我说，会的，明天见。她似乎已经沉入梦乡，没有听见我说的话。

库拉是一座用粗陋的大石块砌成的房屋，下面是马厩，上面住人。房子周围是一圈走廊，总会有一位老妇人坐在那里编织，线轴在她手中如小鸟般上下翻飞，留下一条亮闪闪的黑色穗带。

[①] 美国20世纪知名电影演员，凭借《圣女之歌》获得第16届奥斯卡金像奖最佳女主角。

一米又一米的黑色穗带，装饰了所有男人的长裤。女人们要么织布，要么缝制皮拖鞋。没人坐着织，因为没人想过要坐下来织。她们在把水桶绑在背上去泉边打水时织，也在沿着小路去野外或山毛榉林捡树枝时织。她们织袜子——黑白相间、红白相间，还有闪电般的之字形图案。女人的手永远不能闲着。黎明前她们将生面团放到发黑的木槽里捶打，用铲背按出长面包的形状，然后放在炉膛里烘烤（这是玉米面包，未经发酵，趁热吃的话，它们会像马勃菌一样在胃里膨胀起来）。接着她们要打扫库拉，倒掉脏掉的羊齿草，再抱进一堆新鲜的铺在床上，为当晚的睡眠作准备。这个活儿常常是罗塔尔来做，因为她不会干别的。小女孩们要不停地搅乳酪，这样它在变酸的过程中才不会结疙瘩。大一点的女孩们能够宰掉一头小山羊，在羊胃里塞满野蒜、鼠尾草和苹果，然后再缝上。又或者所有的女人——老的和少的——会一同去附近一条冰冷的小河里，给男人们清洗白色的头巾。那里的河水如玻璃般清澈。她们种烟草，把熟烟叶挂在黑棚子里晒干。她们锄玉米地和黄瓜地，给母羊挤奶。

女人们看似严肃，实则不然。她们只是太过专心和骄傲，渴望通过竞争来证明自己。她们中间谁能背最重的木柴？谁织得最快？谁锄的玉米秆最多？提玛。她在罗塔尔养伤的时候照看过她，是所有女人中最能干的。她能背着体积看上去比她个头大十倍的一捆木柴跑上坡，能在河中央的石头上跳来跳去地捶打头巾，好像它们是敌人的尸体。"噢，提玛，提玛！"女人们大声喊着她的名字，半是嘲弄，半是钦佩。当与"能干"这个词完全相反的罗塔尔手中的衣服顺流漂走时，她们也用同样的语气喊："噢，罗塔尔，罗塔尔！"有时候她们会用一根棍子敲打罗塔尔，好像她是一头驴，不过这种时候常常是恼怒多于残暴。有时年轻的女人们会说："给我们说说你的语言！"于是她就说上一两句英语，逗她们开心。听到奇怪的发音时，她们会皱起脸，往地上吐一口唾沫。她试过教她们一些单词——"手""鼻子"等等，但她们只把这当成好玩的事，鹦鹉学舌一番，然后相视大笑。

女人跟女人一起，男人跟男人一起，除了晚上（拿这个开玩笑的女人往往充满羞愧和抵触，有时候甚至会挨上一记耳光）和用餐的时候，那时女人必须侍候男人吃饭。男人白天做什么，女人无权过问。他们制造弹药，花时间护理枪支，有的枪装饰得非常漂亮，还配有雕花银饰。他们也用炸药炸岩石，清理路面，还要负责照料马匹。他们走到哪儿，哪儿就有笑声，有时候还有歌声和打空枪的声音。回家对他们来说如同过节，然后有些人可能又得上马踏上复仇之旅，或是出席部落的某个会议，讨论如何结束一场杀戮。没有哪个女人相信开会有用。她们会笑说也就是再浪费二十颗子弹吧。年轻男人第一次上路杀人的时候，女人们为了鼓励他，会精心打理他的服饰和发型。假如他失手而归，没有女人会想嫁给他。任何自重的女人都会以嫁给一个没杀过人的男人为耻，而每个人都盼着能有更多的新娘嫁到库拉，好帮忙干活。

一天晚上，罗塔尔给一个男人端饭时——一位客人，常常有客人被邀请坐在矮桌边（也就是苏福拉）吃饭——注意到他的手非常小，手腕上汗毛全无。但他已经不年轻了，不是一个小伙子。他有一张布满皱纹的脸，皮肤如皮革般强韧，没留小胡子。她留心听他跟人说话的声音，声音很嘶哑，但又像是女声。然而他抽烟，跟男人同桌吃饭，还带着枪。

"那人是男的吗？"罗塔尔问一起干活的另一个女人。那女人只是摇摇头，怕开口引起男人们的注意。不过，那些听到她发问的年轻女孩就没那么谨慎了。"那人是男的吗？那人是男的吗？"她们模仿罗塔尔。"噢，罗塔尔，你怎么这么蠢！难道你连圣女也认不出吗？"

她于是不再多嘴。不过，下一次看见修道士时，她追在他后面询问，什么是圣女？她必须追着他问，因为跟她生病住小屋的时候不同，他现在不再停下来跟她说话了。他来库拉的时候，她总是在干活儿。他也不能花太多时间跟女人待在一起，他坐在男人堆中。因此，看到他要离开，她赶紧起身追上他。他正准备穿过漆树林中的小路，朝光秃秃的木头教堂和连着教堂的小屋走去。他就住在那间小屋里。

他说圣女是一个女人，不过是一个已经变成男人的女人。她不能结婚，并要在见证人面前立下永不结婚的誓言。那之后她便可以穿上男人的衣服，拥有自己的枪支和马匹（假如她买得起的话），过自己想过的生活。不过通常她很穷，也没有别的女人给她干活。但是不会有人找她麻烦，她可以坐在矮桌边跟男人一起吃饭。

罗塔尔不再跟修道士谈论去斯库台的事。现在她明白路程一定很远。有时候她问他有没有听到什么消息,有没有人在寻找她,他会断然回答说,没有。她回想起最开始的几个星期——她发号施令,毫不害臊地说着英语,笃信她的案子会引起注意——她对自己那时的无知感到羞耻。她在库拉待的时间越长,对他们的语言和劳作也掌握得越好,要离开的念头也越发显得不可思议。将来有一天她会离开这里的,但怎么可能是现在呢?怎么可以在采摘烟叶、收获漆树或为圣·尼古拉斯升天举行盛大宴会的时候离开呢?

在烟叶地里,她们脱下背心和上衣,顶着烈日,在高大植物的掩映下裸着上身干活。烟草汁跟糖浆一样,又黑又黏,顺着手臂流下来,连胸口上都沾得到处是。黄昏时分,她们去河里把自己擦洗干净,然后互相泼水嬉戏,不管是未婚少女还是丰满健壮的女人。她们都想把对方推到水里,罗塔尔也会听到有人喊自己的名字,用警告或胜利的口吻,不带任何轻蔑,如同喊其他任何人的名字那般。"罗塔尔,小心!罗塔尔!"

她们会教她一些事,告诉她这儿的孩子常被希魋加这样的女巫害死。假如希魋加施加魔法,就是成年人有时候也会干枯萎缩,难逃一死。希魋加外表跟正常女人差不多,因此你无法认出她来。她吸人的血。要想抓住她,你必须趁复活节那天每个人都在教堂的时候,在教堂门口放一个十字架。这样希魋加就没法出去了。你也可以跟踪你怀疑的那个女人,你可能会看到她吐血。假如你能想方设法用银币刮上一点她吐的血,并把这枚银币带在身边,那希魋加永远都不能接近你。

满月时剪下的头发会变白。

如果四肢有什么地方疼，就从头上和胳肢窝里都剪下一些毛发烧掉，疼痛接着就会消失。

奥拉斯是夜间出没的魔鬼，喜欢发射假光迷惑行人。你得蹲下来，盖住脑袋，否则他们会把你引到悬崖边。他们也会逮住马，把它们骑到累死才肯罢休。

烟叶收割完毕，羊群被从山坡上赶了下来。一连几个星期的苦雪冷雨，人畜都只能待在库拉里不出门。早春的一天，天气乍暖还寒，女人们把罗塔尔带到走廊，让她坐在一把椅子上。她们用盛大的仪式和欢乐，把她前额上的头发剃了个精光。然后，她们在剩下的头发上梳上还在冒泡的黑乎乎的染料。染料油性很大，头发因此变得硬邦邦，可以被任意梳成飞翼和圆髻的样子，跟血布丁一样硬。不少人过来围观，对她评头论足。她们往她脸上扑粉，给她穿上从雕花大箱子里翻出来的衣服。干什么？她问道，发现自己快要消失在绣着金色图案的白色大褂和镶着流苏肩章的红色紧身胸衣里。她们给她系了一根一码宽、十几码长的条纹丝绸腰带，穿上黑红相间的羊毛裙子，把一条又一条的镀金链子系到她的头发和脖子上。为了美丽，她们说。把她装扮完毕后，她们说："瞧，她是多么美丽啊！"这么说的人脸上一副胜利者的口吻，挑衅那些事先怀疑丑小鸭能否变成天鹅的人。她们捏着她胳膊上因锄地和背木柴而练起来的肌肉，拍着她涂满白粉的宽阔前额。然后，她们突然尖叫起来，因为大家都忘了一件至关重要的事情——在她的鼻子上方用黑漆把两条眉毛连成一线。

"修道士来了！"一个女孩喊道，她一定是负责放哨的。正在描黑线的女人说："哈，他来也挡不住我们！"不过其他人还是都让开了。

跟往常一样，修道士放了几发空枪，宣告他的到来，库拉的男人们也放了几发空枪以示欢迎。不过这一次，他没有加入男人的行列。而是立即爬到走廊上，吼道："可耻！可耻！我为你们感到羞耻！"

"我知道你们为什么要给她染发，"他对女人们说，"我知道你们为什么要给她穿上新娘婚服。都是为了一头穆斯林猪！"

"还有你！坐在一堆颜料当中！"他对罗塔尔说，"你不知道她们在干什么吗？你不知道他们已经把你卖给了一个穆斯林了吗？他从瓦萨济来，天黑以前就会赶到这儿！"

"那又怎么样呢？"其中一个女人满不在乎地说，"他们只要了三个拿破仑金币①。她反正得嫁一个男人。"

修道士让那女人闭嘴。"这难道是你想要的吗？"他对罗塔尔说，"嫁给一个异教徒，跟他住到瓦萨济去吗？"

罗塔尔吐出一个"不"字。她感到那油腻腻的发型和华丽的装饰让她不堪重负，压得她既挪不了步也张不开口，就像在睡梦中遇到危险，只想挣扎着醒过来一样。嫁给一个穆斯林的念头仍

---

① 旧法国金币，一个金币价值二十法郎左右。

然太过遥远,对她构不成威胁。她害怕的是跟修道士就此分开,再也听不到他对于疑问的解答了。

"你知道你就要被嫁出去了吗?"他问她,"这是你想要的吗?跟一个男人结婚?"

不,她说。不。修道士拍了一下手掌。"把这些金色垃圾统统拿走!"他说,"给她脱掉这些衣服!我要让她成为一个圣女!"

"只要你成为圣女就没事了,"他对她说,"这样穆斯林不必枪杀任何人。但是你必须发誓永远不找男人。你必须当着证人的面发誓,对着圣石和十字架。你明白吗?我不会让他们把你嫁给一个穆斯林,但我也不想看到这片土地上发生更多的厮杀。"

修道士千方百计要阻止的事情之一,就是把女人卖给穆斯林。人们这么轻易地就把宗教信条抛在脑后,他对此深恶痛绝。他们卖掉像罗塔尔这样的姑娘,因为她除此以外没有任何价值,还有那些只生女孩的寡妇。

女人们都有些悻悻然。她们慢吞吞地除掉罗塔尔身上那些鲜艳的衣裳,然后拿来一条没有穗带的男人的旧裤,还有衬衣和头巾。罗塔尔将它们穿在身上。一个女人拿来一把难看的剪刀,把罗塔尔剩下的大部分头发也给剪掉了。因为上面涂的染料,她的头发很不好剪。

"本来明天你就要做新娘子了。"她们对她说。有些女人看上去十分伤心,有些则轻蔑地看着她。"现在,你永远也不会有儿子了。"

小女孩们争抢罗塔尔被剪掉的头发,贴在自己头上,变化出各式发结和刘海。

罗塔尔在十二个证人面前宣了誓。他们当然都是男人，看上去也跟女人们一样愠怒，显然对事情的走向感到不满。她从没见过那个穆斯林。修道士训斥那些男人，说假如这样的事继续发生，他会关掉教堂的墓地，这样他们只能将死者的遗体埋在没有神庇佑的荒山野岭。罗塔尔穿着她还不太习惯的衣服，坐得离他们远远的。无所事事的感觉既奇怪又糟糕。修道士结束了他义愤填膺的训话，走过来低头看着她。他因为愤怒而呼吸急促，但也可能是因为刚刚发表了长篇大论的缘故。

"好了，现在，"他说，"好了。"他把手伸进衣服里面，掏出一根香烟递给她。上面留有他肌肤的味道。

护士给夏洛特送来晚饭，是些容易消化的汤和桃子罐头。夏洛特打开盖子，闻了闻汤，随即把头扭开。"快走吧，别看这些泔脚料，"她说，"明天再来，你知道我的故事还没讲完。"

护士送我出门。我们一来到走廊里，她就说："常常是这样，家里最清贫的人反而最挑剔。她不是好相处的人，不过你还真没法不尊敬她。你跟她没有血缘关系，对吧？"

噢，没有，我说。当然没有。

"她刚来的那天才让人叹为观止呢。我们给她脱衣服，有人说，噢，多可爱的手镯啊！结果她接下来就想把它们卖掉！她丈夫更是一个人物。你认识他吗？他们可真是一对怪人。"

几天前一个寒冷的早上，夏洛特的丈夫戈迪汗一个人来到我的书店。他推来满满一车的书,用毯子包着。以前他也试过卖书给我,在他们公寓里。我以为这些书还是上次那些。那次我有些慌乱,这次我是在自己的地盘上,当然也就更强硬。我说不行,我不处理二手书,也没有兴趣。戈迪汗率地点点头,好像我无须告诉他这个,这对我们的谈话也不重要。他一本一本地拿起书,催促我用手抚摸书的装帧,感受插图的精美,并对出版日期表示惊叹。我只能一遍又一遍地重复我的拒绝,直到听到自己的声音里流露出越来越多违背本心的歉意。他选择把我的每一遍拒绝都理解成是针对单本书的,只会简单地抽出另一本书,急切地说:"这本也是!这本非常美丽。你一定会同意我的。而且书也很有一些年头了。瞧,多精美的一本旧书!"

那些书大都是关于旅游的,有些来自二十一世纪初。它们既没有那么古老,也没有那么精美,里面的照片也模糊不清。《穿越黑峰的艰险跋涉》《阿尔巴尼亚高地》《南欧的隐秘之地》。

"你得去旧书店,"我说,"福特街上的那家,离这儿也不远。"

他厌恶地嘟囔了一声,可能是在说他很清楚那家店的位置,也可能表示他早去过那儿,不过一无所获,又或者是说这些书大多数本来就是从那儿来的,不管是用什么方式。

"夏洛特怎么样了?"我关心地问。最近有一阵子没看到她了,以前她常来我的店,每次来都会给我带些小礼物——巧克力咖啡豆,可以补充能量;纯甘油肥皂,用来缓解因常跟纸张打交道造成的皮肤干燥;一个嵌有不列颠哥伦比亚矿石的镇纸;一支可以在黑暗中发光的铅笔(这样没电的时候我也可以开发票)。

她跟我一起喝咖啡，聊天，我忙的时候她就一个人在店里逛，注意不来打扰我。在天色昏暗、狂风大作的秋日，她会穿上那件我们初次见面时穿的天鹅绒斗篷，举一把旧式的黑色大雨伞，她称之为她的帐篷。看到我专心招呼顾客，她会过来轻轻拍一下我的肩，说："现在我要带着帐篷消失了。我们下次聊。"

有一次，一名顾客直率地问我说："那女人是谁？我经常在城里看到她跟她的丈夫。我猜那是她丈夫。我以为他们是小贩呢。"

夏洛特听到过这些吗？我想知道。她会觉察到我新雇的店员对她态度冷淡吗？（当然，夏洛特对她也很冷淡。）我经常忙得无暇他顾，居然没留意到她已不再造访书店了，我宁愿相信只是间隔时间变长了，而原因应该跟我无关。圣诞节要来了，我忙得不可开交，人也非常疲倦。但书的销售量给了我惊喜。

"我不想搞人身攻击，"店员对我说，"但我觉得应该让你知道，城里的很多商店都禁止这个女人和她的丈夫入内了。人们怀疑他们偷东西。我不知道他们偷不偷。不过他老穿一件袖子宽大的橡胶大衣，她常常披着她的斗篷。而且我确实知道，他们过去总在圣诞节前溜进别人的后花园，剪人家园子里种的冬青枝，然后拿到一些公寓楼里去叫卖。"

那个寒冷的早晨，在拒绝了他推车里所有的书之后，我又问了戈迪一遍夏洛特怎么样，他说她病了，语气恼怒，好像我多管闲事似的。

"给她带本书去。"我说，然后挑了一本企鹅出版的轻松读物。"把这本书带给她看看,就说我希望她喜欢。请转告她我希望她早日康复。也许我会抽空去看看她。"

他把书放到推车里的书堆上。我觉得他可能转身就会把它卖掉。

"她不在家,"他说,"她住在医院里。"

我注意到每次他弯腰,一个硕大的木十字架就会从他的大衣里滑出来,他便不得不再把它塞回去。现在十字架又掉了出来,我在困惑和内疚的交织下不由脱口而出:"多美啊!多么美丽的深色木头!看上去像来自中世纪的东西!"

他从头上把它扯下来,举到我面前,说:"非常古老。很美丽。橡木的。没错。"

他把它塞到我的手里。当我意识到正在发生什么后,马上把它推了回去。

"很精美的木头。"我说。他把它收回之后,我松了一口气,当然也满心愧疚。

"希望夏洛特的病不是很严重!"我说。

他朝我轻蔑地笑了笑,拍了拍自己的胸口,也许是在向我暗示夏洛特的病因,也许只是想摸一下刚露出来的皮肤。

然后他带着他的十字架、他的书和手推车离开了我的店。我感到我们彼此都侮辱了对方,也都遭受了羞辱。

经过烟草地再往上走,就是一片山毛榉林。罗塔尔以前常去那儿捡树枝生火。林子旁边是一个草坡,一片高山草甸。坡顶有一间非常简陋的小石屋,从库拉爬到那儿大约要半小时。石屋既没有窗子也没有门,入口十分低矮,角落有一个炉灶,不过没有烟囱。羊群常常在这儿藏身,地上到处是羊粪。

成为圣女后,这间小石屋就是她的栖身之所了。穆斯林新郎的事件发生在春天,刚好在她来到马拉希阿马达的一年之后。羊群就要被赶到地势更高的草场去了。罗塔尔的工作是数羊,注意不让它们掉进悬崖或走丢。每天晚上,她还要挤羊奶。假如有狼出现,她必须开枪射杀。不过狼从未来过,仍在库拉生活的人都没有见过狼。罗塔尔唯一见过的野生动物是一只红狐狸,只看到过一次,在小溪边。此外就是兔子,又多又不怕人。她学会了射杀兔子,将它们剥皮烹饪。她照着库拉的屠女的样子把内脏清洗干净,把肉多的部分加野大蒜放在锅里煮。

她不想睡在石屋里面,于是就靠墙用树枝搭了一个小棚,顺着石屋屋顶延伸出来当作棚顶。她在地上堆了一堆羊齿草,草上又铺了一张别人给的毛毯。虫子们不再让她分心了。墙上的干石缝里钉了几根长钉子,她不知道那儿为什么会有钉子,不过正好可以用来挂奶桶和分到的几口锅。她从小溪里拎水洗头巾,有时候也洗澡,不过更多是为了凉快,而不是觉得自己太脏。

一切都变了。她不再跟女人们朝夕相处,也中断了从早到晚都在干活的习惯。傍晚,库拉会派几个小姑娘来取羊奶。一离开库拉和母亲,她们就变得很野。她们爬上屋顶,把罗塔尔搭好的树枝弄得乱七八糟;接着又跳到羊齿草堆上,有时候还抓起一捆,扎成一个简陋的球抛来抛去,直到散架为止。她们玩得太过开心，罗塔尔不得不在黄昏的时候把她们赶走，提醒她们天黑以后山毛榉林会有多么可怕。她相信她们会一路跑回去，路上起码洒掉一半的羊奶。

有时，她们给她带来一些玉米粉。她就掺一些水，做成玉米饼放在铲子上烤。有一次，她们带来一个羊头犒劳她（她怀疑是她们偷的），让她放在锅里煮。她可以给自己留下一点羊奶。通常她不会趁新鲜喝，而是把它放酸，搅成酸奶用面包蘸着吃。现在她更喜欢这种吃法。

女孩们穿过林子下山不久，男人们就从林子里上山了。这好像是他们在夏天的习惯。他们喜欢坐在溪水边，放空枪，喝拉基酒，唱歌，有时候只是抽烟和聊天。他们不是专程来看她的，不过既然来了，也会给她带些咖啡烟草一类的小礼物，并争着给她一些建议，例如屋顶如何修才不会掉下来，如何保持柴火整夜不熄，如何用枪，等等。

她用的是一支旧意大利马提尼枪，是离开库拉的时候发给她的。有几个男人说那支枪不走运，以前的主人是个年轻小伙子，还没来得及开枪就被干掉了。另外几个人说，马提尼枪总的来说都很晦气，几乎毫无用处。

你需要一支毛瑟枪，精确度更高，连发力更大。

不过毛瑟枪的子弹太小，杀伤力不足。曾经有人全身都是毛瑟弹孔还能四处走动——他们经过时你能听到弹孔里的嗖嗖声。

没什么能比得上一支填满火药、子弹和钉子的重型燧发枪。

不谈枪时，他们就会谈最近杀的人，讲笑话。一个男人讲了一个关于巫师的笑话。一名帕夏①把一个巫师关进了监狱。他让巫师给客人表演巫术。给我拿一碗水，巫师说。现在，这碗水就是一片海。你们想让我变出哪一个港口呢？我们要看你变出马耳他岛港口，客人们说。碗中果然出现了一个港口，还有房子、教堂和一艘即将起航的轮船。现在，你们想不想看我登上那艘轮船？帕夏大笑起来，说，上吧！巫师就把脚伸进那碗水里，登上那艘船去了美国！你们觉得这故事如何？

"这世上根本不存在什么巫师。"修道士说。那天晚上，他像平日一样，跟这些男人上了山。"假如你讲的是一位圣人，那可能还说得通。"他说话时表情严肃，但罗塔尔觉得他是快乐的，跟大家一样。她也感到快乐，自己能跟这群男人还有修道士待在一起，尽管他压根儿没注意她。他们给的烟叶劲儿很大，她变得晕晕乎乎的，只得躺到草地上。

到了罗塔尔考虑搬进小石屋的时候了。早上开始变冷，羊齿草被露水浸得透湿，葡萄叶正在变黄。她抄起铁锹，把地上的羊粪清理干净，准备在里面铺床。她也开始往石墙缝里填草、树叶和泥巴。

男人们上来后问她在干什么，她回答说为过冬做准备。他们都笑了。

"没人能在这里过冬。"他们说。他们把手放到胸膛上，给她

---

① 旧指土耳其古代对大官的尊称。

比画雪有多深。不光不能住人,所有的羊也都得赶下山。

"不会有活儿给你干了——再说你吃什么?"他们说,"你以为女人们会让你白吃面包和酸奶吗?"

"我怎么能回库拉呢?"罗塔尔说,"我是圣女,我能睡哪儿?做什么工作?"

"是啊,"他们好心地附和她,然后转向彼此,"一般情况下,属于库拉的圣女会得到一小块自己的地方。但这位圣女并不属于库拉,她也没有父亲给她留下任何财产。怎么办呢?"

这场谈话发生没多久后的一天,修道士趁正午无人时爬上了高山草地,只有他一人。

"我不信任他们,"他说,"虽然你已经立下誓言,我觉得他们可能还是会把你卖给穆斯林的。他们想从你身上捞一些钱。假如他们给你找一个基督徒,那还坏不到哪儿去。不过我敢肯定他们给你找的男人是个异教徒。"

他们坐在草地上喝咖啡。修道士说:"你有没有要带走的随身物品?不。我们马上出发。"

"那谁来挤羊奶呢?"罗塔尔说。几头母羊已经开始下山了,它们会停下来等她的。

"别管它们了。"修道士说。

就这样,她不仅离开了她放的羊和住的小屋,也离开了陪伴她整个夏天的草地、野葡萄、漆树、花楸、杜松子和胭脂栎,还有她当枕头用的兔子皮和煮咖啡用的小锅,当天早上才捡的树枝、灶边的石头——每块石头的颜色和形状她都熟稔于心。她知道自己就要离开这里了,因为修道士看上去已拿定主意。但她不明白自己为什么会环顾四周,一草一木都要看上最后一眼。其实没有必要,这儿的一切她永远都不会忘记。

走进山毛榉林的时候,修道士对她说:"从现在开始,我们必须非常安静。我会带你走另一条小路,离库拉比较远一点。在路上不管听到什么动静,我们都要马上藏起来。"

接着是一连几小时的默默步行,在如大象皮般光滑的山毛榉树、躯干黝黑的橡树和干燥的松树之间穿行。上坡下坡,翻山越岭,走的都是罗塔尔完全不知道的小路。修道士毫不迟疑地在前面领路,从不提休息二字。当他们终于钻出树林时,罗塔尔惊讶地发现天空还是那么明亮。

修道士从衣袍的某个口袋里掏出一条面包和一把刀。他们边走边吃。

他们来到一处干涸的河床边,河底铺满了凹凸不平的石子,十分难走,如同一条静止的石头小溪横在玉米地和烟草地之间。他们可以听到狗叫声,时而也有人声。尚未收割的玉米和烟草盖过他们的头顶,他们就借着这掩护沿着干涸的河流不停地走,直到日光完全隐退。等到实在走不动了,黑暗也正好能遮住他们身影的时候,他们在河床的白色石头上坐下来休息。

"你要带我去哪儿?"罗塔尔终于开口问道。刚开始她以为他们在向教堂和修道士家的方向走,现在她意识到不是那么回事了,他们已经走得太远了。

"我要带你去大主教的家,"修道士说,"他会知道怎么安置你的。"

"为什么不带我去你的家呢?"罗塔尔问,"我可以做你的仆人。"

"我的家里不能有女仆。任何牧师的家里都不能有女人。现在的这位大主教连老妇人都不允许。他是对的,家里一旦有女人,所有的麻烦都会接踵而至。"

月亮升起来了,俩人继续赶路。他们走走停停,停停走走,但坚持不让自己睡着,甚至不找一块舒服的地方躺下。脚磨出了茧,鞋磨烂了,但都没有磨出水泡。俩人都有走远路的脚力——修道士常去偏远的教区,罗塔尔每天放羊。

又走了一会儿路后,修道士的面色没那么严峻了——也许他的担忧减少了。他开始跟她聊天,几乎回到了他们刚认识的时候。他跟她说意大利语,尽管现在她的盖格语已经很流利了。

"我在意大利出生,"他说,"我的父母都是盖格人,不过我小时候住在意大利,我也是在那儿成为修道士的,很多年以前。我回去看过一次,不知怎么把嘴上的胡子都剃光了。噢,对了,我想起来是为什么了,因为村里的人嘲笑我。回来后我不敢在马拉希阿马达露脸。一个没有胡子的男人在这儿是很丢脸的事。我在斯库台的家中闭门不出,一直等到胡子长出来。"

"我们是去斯库台吗?"罗塔尔问。

"对,大主教就住在那儿。他会传话说带你走是正确的决定,哪怕这行为与偷无异。马拉希阿马达的那些人都是野蛮人。他们会在弥撒做到一半的时候,上来扯你的袖子,求你帮他们写一封信。你知道他们在坟头放什么吗？十字架？他们把十字架做成一个干瘦的男人，胳膊上抱着一支来复枪。你见过这样的事吗？"他笑着摇头，又说，"我简直拿他们没办法。不过他们都是好人——绝对不会背叛你。"

"但你认为尽管我发了誓，他们还是会卖掉我。"

"是的，是这么回事。但卖女人是一种赚钱的途径。他们那么穷。"

罗塔尔现在意识到在斯库台，她的处境会有所不同——她不会再跟过去一样孤立无助。他们到那儿以后，她可以从他身边逃走。她可以找到说英语的人，可以上英国领事馆求助。要不然法国人也行。

黎明前的夜晚非常寒冷，草地被露水浸得湿漉漉的。不过太阳升起后罗塔尔就不再发抖，再过一个小时，她甚至觉得热了。他们走了整整一天，吃掉剩下的面包，从还有水的小溪里喝水，把群山和枯涸的河流远远甩在身后。罗塔尔回头望去，但见山顶的岩石参差不齐，犹如一堵长着锯齿的墙，墙脚处粘着一些绿乎乎的东西。这道绿色就是以前在她心目中高不可攀的树林和草地。他们沿着炎热的田间小路继续行走，一路狗叫声不绝于耳，小路上的行人也多了起来。

起初修道士对她说："别跟任何人说话，他们会对你的身份感到好奇的。"不过，别人跟他打招呼时，他也不能置之不理。

"这是去斯库台的路吗？我们要去大主教家。这是和我一起的仆人，从山里来的。"

"没关系,这套衣服你穿上去是挺像一个仆人的,"他对罗塔尔说,"不过还是不要吭声,如果你开口,他们会起疑心的。"

书店的墙被我漆成了明亮的浅黄色。黄色象征着对知识的好奇,一定有人对我这么说过。我是一九六四年三月开的这家书店,地点是不列颠哥伦比亚省的维多利亚市。

我坐在柜台前,身后摆着要卖的书。出版商们建议我多进一些有关狗和马、航海和园艺、鸟和花之类的书籍——维多利亚市的人只喜欢读这些书。我没听他们的话,买了不少小说、诗歌、介绍苏菲神秘主义、相对论以及线形文字B之类的书。书送到后,我将它们按照学科循序渐进地摆好:政治学融入哲学之中,哲学再过渡到宗教,这样它们之间的转折不会太突兀,风格类似的诗人可以共栖一地。我相信书的摆放或多或少反映了思绪的从容漫步,新的和被遗忘的珍宝可能会不断浮出。我花了这么大的心血又如何呢?接下来我耐心等待,感觉好像有人为参加派对而盛装打扮,甚至去当铺或家里的密室取来珠宝,结果所谓的派对无非是几个邻居在玩牌,厨房里招待的食物只有肉饼和土豆泥,还有一杯嘶嘶冒泡的桃红葡萄酒。

书店常常一连几小时无人光顾,等到真有人进来时,也不过是询问一本在主日学校的图书馆或祖母的书架上见过的书,或者是二十年前落在一家外国旅馆的书。书名往往记不得了,但会给我讲讲书里的故事。跟父亲去澳大利亚开采他们所继承的金矿的小女孩;在阿拉斯加独自生下婴儿的女人;发生在老式帆船和第一艘蒸汽轮船之间的航海比赛,可以追溯到十九世纪四十年代。

哦,没事。我就是想问问。

然后,他们就走了,对周围的珍宝眼皮都不抬一下。

也有人发出感激的欢呼,说我的书店给这座城市增色不少。他们会在店里逛上半个小时,甚至一个小时,然后花七毛五分钱。

这需要时间。

我在达达尼尔街角的一栋老公寓楼里找到了一个带小厨房的单间。床可以折起来,靠在墙上。不过由于从没有访客,我一般懒得把它收起来。而且它的吊钩看上去也不太安全,我担心在我喝罐头汤或吃烤土豆的时候床会从墙上弹出来,把我砸死。我的窗户也总是开着,因为就算煤气炉和烤箱都关了,我也疑神疑鬼,老觉得自己闻到了煤气味儿。由于家里的窗子和店里的门总是大开着——开店门是为了招徕顾客——我就总是把自己裹在一件黑色的羊毛衫或一条红色的灯芯绒睡袍里(这条袍子曾经在我那被抛弃的前夫的所有手帕和内衣裤上都留下了粉色的印子)。我甚至舍不得把这些舒适的衣服脱下来洗洗。大部分时间里,我总是迷迷糊糊地睡不醒,也吃不饱,身子不停地发抖。

不过我没有气馁。既然已经对生活做了一次绝望的改变,就算是每天饱尝后悔之苦,我也仍然对此感到骄傲。我觉得自己脱胎换骨,以一个更真实的面貌在这个世界立足。我会坐在桌边,给自己做上一杯咖啡或一碗红汤,慢慢地品上一个小时,捧着杯子直到热气散尽。我读书,漫无目的,也不沉迷其中。我从一直想读的书中挑出零散的语句。这些句子如此可爱而难以捉摸,给我带来的满足感如此强烈,不禁让我抛开环绕它的其他字句,迷失在一种奇特的状态之中。我既警觉又耽溺于幻想,与世人隔绝却又时刻意识到这座城市的存在——它似乎是一个非常奇怪的地方。

一座小城,在这个国家的最西边。一包一包卖给游客的假货,都铎商店的店面,双层巴士,花盆和马车出游——这一切似乎都带有侮辱的意味。然而这里海光与长街一色,老人们每天沿着开满金雀花的峭壁散步,清瘦而健康的身影在风中微微弓起。平房年久失修且略显古怪,附带的花园里栽种着智利南美杉和精心修剪过的灌木。栗树在春日里开花,街边的山楂树绽放出粉白的花朵。绿油油的阔叶灌木上,开着在内陆永远无缘得见的粉红和玫红的花。就像一座小说中的城市,我心想——从以新西兰或塔斯马尼亚岛为背景的小说里直接移植过来的海滨小城。但某种属于北美的特质仍然固执地存在。毕竟,这儿有那么多来自温尼伯或萨斯喀彻温省的人。正午时分,晚饭的香味就已经从破旧、简陋的公寓楼里飘出。煎肉和水煮蔬菜的农庄晚餐,从中午就开始在狭小拥挤的厨房里准备着了。

我该如何描述我钟爱的这一切?这绝不是一个新近创业的商人应该寻求的东西,那种可以期望带来商机的忙碌和活力。"没什么事可做"是这个地方传达给我的信息。当一个新开店的人不介意听到"没什么事可做"这句话时,你会想,怎么回事?开店的人是为了卖东西。他们希望生意好，把店面扩大，然后卖更多的东西，变得富有，最终可以再也不去店里卖东西。难道不是这样吗？可是，是不是也有人开店只是为了寻一个栖身之处，被他们所珍视的事物——毛线、茶杯或书环绕，过一种舒适的生活？他们会变成街区的一部分，街道的一部分，每个人的城市地图的一部分，最终不可避免地成为大家记忆的一部分。他们会在上午坐下来喝咖啡，圣诞节的时候翻出熟悉的金箔彩带，春天摆出新货之前擦洗橱窗玻璃。商店对他们来说如同另一些人的林间小屋，一处避世的地方，一个存在的理由。

当然，一定数量的顾客是必需的。租金要到期了，订的书不会自己付钱。我来之前继承了一小笔遗产——这样我才能跑到这儿来开店。不过除非能把生意做到一定规模，不然我是撑不过这个夏天的。我很清楚这一点。天气转暖，我很高兴店里的顾客多了起来。书卖得越来越多，继续生存下去似乎成为可能。学期结束的时候，学校给学生奖励书的时候也到了。老师们开始上门，带着他们的书单、他们的赞叹以及对折扣不现实的期待。那些喜欢逛书店的人也逐渐成了常客，有些甚至跟我成了朋友，或者说是我在这个地方的朋友。在这儿，我似乎可以天天跟一个人聊天，却永远不需要知道对方的名字，这让我感到满足。

罗塔尔和修道士第一眼看到斯库台城的时候，它似乎漂浮在一片泥沼地上，它的圆屋顶和塔尖闪闪发光，好像是用薄雾做成的。但是，当他们在黄昏时分进城以后，所有的静谧都消失得无影无踪。街道上铺着凹凸不平的大石块，人、驴车、无家可归的野狗和正要被赶往某处的猪群随处可见，空气中可以闻到烟火、烧饭、牲畜的粪便和某种更难闻的气味——像是腐烂的兽皮。一个男人走过来，肩上站着一只鹦鹉。它似乎在用一种没人能听懂的语言尖声咒骂。有好几次，修道士拦下行人询问大主教的家怎么走，不过他们不是一言不发地把他推开，就是嘲笑他，或者说一些他完全听不懂的话。一个小男孩说如果他给钱的话，可以给他指路。

"我们没钱。"修道士说。他把罗塔尔拉到一扇门边，坐下来休息。"在马拉希阿马达，"他说，"这些自以为了不起的人很快就会改变态度。"

罗塔尔完全打消了从他身边逃走的念头。首先，在问路上她不会比他强到哪儿去；其次，她感到他们在这个人生地不熟的地方成了同盟，离开彼此的视线都没法生存。现在，她意识到自己是多么依赖他皮肤的气味，他迈开的大步中饱含的愤懑决心，还有他那向上卷曲的茂密的黑胡须。

修道士突然跳起身，说他记起来了——现在他记起去大主教家的路怎么走了。他急急忙忙在前面引路，穿过狭长、围着高墙的巷子，那里除了墙和门，看不见房子和院子里的任何东西。铺路石高低不平，走在巷子里跟走在干涸的河床边一样困难。不过修道士记得没错。他们来到大主教家门口的时候，他发出了一声胜利的欢呼。

在里面传来几句高声争辩之后，一个仆人才来打开门，把他们领进去。罗塔尔照吩咐在刚进门的地上坐下，修道士则被领去见大主教。很快就会有人被派往英国领事馆（罗塔尔对此并不知情），回来时带着领事大人的男仆。那时天已经黑了，男仆打着灯笼。罗塔尔又给带走了，她随男仆和他的灯笼来到了领事馆。

院子里放了一桶热水让她洗澡。她的衣服被拿走了，可能烧掉了。她那油腻发黑、生满寄生虫的头发也给剪掉了。煤油泼到了她的头皮上。她不得不讲述自己的故事——关于她如何来到马拉希阿马达的故事——这对她而言并不轻松，因为她已经不习惯说英文了，而且那些事感觉如此遥远，无关紧要。她得重新学习在床垫上睡觉，在椅子上坐下，用刀叉吃饭。

很快，他们让她上了一艘轮船。

夏洛特住了口。她说："这部分没什么意思。"

∽

我之所以来维多利亚，是因为除了出国以外，这儿是离安大略省的伦敦市最远的地方。在伦敦时，我和丈夫唐纳德把家里的地下室租给了一对夫妇，尼尔森和西尔维娅。尼尔森在大学学习英语文学，西尔维娅是护士。唐纳德是一名皮肤科医生，而我正在写一篇关于玛丽·雪莱的毕业论文——进展并不快。我是有一回去看脖子上的湿疹时认识唐纳德的，他比我大八岁。他是一个高个儿，脸上有雀斑，经常脸红，人比看上去聪明。皮肤科医生对悲伤和绝望习以为常，尽管找他看的病没有肿瘤和动脉堵塞那么严重。他能看到来自人体内部的破坏和真正不幸的命运，看到爱和幸福如何被一小片焦虑不安的细胞支配。这样的经历让唐纳德成为一个和善的男人，以一种谨慎小心而又客观的方式。他说我的疹子可能来自压力，还说一旦我把几个问题解决好，我就能成为一个出色的女人。

我们邀请西尔维娅和尼尔森上楼跟我们共进晚餐，西尔维娅给我们讲他俩生活过的小镇，在安大略省的北部。她说尼尔森一直是他们班、他们学校、甚至整个镇子最聪明的人。她这么说的时候，尼尔森面无表情而又极其冷峻地看着她，好像在用无穷的耐心和淡淡的好奇等着某个解释。西尔维娅大笑，说："当然，我只是开玩笑而已。"

西尔维娅在医院上夜班时，我有时会让尼尔森上来跟我们吃顿便饭。我们习惯了他的沉默，他在饭桌上冷漠的态度，甚至他的挑食——他不吃米饭、面条、茄子、橄榄、虾、胡椒或牛油果，自然还有很多别的东西。这些食物在他们位于安大略北部的小镇是不常见的。

尼尔森看上去比他的实际年龄大。他个子矮小结实，肤色灰黄，不苟言笑，脸上总是流露出一种成熟的不屑，好斗的天性在身体的每一个特征里展露无遗。这让他看上去像一个曲棍球教练，或是一个建筑队里的工头，聪明，没受过什么教育，待人公平但满嘴脏话，而不像一个性情羞涩的二十二岁大学生。

在爱情中他也毫不害羞。我发现他机智而又坚定。诱惑是相互的，对我们俩人而言，这都是第一次婚外情。有一次，在一个派对上，我听到有人说婚姻的好处之一就是你可以有真正的风流韵事——婚前的风流充其量也就是恋爱。这句话让我感到恶心，也让我感到恐惧，生活竟会有如此阴暗琐屑的前景。可是一旦我和尼尔森的婚外情开始后，我自始至终都非常吃惊。我们的关系没有任何阴暗或琐屑可言，有的只是冷酷和明确的欲望，还有绝妙的欺骗。

尼尔森最先开始面对现实。一天下午，他转身背对着我，用嘶哑的嗓音挑衅地说："我们得离开这儿。"

我以为他是指他和西尔维娅得离开，他们没法在这栋房子里继续生活下去了。但他是说他和我。"我们"是指他和我。当然，他和我以前在谈到我们的约定、我们的越轨时都用过"我们"。现在，他说的是"我们"的共同决定——也许是在一起生活。

我的毕业论文本该是关于玛丽·雪莱后期的小说作品，人们不太了解的那几部：《洛多尔》《帕金·沃贝克》以及《最后的人》。不过，我真正感兴趣的是玛丽本人的生活，在她还没有从生活中学到惨痛教训、把全部心思花到把儿子培养成一位准男爵以前。我也爱读那些恨过、嫉妒过或者疲惫度日的女人：哈里特，雪莱的第一个妻子；范妮·伊姆莱，玛丽同母异父的姐姐，可能也爱着雪莱；还有她的继妹玛丽·简·克莱蒙特——跟我的名字克莱尔一样——她加入了玛丽和雪莱私奔后的蜜月之旅好继续追随拜伦。我常跟唐纳德讲述性情狂热的玛丽和已婚的雪莱的故事，他们在玛丽母亲墓前的私会，哈里特和范妮的自杀，以及克莱尔的锲而不舍——她最终怀上了拜伦的孩子。但是我跟尼尔森从不谈这些，部分原因是我们根本没有时间说话，还有部分原因是我不想让他以为我从这些掺杂着爱情、绝望、背叛和自我感动的大杂烩里汲取灵感和慰籍。我自己也不愿这么想。尼尔森也没有对十九世纪或浪漫主义产生兴趣。他曾经这么说过。他说他想研究那些热衷于揭发丑闻的新闻记者。或许他不过是开玩笑。

西尔维娅跟哈里特完全是两类人。她的脑子没有受到文学的影响或者说制约。当她发现我们的地下情时，她痛痛快快地发泄了一通。

"你这个十足的混蛋！"她对尼尔森说。

"你这个虚伪的蠢货！"她对我说。

我们四个人都在客厅里。唐纳德清理他的烟斗、装上烟丝、弹一弹、点燃、慢吸几口、检查一下、抽一口、再点燃——跟电影里的演员做的动作如此相似，我都替他感到尴尬。然后，他把几本书和最新的一期《麦克林周刊》放进手提箱，去浴室拿他的剃须刀，去卧室取他的睡衣，走出了门。

他径直去了一个年轻寡妇的公寓，她在他的诊所做秘书。在后来写给我的一封信里，他说，在那天晚上以前，他从来都只把那个女人当朋友。可那晚让他突然明白，爱一个善良、懂事和内心未经折磨的人是件多么美好的事情！

西尔维娅晚上十一点得上班。因为没有车，通常尼尔森会陪她走到医院。那天晚上，她告诉他她宁愿让一个醉汉陪她也不要他护送。

就这样，尼尔森和我单独留在了家里。这一情景的持续时间比我想象的要短得多。尼尔森看上去很郁闷，不过似乎也松了一口气。如果说我感到了那短暂的悔意被汹涌而至的爱潮所冲淡，爱成了一件荣耀而痛苦的事，我也知道最好不要表现出来。

我们躺到床上，讨论下一步的计划，最后还是以做爱结束，因为这是我们最习惯做的事。夜半时分，尼尔森醒过来，觉得最好还是下楼回自己的床上睡觉。

我在黑暗中起床，穿衣，收拾好行李，写好便条，然后到街角打电话叫了一辆出租车。我坐了六点的火车到多伦多，从那儿转车去温哥华。如果你愿意连坐三个晚上的车的话，坐火车要便宜得多。我正好愿意。

就这样，我在那个伤心而沉闷的早晨搭上一列硬席客车，从陡峭的弗雷泽峡谷进入湿润的弗雷泽河谷，那儿烟雾缭绕，隐约可见滴水的小屋、棕色的葡萄藤蔓和多刺的灌木，还有挤作一团的羊群。我生命中的这场巨变正好发生在十二月。圣诞节是过不成了。往年被雪堆、冰柱和令人振奋的暴风雪充斥的冬季，如今被雨水和泥巴搞得面目模糊。我患了便秘，知道自己口臭，四肢常常抽筋，整个人精神颓废。那时候，我不是已经就如此认为，所谓一个男人跟另一个男人有多么不同的说法其实不过是一派胡言？生活归根结底不就是可以喝上一杯像样的咖啡和有一个可以舒展身体的房间吗？难道那时我不是在想，就算尼尔森坐在我身边，他也只是一个脸色阴沉的陌路人，而他的孤独和不自在只会加剧我自身的不快？

不，不。尼尔森对我来说仍然是尼尔森。他的皮肤、气味和冷峻的眼神对我来说也没有改变。如果说尼尔森最先让我想起的似乎是他的外在，那么唐纳德则是他内心的波动和同情心，他努力维系的善良，还有那些要我连哄带骗才会招供的疑虑和顾忌。假如我能把对两个男人的爱合而为一，放在一个男人身上，我就会成为一个幸福的女人。假如我对世人的关爱能像对尼尔森一样细致，像对唐纳德一样平静而超越肉欲，那我就能成为一个圣人。不幸的是，我受到了貌似荒唐的双重打击。

那些后来和我成为朋友的常客中有这么一些人：一位中年女注册会计师，却喜欢阅读《六位存在主义思想家》和《意义的意义》这一类的书籍；一位省级公务员，总是让我订购一些装帧精美、价格不菲的色情作品，很多我都闻所未闻（较之于我与尼尔森那简单有效、久旱逢雨的做爱仪式，书中那精细烦琐的东方的、伊特鲁里亚式的方式倒让我觉得滑稽无趣）；一位公证员，住在自己位于约翰逊街口的办公室的后面（"我住在贫民区，"他告诉我，"在一些夜晚，我总觉得有一个彪形大汉会在街角出现并大吼：'斯——黛——拉。'①"）；还有我后来认识的那个名叫夏洛特的女人（公证员叫她公爵夫人）。这些人互不喜欢。刚开始的时候，我试过把会计师和公证员约到一起聊天，结果以失败告终。

---

① 这是美国剧作家田纳西·威廉斯的戏剧作品《欲望号街车》中的经典一幕。

"饶了我吧,我受不了那些在发皱的脸上浓妆艳抹的女人,"公证员再来的时候说,"我希望你今晚没把她藏在什么地方。"

会计师确实对她那瘦削、聪慧、五十岁的脸下手很重,两道眉毛就跟用印度黑墨描过似的。不过公证员又有什么资格对她评头论足呢?他身材粗短,牙齿被尼古丁熏得发黄,脸上满是麻子。

"我觉得那家伙挺浅薄的。"会计师说,好像已经猜到了他对她的评论,并勇敢地对它加以蔑视。

将两个人凑成一对可真费劲啊,我在给唐纳德的信中写道,我又有什么资格给人牵线搭桥呢?我定期给唐纳德写信,给他描述我的书店,我住的城市,甚至我那难以名状的情感。他跟他的秘书海伦住在一起。我也给尼尔森写信,不知道他是不是一个人住,也不知道他跟西尔维娅和好了没有。我觉得他没有。我相信她会认为有些事是没法原谅的,也不喜欢拖泥带水的结局。他有一个新地址。我在公共图书馆里查过伦敦市的电话簿。唐纳德刚开始不太情愿,后来也开始给我回信。他的信不夹带个人恩怨,写的是我们共同认识的人和他诊所里的事,读起来倒也有趣。尼尔森则从未回信。我开始给他寄挂号信,这样至少知道他是否去取了信。

夏洛特和戈迪汗一定是同时走进我的书店的,不过直到他们离开时,我才意识到他们是一对。夏洛特体格粗大变形但行动非常敏捷。她有一张粉色的脸和明亮的蓝眼睛,头发里夹杂着许多晶莹的白发,跟年轻女孩一样披散在肩上。天气相当暖和了,她还穿着一件深灰色的天鹅绒斗篷，镶着稀疏的浅灰色狐皮毛边——一件看上去仿佛属于舞台或曾经属于舞台的戏装。披肩下面是一件宽松的衬衣和一条方格羊毛呢裤，灰尘仆仆的大脚上是一双露趾凉鞋。她一动身上就叮当作响，好像藏着盔甲。等她伸手从书架上取书时就能看到是什么在引起响声——一大串手镯，或粗或细，或生锈或闪闪发亮。有些上面镶着大块的方石，太妃糖或血红的颜色。

"想象一下这个老骗子还在四处活动。"她对我说，好像我们正有一搭没一搭地聊着某个有趣的话题。

她挑了一本阿娜伊斯·宁①的书。

"别理我，"她说，"我说话离谱得很。我对这个女人还是非常喜欢的，真的，我受不了的是他。"

"亨利·米勒？"我问，开始跟上她的思路。

"对，"她继续兴致勃勃地谈论亨利·米勒，巴黎，加利福尼亚，半是嘲弄，半是爱怜。她的口气让人觉得好像她跟这些人至少做过邻居。最后，我终于傻傻地问她是不是真的有这么回事。

"不，不。我只是觉得自己很了解他们。我并不认识他们。其实也可以说认识。对，认识。还能有什么别的方法？我是说我没有见过他们，面对面地。但是从他们的书里？这不就是他们想要的吗？我了解他们，我对他们熟悉到了厌倦的程度，就像你在生活中认识的人一样。你没发觉这一点吗？"

---

① 阿娜伊斯·宁（Anaïs Nin，1903—1977），美籍西班牙裔作家、舞蹈家，被誉为现代西方女性文学的开创者，美国作家亨利·米勒的情人。

她逛到摆着最新推荐的平装书的桌前。

"这些就是新书了。"她说。"噢，天哪！"她又叫道，睁大了眼睛看着金斯伯格、柯索和费林盖蒂①的照片。她开始读他们的诗，读得那么专注，我以为她接下来说的一定是几句诗。

"我路过这儿时看见你。"她说，然后放下书，我这才意识到她说的是我。"我看到你坐在这儿，心想，一个像你这样的年轻姑娘应该会时不时地想去外面逛逛。去阳光下。你要不要考虑一下雇我帮你看店，这样你就可以出去？"

"哦，我倒是想，可是……"我说。

"我没那么蠢。其实我懂的挺多的，真的。不信你问我谁写了奥维德的《变形记》。没关系，你用不着笑。"

"我是想雇人，不过我真的雇不起。"

"噢，好吧。你可能是对的。我不是一个很灵光的人，可能会把事情搞砸。看到顾客买一些我觉得糟透了的书，我会跟他们吵架。"她看上去并没有很失望，拿起一本《无用的牛油果》，嚷道："这本！我一定得买这本，就冲这书名。"

她轻轻地吹了一声口哨，似乎想要书店后面的一个男人听到。这人一直待在那儿，盯着一桌书发呆，听到口哨声后立即抬起了头。其实我早知道他在那儿，只是没有把他和她联系起来。我以为他是那些独自在街上闲逛的男人们中的一个，他们信步走进店里，站在那里四下打量，好像想弄清楚这是什么地方，或者

---

① 金斯伯格、柯索和费林盖蒂均为美国垮掉派代表诗人。

这些书是做什么用的。他们不是酒鬼或乞丐，绝对不是什么你需要担心的人，只是属于这座城市的众多老人之一，衣衫褴褛，沉默寡言，跟鸽子一样整日在有限的区域内来往不停，从来不正视路人的脸。他穿一件长及脚踝的大衣，是用某种闪亮的猪肝色橡胶材料做成的，戴一顶缀有流苏的棕色天鹅绒帽，英国电影里的老学究或教士戴的那种。这样一想，两人之间的确有某种默契——他们的穿戴好像都是从戏装箱里捡来的。不过细看之下，他比她还要老得多。一张发黄的长脸，蔫蔫的烟褐色眼睛，几根稀稀拉拉的八字胡。昔日的英俊或魅力依稀可辨。一种按捺着的凶狠。他朝着半是认真半是玩笑的口哨声走来，站在她身边，如同一条沉默而自重的狗或一头驴，等待着女主人付款。

那段时间，不列颠哥伦比亚省的政府开始对书征税。她的书要缴四分钱的税。

"我不能付这个钱，"她说，"对书征税！我认为这是不道德的。我宁愿去坐牢。你不同意吗？"

我同意她的话。我没有指出的是——我对其他人是会那么做的——书店不会因此而逃掉这笔账。

"我听上去是不是有些不可理喻？"她说，"看这个政府能拿人民怎么样？他们就会夸夸其谈。"

她没付那四分钱，径直把书放进包里，此后她也从未付过书税。

我跟公证员讲了他们的样子，他立刻就知道了我说的是谁。

"我称他们为公爵夫人和阿尔及利亚人，"他说，"我不知道他们的背景。我想他可能是一名隐退的恐怖分子。他们推着一辆手推车在城里转悠,像拾荒者一样。"

星期天晚上,我收到一份晚餐的请帖,署名是夏洛特,没有姓,但措辞和字迹都相当正式。
我的丈夫戈迪汗和我将非常荣幸地——
在这一刻以前,我从没期待收到任何这一类的请帖,就算收到了也会觉得尴尬和心烦。因此,这份请帖给我带来的欣喜让我吃惊。夏洛特给了我一份明确的希望,她跟那些我只想在店里看见的人不同。

他们住的那栋楼位于潘多拉街。外墙上涂着芥末黄的灰泥,门厅极小,铺有瓷砖,让我想起公厕,不过房子里并没有难闻的气味。公寓并不脏,就是乱得可怕。书靠墙摞着,一块块花布从墙上垂挂下来,盖住墙纸。窗户上挂着竹帘,灯泡上别着五颜六色的纸片——当然都是可燃的。

"你能来真是太好了,"夏洛特嚷道,"我们还担心你有太多更有意思的事要做,不会来看我们这对老古董呢。你坐哪儿呢?这儿怎么样?"她从藤条椅上抱走一堆杂志。"坐着舒服吗?它能发出有趣的声音,这种藤条制品。有时候我一个人坐这儿,椅子就开始嘎吱作响,好像里面有人在转圈。我可以说是有鬼在作怪,但我确实不太相信这类说法。我试过。"

戈迪汗给我们倒了一种黄色的甜酒。他给我的是一只没有掸过尘的高脚杯,夏洛特的是一只平底玻璃杯,给自己的则是一只塑料杯。被用作小厨房的凹室里狼狈地堆着食物、煮锅和碟子，看上去很难做出任何晚餐，不过烤鸡的香味确实从那里飘了出来。不一会儿，戈迪汗端出了第一道菜——用果盘装着的黄瓜片和用碟子装的酸奶酪。我坐在藤椅上，夏洛特坐在扶手椅上，戈迪汗则坐在地上。夏洛特穿一条便裤，玫瑰红的T恤衫紧贴着没穿胸罩的乳房，脚指甲上涂着跟T恤衫相配的颜色。拿黄瓜片时她的手镯把盘子碰得叮当作响（我们用手吃饭）。戈迪汗仍然戴着帽子，长裤外面罩了件深红色丝绸浴衣，花纹上混着污渍。

吃完黄瓜后，我们吃用葡萄干和金色香料烤制的鸡、酸面包和米饭。我和夏洛特用叉子，戈迪汗则用面包片舀米饭吃。在之后的许多年里，我常常想起这顿晚饭，它的菜肴，那随意吃坐的方式，甚至类似的房间风格和那种凌乱感，都变得熟悉和时髦起来。我认识的人，还有我自己，都放弃了——在一段时间里——坐在餐桌旁吃饭和用配套的酒杯喝酒，有时候也不用刀叉或椅子。每当别人这样款待我或者我试着这样招待他人的时候，我就会想到夏洛特和戈迪汗。他们真实的匮乏和大胆的坦率把他们与后来的模仿者们区分开来。不过在那时，我感到很新鲜，心里既不安又兴奋。我希望自己配得上这样的异域情调，但又不想受到太大的挑战。

我们很快就谈到了玛丽·雪莱。我念了她几本后期小说的书名，夏洛特梦游似地说："帕金……沃贝克。他是不是那个——那个假冒在城堡里被谋杀的小王子的那位？"

她是我遇到的唯一一位知道这些书的人，而且她既不是历史学家,更不是研究都铎王朝的历史学家。

"这本书可以拍成一部电影,"她说,"你同不同意?关于这些假冒者,我一直在想,他们以为自己是谁?他们是真的信以为真还是什么?不过玛丽·雪莱本人的生活不就是一部电影吗?我不明白为什么还没有这样的一部电影出来。你觉得谁可以饰演玛丽?不,不,我们先从哈里特开始。谁可以演哈里特?"

"某个看上去奄奄一息的女人,"她说,随手撕下一块金黄色的鸡肉,"伊丽莎白·泰勒?戏份不够。苏珊娜·约克?"

"谁是父亲?"她又问,指哈里特没有出生的孩子。"我觉得不是雪莱。我从来不这么认为。你觉得呢?"

一切都很好,令人愉快,但我以为我们会谈得更深一点——就算不谈及什么隐私,起码也会说到一些个人私事。在这样的场合下,你确实会产生这样的期待。在我的餐桌上,西尔维娅不是谈到过北安大略省的那座小镇,以及说到尼尔森是他们学校最聪明的学生吗?我发现自己渴望讲出自己的故事,那种急切程度让我吃惊。唐纳德和尼尔森——我渴望讲出事实,至少部分事实,尽管它复杂得让人伤心,讲给一个听后不会大惊小怪或愤愤不平的人。如果有合适的倾听者,我是愿意好好琢磨自己的行为的。我是不是把唐纳德当成了父亲的角色——或者是家长,因为自己的父母早已过世?我抛弃他是因为我对他们抛弃我感到愤怒吗?尼尔森的沉默意味着什么?是永久的吗?(不过,我觉我不会跟任何人提起上周退回的标有"查无此人"的信件。)

夏洛特脑子里想的不是这些。根本没有机会,没有交换的可能。吃完烤鸡，撤下高脚杯、平底杯和塑料杯，装上一种甜得腻人的粉红色果子露重新端上来，更容易喝而不是用勺子吃。然后是浓得让人绝望的小杯咖啡。房间里越来越暗，戈迪汗点上两根蜡烛，让我上卫生间时带上一根，里面只有淋浴头和马桶。夏洛特说公寓里的灯坏了。

"好像在修些什么，"她说，"也许就只是心血来潮。我真的觉得他们就是心血来潮。好在我们有煤气炉。只要有煤气炉，我们就不怕他们心血来潮。唯一可惜的是不能放音乐。我本来打算放一些老的政治歌曲——《昨晚我梦见自己遇到乔·希尔》，"她模仿着男中音唱道，"你听过这首歌吗？"

我还真听过。过去唐纳德喝得有点醉的时候会唱这首歌。喜欢唱《乔·希尔》的人通常都有某种模糊但仍然可以让人察觉出的政治倾向，不过夏洛特并非如此。她做事并非出于同情和原则。她主要是对别人严肃对待的东西感到好玩。我拿不准自己是怎么看她的。不是简单的喜欢或尊敬，更像是一种希冀，潜移默化地接受她的影响，变得开朗、自嘲、带一点温和的恶毒，勇往直前。

与此同时，戈迪汗开始向我展示他的一些书。这是怎么开始的？可能是从我的某句评论开始的——一共有多少本书？诸如此类——因为我从厕所摸回来的时候被几本书绊倒了。他拿出一些用真皮或人造皮装订的书籍——我是如何分辨出它们的差别的？——书里有大理石花纹衬页、水彩的卷首插画和钢版雕刻。开始我以为只要表达赞美就可以了，我的确对他给我看的一切都

131

赞不绝口。可是我怎么听他提到了钱？那是我第一次听清楚他在说什么吗？

"我只经营新书，"我说，"这些书非常棒，不过我对它们一无所知。旧书买卖完全是另一码事。"

戈迪汗对我直摇头，好像在说我没懂他的意思，现在，他要再向我好好解释一遍，提高嗓音又说了一次他的价钱。他以为我是在跟他讨价还价？还是想告诉我他花了多少钱买这本书？或许，我们讨论的是这些书能卖多少钱，而不是我是否应该买这本书。

我在"不"和"是"之间来回变换，想尽量回答得恰如其分。不，我的书店不能买这些书。是的，这些都是非常好的书。不，真的，非常抱歉，我没资格评判这些书。

"要是戈迪汗和我住在另一个国家的话，我们倒是有可能做成一些事情。"夏洛特说，"哪怕是这个国家的电影有过丁点儿起色也行。这才是我真正想做的事情，在演艺界谋事，当群演。也许我们当群演会太过突出，他们可能会给我们找一些小角色。我相信群众演员要找那种在人群中不太显眼的人，这样你可以反复用他们。戈迪汗和我都比较容易记住，特别是戈迪汗——他那张脸有戏，可以用他。"

她对展开的第二条谈话线毫不留意，而是继续跟我聊天，偶尔无可奈何地对戈迪汗摇摇头，好像在说虽然他有些纠缠不休，却不失可爱。我得稍稍侧一下身跟他小声说话，同时对她不停地点头。

"你真的应该把它们送到古董书店去,"我说,"对,这些书都很美丽。不过,它们不在我的业务范围之内。"

戈迪汗没有抱怨。他的态度不是讨好巴结,倒更像是专横,好像在给我下命令,如果我不让步,他会十分气恼。狼狈之中,我只好用没有洗过的果子露杯,给自己倒了更多甜酒。我恐怕闯下了大祸,戈迪汗看上去极度不悦。

"你能想象现代小说的插图吗?"夏洛特说,终于愿意把两条谈话线合二为一。"比如,诺曼·梅勒①的小说?他的小说得配抽象画,你同意不?带刺的铁丝网和斑点之类的。"

回家时我感到头疼,有一种尖锐的不合时宜之感。说白了,我太拘谨,特别是在生意和殷勤待客混为一谈时。我可能十分笨嘴拙舌,让他们失望。当然,他们也让我失望,让我怀疑自己为什么被邀请。

我想念唐纳德,因为《乔·希尔》。

告别的时候,夏洛特脸上的表情也勾起了我对尼尔森的渴望。那是一种受用和满足的表情,我知道这跟戈迪汗有关,尽管我很不情愿这么想。他让我不由得会想,在我下楼离开公寓走到街上的时候,某种下流、衰老的野兽,瘦骨嶙峋,滑腻发黄,某只肮脏迫切的老虎,正向书籍和脏碗碟纵身扑去,对它们进行一番熟悉的蹂躏。

一两天之后,我收到唐纳德的一封信。他要求离婚,然后好

---

① 诺曼·梅勒(Norman Mailer,1923—2007),美国作家,曾两度获得普利策奖,代表作有《裸者和死者》《刽子手之歌》等。

跟海伦结婚。

我雇了一个店员,一名女大学生,每天下午到书店来一两个小时,这样我可以抽身去银行以及处理一些别的事务。夏洛特第一次见她时,走到柜台那儿,拍了拍码在那儿的一摞书,那些是准备促销的书。

"这是那些办公室经理让他们的奴才买的书吗?"她问道。那个女孩只是小心翼翼地微笑,什么也没说。

夏洛特是对的。那是一本名叫《心理控制术》的书,告诉人们如何建立一个积极的自我形象。

"你很聪明,雇了她而不是我,"夏洛特说,"她比我要活泼俏皮多了,而且她也不会信口开河,把顾客吓跑。她不会对其他人或事发表观点。"

"我应该跟你说说那个女人的事。"新店员在夏洛特走后对我说。

这部分没什么意思。

"你是什么意思?"我问。这是在医院的第三个下午,我已经开始分神。就在夏洛特讲到故事结尾的时候,我想起一本专门订购但还没有到货的书,一本与地中海巡航有关的书。我也在想公证员的事,他头天晚上在他位于约翰逊街的办公室里被殴打,头部受伤。他不会死,不过有可能变瞎。抢劫?寻仇?跟他生活中某个不为我所知的方面有关?

闹剧和混乱把这个地方变得更加寻常，但也更让我力不从心。

"当然有意思，"我说，"所有的情节。这是一个非常引人入胜的故事。"

"引人入胜。"夏洛特用夸张的口吻重复道。她做了个鬼脸，好像一个要吐奶的婴儿。她的眼睛仍然盯着我，不过仿佛开始褪色，失去它们那纯真、明亮和骄傲的蓝色。接着，烦躁不安变成了厌恶。她的脸上露出强烈的嫌恶，一种无法言说的疲倦——那种人们只在镜子前流露而绝不会在彼此之间表现出来的厌恶。也许是先入为主，我突然想到夏洛特可能会死去，她可能随时死去，此刻，现在。

她指了指带弯曲塑料吸管的水杯。我端起水杯让她喝水，并扶着她的头。我可以感到她头皮的温度和后脑勺的跳动。她大口大口地喝着水，那种可怕的表情从她脸上消失了。

她说："不新鲜。"

"我觉得你的故事可以拍成一部精彩的电影。"我说，让她平稳地躺回到枕头上。她抓住我的手腕，又放开了。

"你是从哪里得到故事灵感的？"我问。

"从生活中，"夏洛特含糊其辞地说，"等一下。"她把头转向枕头的另一边，好像要偷偷整理些什么。然后她回过神来，又给我讲了一点。

夏洛特没有死。起码没有死在医院。第二天下午我去得有点晚，她的床空了，并被重新铺过。跟我交谈过的那个护士正在给绑在椅子上的女人量体温,看到我脸上的表情就笑了。

"噢,不是,"她说,"不是你想的那样。她今天早上出院了。她的丈夫来这儿接的她。我们本来要把她转到萨尼奇一家长期护理机构去,他应该来送她过去。他说外面有一辆出租车等着。结果后来我们接到电话,说他们根本没有露面。他们离开的时候情绪非常好,他给她带了一大堆钞票,她把它们撒到空中。我也不清楚——也许都是些一块钱的票子吧。不过他们到底去了哪儿,我们对此一无所知。"

我去他们位于潘多拉街的公寓楼找他们,心想他们可能直接回家了。也许他们把怎么去养老院的路线图弄丢了,又不想问别人。也许他们最后决定不管发生什么,就在家里待着。可能他们已经打开了煤气。

一开始,我找不到他们住的那栋楼,以为自己去错了街区。但我记得街角的小店和街上的一些房子。楼房改头换面了,所以我没认出来。外墙被刷成了粉红色,大大的窗户和法式玻璃门是新装的,还加了带铸铁栏杆的小阳台。漂亮的阳台给漆成了白色,整个地方给人一种冰激凌店的感觉。毫无疑问,里面肯定也重新装修过了,租金一定涨了,这样一来,夏洛特和戈迪汗这样的人就根本住不起了。我查看了一下门口的房客姓名,他们的名字自然是不见了。他们一定搬走有一段时间了。

公寓楼的变化似乎在向我传达某种信息,关于消失的信息。我知道夏洛特和戈迪汗并没有真的消失——他们还在某个地方,不管是活着还是死去。但对我来说他们已经消失了。而正因为这个事实——并非因为失去他们——我陷入沮丧之中，这种状态比去年一年遇到的所有烦恼都更严重。我方寸全乱，不过还得赶回书店，让店员回家。我感到自己可以轻而易举地踏上另一条路，任意一条路。我跟其他人的关系岌岌可危——就是那么回事。有时候，我们的纽带磨损了，处于危险之中，好像完全中断了。景色和街道否定了我们的认知，空气变得稀薄。选择如此脆弱，岁月如此变幻莫测，这么说来，我们难道不是更希望有命运可以低头，有某种东西——无论它是什么——可以抓住我们吗？

我任由自己的思绪滑脱，滑进对跟尼尔森共同生活的想象里。如果当时我这么做的话，接下来就会发生这些事：

他也到维多利亚来了，但不喜欢在店里工作，服务别人。他在一家男校找到一份教职。那是一家时髦入流的学校。在那儿，他那下层阶级的硬汉外表和刺人的言行使他很快大受欢迎。

我们从达达尼尔的公寓搬到一间宽敞的平房，离大海只有几条街。我们结了婚。

然而这只是疏远的开始。我怀孕了，尼尔森爱上一个学生的母亲，我爱上了分娩时在医院里遇到的一个实习生。

我们克服了所有这一切——尼尔森和我。我们会再生一个孩子。我们会有朋友、家具和固定的生活习惯。我们会在一年中的某些季节里参加无数的派对，时不时谈论开始全新的生活，去某个遥远的、没人认识我们的地方。

我们疏远——亲近，疏远，亲近——反反复复。

我走进书店的时候，感觉到门边站着一个男人，半看向窗外，半看着街道，然后他转向我。他是个矮个子男人，穿着风衣，戴着礼帽。我觉得像是有人故意扮成这样，那种开玩笑的乔装打扮。他朝我走来，撞了一下我的肩膀。我尖叫一声，好像被生活电击了一下，事实上也确实如此。因为这个男人其实是尼尔森，他要来抓住我，或者说至少来看看我，然后再看会发生什么。

我们一直都非常幸福。
我常常感到彻底的孤独。
这一生似乎总有某种东西值得发现。
而岁月就在某种模糊中逝去。
总的来说，我十分满足。

罗塔尔离开大主教的院落时，他们用一个长斗篷裹住她，可能想遮掩她身上的褴褛衣衫，或者想盖住她的气味。领事馆的仆人跟她说英语，告诉她他们要去什么地方。她听得懂，但回答不出。天还没有全黑，她能辨出主教花园里玫瑰和橙子苍白的轮廓。

主教的仆人拉住打开的大门。

她从没见到过主教大人，也再没见到过跟着主教仆人走进房子的修道士。现在她要离开了，她开始大声呼喊他。因为没有名字可喊，她只能高喊"Xoti！ Xoti！ Xoti！"，这在盖格语里是"领头的"或"主人"的意思。没有回应。领事馆的仆人不耐烦地晃着灯笼，催她上路。灯笼的光不小心照到半隐在树后的修道士，他藏在一株小小的橙子树后面，脸从枝叶间探出，跟灯光下的橙子一样惨白，所有的黝黑踪迹全无。这是一张仿佛挂在树上的没有血色的脸，忧伤的表情无所欲求，不带个人色彩，就像你在教堂窗玻璃上看到的耶稣使徒，虔诚而骄傲。然后，它消失了。她屏住呼吸，知道一切都太晚了。

她一遍又一遍地呼喊他。当船驶进的里雅斯特的港口时，他正站在码头上等她。

公开的秘密

>那是一个礼拜六的早晨
>天气格外地宜人
>七名少女和领队约翰斯通小姐
>离开女童训练营去露营①

"她们差点儿就没去成，"弗朗西斯说，"礼拜六早上下了场大雨，害得她们在联合基督教堂的地下室里等了半个小时。然后她说，噢，雨一定会停的——我的露营从不会因下雨而取消。现在，我敢打赌她希望取消了。那样一来，所有的一切都会不同。"

雨确实停了，她们也确实去了。半路上天气变得实在太热，约翰斯通小姐让她们在一家农舍歇脚。女主人端出了可口可乐，男主人把花园浇水的管子递给她们冲凉。她们来回抢夺对方手里

---

① 本篇小说里的歌词均由诗人老佤翻译。——译者注

的水管，嬉戏打闹。弗朗西斯说，玛丽·凯伊说希瑟·贝尔最调皮胆大，她抓着水管，朝女孩子们的所有私密部位射水。

"他们一定会想方设法把她塑造成一个可怜无辜的女孩，但事实恰恰相反。"弗朗西斯说，"可能一切都是预谋好的——她计划去跟某个人见面，我是说某个男人。"

莫琳说："我觉得这么说太牵强了。"

"好吧，反正我不相信她淹死了，"弗朗西斯说，"我不信。"

毕里格林河上的瀑布跟你从照片上见到的那些完全不同。它们不过是一些从石灰岩层上倾泻而下的水流，没有一条高过六七英尺的。瀑布中间有一块落脚处，就在飞奔而下的水帘后面。石灰岩板上，水坑四处可见，比澡盆大不了多少，滑溜溜的边沿，里面积着温水。你得抱着必死的决心才能在那儿淹死。就是那儿她们也去找过了。女孩子们四下奔跑，喊着希瑟的名字，朝每一个水坑里张望，甚至把头伸进喧闹瀑布后面的干地查看了一番。她们在裸露的岩石上跳来跳去，大声喊叫，把自己弄得浑身湿透，最后干脆在水帘里钻进钻出，直到约翰斯通小姐大声地把她们唤回。

> 同去的有贝茨·托维尔和伊娃·托维尔，
> 还有露西尔·钱伯斯和吉妮·波斯
> 有玛丽·凯伊·特弗莱恩，
> 罗宾·桑兹以及可怜的希瑟·贝尔。

"她只招到了七个女孩，"弗朗西斯说，"每一个都有要参加的理由。罗宾·桑兹，医生的女儿。露西尔·钱伯斯，牧师的女儿。她们是逃不掉的。托维尔姐妹俩，乡下来的，什么事都爱掺和一脚。吉妮·波斯，身手灵活的小猴子，喜爱游泳和骑马。玛丽·凯伊是约翰斯通小姐的邻居。说这么多就够了。希瑟·贝尔刚搬到这个小镇上，她的母亲那个周末出门了——没错，她抓住机会，自个儿去冒了一次险。"

希瑟·贝尔失踪了有大概二十四小时了，在C.G.I.T——加拿大女童训练营的缩写——一年一度去往毕里格林河瀑布露营的途中。玛丽·约翰斯通今年六十出头，从战前就开始担任露营领队，迄今已有很多年了。每年六月的一个礼拜六清晨，起码都会有二十多个女孩子随她踏上这条县际公路。她们一齐穿着白衬衣和海军蓝的短裤，脖子上系着红色的领巾。二十多年前，莫琳曾是她们中的一员。

出发的时候，约翰斯通小姐总是让她们唱同一首歌：

为了美丽的河山

为了美丽的蓝天

为了与生俱来的爱

萦绕在我们身边

而在赞美诗的词句之下，你会听到有人小声但坚定地哼唱着不同的歌词：

> 为了约翰斯通小姐的屁股
> 在公路上一摇一摆
> 我们像白痴一样高歌——
> 难道她不像只癞蛤蟆？

莫琳的同龄人中，如今还有谁记得这些歌词？留在镇上的女孩子都已为人母——她们的女儿也到了去露营的年龄，有的甚至更大。听到粗鲁的言语，她们会像所有举止得体的母亲一样表示不悦。生儿育女会彻底改变一个女人。它会让你付出成人的代价，将你身上的某些东西——过去的那些东西——悉数抹去。工作和婚姻都还做不到这一点，它们只是让你假装忘记了过去。

莫琳没有孩子。

莫琳和弗朗西斯·沃尔坐在早餐桌旁喝咖啡，抽烟。餐桌楔入一间旧的食品储藏室，上面是带玻璃门的碗柜。这是莫琳一九六五年在卡斯泰尔斯镇的家。她在这栋房子里住了八年了，但仍然会感到自己似乎在狭窄的轨道上穿梭，从一个令她感到自在的地方到达另一个。她把这个角落整理出来，是想在饭厅的餐桌之外，再营造一个可以吃饭的地方。她在阳光房里挂了新的印花窗帘。通常，她要花很多时间才能说服丈夫同意改变房间的布置。前厅里放满了贵重、结实的家具，橡木和核桃木的。窗帘用的是碧绿和深紫的锦缎，像奢华酒店里用的那种——那儿什么都无法改变。

弗朗西斯给莫琳干活，但并不是以用人的身份。她们俩是表姊妹，虽然弗朗西斯比莫琳几乎大一辈。早在莫琳搬进来以前，她就在这栋房子里工作了——她服侍过房子的第一任女主人，有时候也会开玩笑称莫琳为夫人，半是好意半是揶揄。夫人，这些牛排你付了多少钱？噢，他们一定是看到你来了！她会告诉莫琳她的屁股变大了，她的发型不适合她，堆在头顶喷上发胶，活像一只倒扣的拌菜盆。其实弗朗西斯本人也不过就是一个矮胖的女人，满头丛生荆棘般的白发，一张脸生得平庸而肆无忌惮。莫琳不觉得自己胆小——她有一张端庄大气的脸，也绝不是一个无能的女人——在"升级"（她和她丈夫都会这么说）帮丈夫管家之前，她打理过他的律师事务所。有时候，她觉得自己应该要求弗朗西斯对自己更尊重一些，但是，家里如果没人斗嘴和开玩笑的话，她会闷死的。丈夫的职位决定了她不能跟人嚼舌根子，她的天性也并非如此。不过，她由着弗朗西斯刻薄地议论他人，做一些不着边际的揣测，既缺乏同情心又自以为是。

（比如弗朗西斯说希瑟·贝尔母亲的那些话，她对玛丽·约翰斯通和露营的议论。弗朗西斯觉得自己在这件事上最有发言权，因为玛丽·凯伊·托维尔是她的孙女。）

在卡斯泰尔斯镇，提到玛丽·约翰斯通，你没法不用"了不起"这样的字眼来形容她。十三四岁的时候，她得了小儿麻痹症，差点儿送了命。病好后，她的腿萎缩变短，身材也是短小臃肿，肩膀和脖子都有点歪，这使她那硕大的脑袋总是歪向一边。

她学过记账，在道兹工厂的办公室里工作过，闲暇时间都奉献给了那些年轻的女孩。她常说自己从没有遇到过一个坏女孩，只有心灵迷失和头脑困惑的。莫琳只要碰到玛丽·约翰斯通，不管是在街上还是在店里，心都会往下一沉。玛丽·约翰斯通总是先送上一个试探性的微笑，然后是审视的目光，再对天气——不管是刮风落冰雹还是出太阳下雨——大声赞美，每一种天气都有其可取之处。接着，她会笑着问道，那么，斯蒂芬夫人，你最近在忙什么呢？玛丽·约翰斯通总要特意强调一下斯蒂芬夫人这个称呼，好像那是一出戏的名字，但她脑子里想的始终都是莫琳·库特（库特这个姓跟弗朗西斯议论过的托维尔一样，都是乡下人的姓，仅此而已）。斯蒂芬夫人，最近在做些什么有意思的事啊？

莫琳感到自己被架到了一个十分尴尬的位置，而她对此无可奈何。她好像受到了挑衅，这挑衅跟她幸运的婚姻有关，还有她高大健康的身体（而她唯一的不幸却没法跟人说出来：输卵管结扎造成了不孕）、玫瑰红的肤色、赤褐色的头发以及精心搭配的昂贵服饰。好像她欠了玛丽·约翰斯通什么，一种从未明确的补偿。又好像玛丽·约翰斯通能看到莫琳不愿面对的缺憾。

弗朗西斯也不喜欢玛丽·约翰斯通，原因非常简单明了，她对所有自视太高的人都嗤之以鼻。

跟往年一样，早饭前，约翰斯通小姐会带着七个女孩进行半里路的徒步，爬巨石——就是那块在毕里格林河上凸出的石灰岩。这个景观在那一带非常罕见，因此当地人干脆就称它为"巨石"。星期天早上的这次远足是逃不掉的,哪怕前一天晚上你通宵没睡,早上起来时昏昏沉沉;或者抽了太多偷偷带来的烟,恶心得要吐。阳光还无法穿透进这么幽深的林子里,你会冷得打战。走的小路也几乎不能被称之为路——你得爬过腐烂的树干,费力地穿过蕨草堆和被约翰斯通小姐唤作鬼白果、野生老鹳草和野生姜的植物。她会扯出一根植物,连土都不擦就开始细细咀嚼。瞧,大自然给我们奉献了什么!

我忘了带毛衣了,半路上希瑟说,我可以回去拿吗?

要是在过去,约翰斯通小姐很可能会说不行。走快点,这样不穿你也能暖和起来,她会这么说。这次她一定有些不安,因为参加露营的人越来越少。她把过错推到电视、上班的母亲和日益松弛的家庭管教上面。她说可以。

可以,但是要快。快点儿赶上我们。

希瑟·贝尔永远没能赶上她们。在巨石上,她们看了风景(莫琳记得当年她们在啤酒瓶和糖果纸中间找法式避孕套——现在她们还是那么叫的吗?),希瑟没有赶上她们。在回去的路上她们也没有碰到她。她不在大帐篷里,不在约翰斯通小姐睡觉的小帐篷里,也不在两个帐篷之间。露营地四周雪松环绕,她不在其中的任何藏身之地或恋人幽会的爱巢里。约翰斯通小姐突然中止了搜寻。

"薄煎饼!"她大声叫道,"薄煎饼和咖啡!我要看看煎饼和咖啡的香味能不能把淘气小姐诱出来。"

她们不得不坐下来吃早饭——在约翰斯通小姐做了晨祷,然后感谢了上帝在森林和家中对他们的所有惠赐之后。她们吃的时候，约翰斯通小姐嚷道："天哪，真好吃！"

"新鲜空气是不是让我们胃口大开呀？"她高声问道，"这是不是你们吃过的最好吃的薄煎饼？希瑟还不赶快来，不然马上就会一个都不剩了。希瑟？你在听吗？一个都不剩！"

她们一吃完，罗宾·桑德就问她们可不可以现在就走，继续寻找希瑟？

"先收拾盘子，姑娘们，"约翰斯通小姐说，"哪怕你们在家从来没有碰过洗碗布。"

罗宾的眼泪都要出来了。从来没有人对她这样说过话。

收拾好早餐后，约翰斯通小姐才对她们放行，于是她们又回到了瀑布那儿。但是约翰斯通小姐很快又让她们回来，坐成一个半圆，不管她们是不是已经浑身湿透。她自己则盘腿坐在女孩们的前面，大声说欢迎正在偷听的人加入。"不管你藏在附近的什么地方，想搞什么恶作剧，我都欢迎！出来吧，没人会盘问你！要不然，我们就只好自己上路咯！"

然后她开始演讲，礼拜天早上的远足布道，看上去没有丝毫不安或担心。她不停地讲，中间偶尔问一两个问题，确定她们在聆听。太阳晒干了她们的短裤，希瑟·贝尔还是没有回来。她没有从树林中现身，而约翰斯通小姐还在没完没了地讲话。她不让任何人离开，直到托维尔先生开着卡车来到露营地，给她们送来冰激凌。

她还没发话，女孩子们就都跑掉了。她们跳着向卡车跑去，

149

七嘴八舌地告诉托维尔先生发生了什么。托维尔先生的狗朱庇特跳下后挡板,伊娃·托维尔张开双臂抱住它,开始号哭,好像它才是走丢的那位。

约翰斯通小姐起身走过来,对着托维尔先生大喊,声音盖过了女孩们的吵闹声。

"有人心血来潮,玩起了失踪!"

搜寻队伍立刻分头出发了。道兹工厂关了门,这样想参加搜寻的人都可以去。狗也加入了。有人建议从瀑布开始,顺河而下打捞。

当警察去通知希瑟·贝尔的母亲时,她刚刚一个人周末度假归来,穿着露背夏装和高跟鞋。

"你最好把她给我找到,"她说,"这是你的职责。"

她在医院工作,是一名护士。"要么离了婚,要么压根儿就没结过婚。"弗朗西斯说,"我为人人,人人为我,这句话说的就是她。"

莫琳的丈夫在叫她,她赶快朝阳光房奔去。两年前,也就是他六十九岁的那年,他中了风,不得不放弃律师生涯。不过,他仍然为一些老客户写写信,给他们提供法律服务——他们似乎永远无法习惯别的律师。莫琳成了他每日通信的打字员,帮助打理他称之为杂事的业务。

"你在那儿干吗?"他说。有时候他的发音含糊不清,她得留在他身边,为那些不太熟悉他的人翻译。跟她单独在一起的时候,他就懈怠下来,语气常常流露出烦躁和抱怨。

"跟弗朗西斯聊天。"她说。

"聊什么?"

"这呀,那呀,什么都聊。"她说。

"哦。"

他闷闷不乐地应着,故意把调子拖得长长的,好像在说他很清楚她们在谈什么,不过没兴趣理会。八卦,流言,对天灾人祸的冷血的兴奋。他从来就不是一个喜欢夸夸其谈的人,无论是现在还是过去说话自如的时候。即便是责备人的话也很简短,不过是加重语气和暗示一下。他似乎总在听从某种信念的召唤,寄希望于人们对公共规则的尊重和遵守,不仅是那些正派人,包括所有人,连那些一辈子都屡屡失败的人也不例外。当他不得不采取行动时,他看上去好像在替所有当事人感到痛苦和难堪。与此同时,他又让人感到畏惧。他的责备出奇地有效。

卡斯泰尔斯的人们如今不再像过去那样称呼律师为某某律师了,就像管医生叫某某医生一样。如今人们称呼年轻律师时不再加上头衔,但对于莫琳的丈夫仍然称他为斯蒂芬律师。莫琳虽然管她丈夫叫阿尔文,心里也把他当律师看待。直到现在,他还是会每天穿上灰色或棕色的三件套西装,跟从前去办公室上班时一样。他的衣服虽然都价值不菲,但没有一件看上去合身,或者说能在他那大块头的身体上显得服帖。衣服上从没缺过烟灰、面包屑、甚至头皮屑的踪迹。他的头耷拉着,脸上的肌肉因全神贯注而下垂,表情既精明又心不在焉,让你永远拿不准。人们喜欢他的样子，一开始看起来有点儿邋遢和茫然，等他突然开口说话时，又表现出一些令人生畏的细节。他懂法律，人们会这么说。他甚至不需要去查条文。那些东西都装在他的脑子里。中风没有动摇人们对他的信念。他的外表或风度也并没因此改变多少，只是让原有的特质更加突出。

人们相信，假如他能更加工于心计的话，他本来是可以当上法官的。他甚至可以当选参议员。但他太清高了，不愿卑躬屈膝。一个百里挑一的好人。

莫琳坐在他身旁的软垫上做速记。过去在办公室里，他管她叫"珠儿"，因为她聪明又可靠。事实上，她完全可以独当一面起草文件和信件。就是在他的家里，他当时的妻子和两个孩子海伦娜和戈登也这么唤她。孩子们现在已经成人，住在外面，但有时候还会这么叫她。海伦娜的叫唤既亲昵又带些挑衅意味，戈登的则带着郑重其事的善意和自我欣赏。海伦娜是一个不安分的单身女人，很少回家，一回家就会引起战火。戈登在一所军事院校做老师。他喜欢带妻子和孩子回卡斯泰尔斯，向他们炫耀自己的家乡、父亲和莫琳，还有他们那已经过时的美德。

莫琳仍然喜欢当"珠儿"，至少这个昵称让她觉得舒服。她的思绪有些信马由缰。此刻，她在想露营地晚上的漫长冒险，从约翰斯通小姐肆无忌惮的鼾声开始，而她们的目标是通宵不睡熬到天亮，为达到目的无所不用的招数和消遣，尽管没有一样是奏效的。女孩们玩纸牌，讲笑话，抽烟，午夜时分玩起了真心话大冒险。那晚的冒险包括脱掉上衣露出胸部、吃烟蒂、吞泥巴、把头扎进水盆数到一百以及去约翰斯通小姐的帐篷前尿尿。要求说真话的问题有：你恨不恨你的母亲？父亲？姐妹？兄弟？看过多少男人的那玩意儿？都是哪些家伙的？有没有撒过谎？偷过东西？碰过死人？一口气抽那么多根烟！莫琳回想起了那种恶心和眩晕的感觉，还有帐篷里的烟味，从晒了一天太阳的重油布里透出来；女孩子的体味，她们在河里游了几个小时的泳，然后藏在岸上的芦苇里，用火烤掉吸在腿上的蚂蟥。

她记得自己曾经有多么闹腾。一个喜欢大呼小叫、敢回应任何挑战的少女。就在上高中之前，她突然得了眩晕症，连她自己也闹不清是真是假，或是半真半假。眩晕很快就消失了，她的大胆也随之从她丰满的身躯内消失了。她变成了一个勤奋害羞的女孩，一个动不动就脸红的人。她慢慢养成了一些别的品质，这些品质将被她未来的丈夫发现并珍视，她也将因此而得到雇用和求婚。

我赌你不敢离家出走。有这个可能吗？女孩们有时心血来潮，渴望继续冒险，成为女主角，无论结局如何。她们想开一个天大的玩笑。漫不经心，无所顾忌，制造混乱，这是少女们遗失了的希望。

她坐在丈夫身边的印花布软凳上，眺望窗外古老的紫叶山毛榉树。她的目光越过树后明媚的草地，投向河边杂乱不羁的树丛——茂密的雪松，叶片油亮的橡树，灿烂的白杨。好像一堵毛糙糙的墙，墙后有隐蔽的门洞和小路，动物常在那儿出没，有时候还有孤独的人。他们和在墙外的时候截然不同，现在他们身负不同的责任，心怀不同的信念和目的。她能够想象消失的情形。当然，其实你并没有消失。总会有另一个人在路上和你相遇，他的脑子里充满了关于你的计划，甚至在遇到你之前就想好了。

那天下午，莫琳去邮局给她丈夫发信的时候，又听到两则新报告。礼拜天下午一点左右，在沃利北面的蓝水高速公路上，有人看见一个年轻的金发女孩上了一辆黑色的车。她可能是搭便车。也可能是在等一辆车。那地方离瀑布有二十英里路，若是步行穿过野外，要花五个小时才能走到。步行也不是不可能。也许之前她还搭了另一辆便车。

但是，在那一带东北角的沼泽地带，有人午后在荒凉的教堂墓地打扫自家坟墓时听到过一声哭喊，一声尖叫。那是谁？他们记得当时曾互相这么问过一句。不是什么而是谁。那是谁？不过后来他们觉得那可能是一只狐狸。

还有，露营地附近的一块草地给踩平了，新抽完的烟蒂扔得满地都是。但那又能说明什么呢？那儿总是有人出没。约会的情人。喜欢恶作剧的小男孩。

   或许的确有一个男人与她在那里碰面
   手里握着枪或刀
   他跟她见面，一脸无所谓
   他夺去了少女的生命

   也有人说事情不是那样

她遇见了一个陌生人,或一位友人
她被一辆黑色的大车带向远方
没有人知道故事的结尾

∽

礼拜二一大早,弗朗西斯在做早饭,莫琳在帮她丈夫穿衣服,前门传来了敲门声。来人要么没注意到门铃,要么不信任门铃。这么早就上门来拜访的不是没有过,不过确实让她们为难,因为斯蒂芬律师大清早说话更困难,他的大脑也需要一些时间才能活跃起来。

透过门上的砾石玻璃,莫琳看到一男一女的模糊身影。他们衣着正式,至少女人如此——她戴了帽子。看来事关重大。不过,对当事人来说十分重大的事,对旁人也许无关紧要。为了抢夺一只五斗柜而威胁着要杀死对方;为了六英寸的私人车道,房主可以争到血管爆裂。丢失的木柴,狂叫的狗,一封充满恶意的信——所有这些都可以让人大发雷霆,前去敲门。去问斯蒂芬律师。去咨询法律。

当然,这对夫妇也可能是上门传教的。

然而不是。

"我们来见律师。"女人说。

"哦,"莫琳说,"这么早。"一开始她没认出他们。

"不好意思,不过我们有事要告诉他。"女人说。不知怎的,她已经迈进了门，莫琳往后退了退。男人摇了摇头，似乎有些尴尬或者表示歉意，表明他除了紧跟妻子之外别无他法。

客厅里充满了剃须液、止汗膏和药店卖的廉价古龙香水的气味。山谷铃兰。现在，莫琳认出了他们。

女人是玛丽安·胡贝特，只是她穿蓝色的套装，跟平常看上去不大一样——就那天的天气而言未免也太厚重了——还戴着棕色的棉布手套和羽毛帽。在镇上碰到时，她一般穿便裤，有时甚至是男式的工装裤。她是个高大结实的女人，年纪跟莫琳差不多大。俩人上的也是同一所高中，不过差了一两个年级。玛丽安身体笨拙，动作却很快。逐渐花白的头发剪得很短，脖子上露出一些发茬。她嗓门洪亮，大部分时候脾气都很暴躁。现在，她似乎变柔和了不少。

同来的男人跟她结婚没多久。也许不过一两年。他个头很高，看上去还有点男孩气，穿一件廉价的乳白色西装，垫肩很厚。棕色的卷发用沾水的梳子梳过。"真抱歉。"莫琳领着他们去餐厅的时候，他低声说，也许不想让太太听到。近看之下他的眼睛没那么年轻了——可以看出过度的劳累和干燥，或者说是困惑。也许他不怎么聪明。莫琳突然想起有人说过，玛丽安是通过征婚广告找到这个男人的。女士，农场主，所有权明确。也可能是女商人，有农场，因为玛丽安的另一个名字是紧身胸衣女士。她出售量身定做的紧身胸衣已有很多年了，也许还在卖，尽管穿这个的人越来越少。莫琳想象她给那些女人量尺寸，好似一名护士，手指在她们身上戳来点去，发号施令，带着职业性的侮辱。

不过她对自己年迈的父母很好，让他们在农场居住，直到年近古稀，病痛越来越多。现在，莫琳想起另一个故事，没有前一个那么恶毒，是关于她丈夫的。他是巴士司机，负责送老年人去沃利的室内游泳池上游泳治疗课——据说他们就是这样认识的。莫琳的脑子里对他还有另一种想象，是他抱着老父亲去桑德医生的诊所。玛丽安冲在前面，随时准备好去拉门，她手中的提包来回甩动。

她告诉弗朗西斯早餐在餐厅吃，吩咐她多拿两个咖啡杯，然后去提醒她丈夫。

"是玛丽安·胡贝特，也可以说是曾经的玛丽安·胡贝特。"她说，"还有跟她结婚的那个不知道叫什么名字的男人。"

"斯莱特。"她的丈夫说道，一如他平常跟人谈买卖或租约时语气平淡地提到某个细节，完全出乎对方的意料。"西奥。"

"你比我消息还灵通呢。"莫琳说。

他问他的粥是不是好了。"边吃边听。"他说。

弗朗西斯把粥端进来，他立即开始吃起来。粥里面放了大量的奶油和红糖，这是他最喜欢的食物，无论春夏秋冬。

弗朗西斯送咖啡进来时，想在房间里多逗留一会儿，但是玛丽安重重地瞪了她一眼，把她逼回了厨房。

瞧，莫琳想，她比我强势多了。

玛丽安·胡贝特是一个没有任何明显优点的女人。她有一张大胖脸，脸颊上的肉往下垂，样子让莫琳想起某类狗。不一定就是条丑陋的狗。她的脸其实不丑，只是一脸横肉，带着一种难缠的表情。玛丽安不管走到哪里，都要显示她的绝对权力，就像此刻在莫琳的餐厅一样。你没法忽视她的存在。

她今天化了浓妆，这也是莫琳一开始没认出她的原因。苍白、粉红，跟她橄榄色的肤色和又黑又粗的眉毛完全不搭。她看上去倒并不显得可怜，只是有些古怪。她的妆跟她的套装和帽子一样，好像在向人证明，她也可以跟其他女人一样打扮自己，她知道人们对女人的期许。当然，也许她就是想显得漂亮一些。也许她发现，脸上扑的白粉和唇上厚厚的粉色口红令她变了个模样。说不定化完妆后，她还会转身向丈夫撒娇似的展示自己。当被问及妻子的咖啡里是否要加糖时，他几乎是咻咻地笑着说要加糖块。

他动不动就说请和谢谢你。他说："非常感谢你，请。谢谢你，我也要一样的。谢谢你。"

"好了，言归正传，我们起初并不知道任何有关那女孩的事，直到后来好像大伙儿全都知道了。"玛丽安说，"我是说，直到昨天进城以前，我们连有人失踪都不知道。是昨天进的城？还是礼拜一？昨天就是礼拜一。我把日期全弄混了，都怪我吃的那些该死的止痛药。"

玛丽安不是那种只提及吃药就罢休的女人。她还会告诉你她为什么吃药。

"是这样的，我的脖子上长了这么一个可怕的大疖子，就在那儿。"她说，把头扭来扭去，想让他们看到那儿的包扎。"那地方可疼得不轻，头也开始痛了，我觉得两者是有关联的。所以礼拜天我的日子可不好过。我拿了一块热毛巾，敷在脖子上，然后吞了两颗止痛药，上床躺下了。那天他没上班，他开始上班以后，家里总有他干不完的活儿。他在核电站工作。"

"道格拉斯角？"斯蒂芬律师从他的粥中抬起头，问了一句。在提到道格拉斯角的新核电站时，所有的男人都会表现出某种兴趣或尊重，就连斯蒂芬律师都不例外。

"那是他现在工作的地方。"玛丽安说。跟许多乡下女人和卡斯泰尔斯的妇女一样，她提到丈夫时不说他的名字，只用他，还要特别强调一下。莫琳注意到自己也这么说过几次，但她不用别人指出就改掉了这个习惯。

"他得给奶牛喂盐，"玛丽安说道，"还要回来修栅栏。要走四分之一英里的路，所以他开了卡车。但他把鲍德留下了。他没带鲍德就开车走了。鲍德是我们的狗，一点儿路也不愿走，只想坐车。他留鲍德看家，大概是因为知道我在家躺着。我吃了两颗止痛药，打了个盹儿，没像平常那样入睡。然后我听到鲍德在叫，立刻就把我吵醒了。鲍德在叫。"

她起了床，穿上睡衣下楼。睡觉时她只穿了内衣裤。她从前门往外看了看，小路上什么人也没有。她也没看到鲍德，那时它已经停止了狂吠。一般它看到熟人时就不叫了。也可能只是有人路过。不过她还是不满意。她又从厨房的窗子往外看，窗子对着侧院而不是后院。还是没人。从厨房里她看不到后院——要想看到后院你得穿过人们所说的厨房后间。其实也就是杂物间，跟紧挨房子搭的小棚子一样，里面什么都放。房间里有个可以看到后院的窗口，不过你也没法靠近，从那往外看，因为窗边堆着纸箱子，还有竖放着的旧沙发的弹簧。你得直接打开后门往外看。她觉得自己听见门上有什么声音，好像有什么爪子在抓。也许是鲍德。也许不是。

厨房后间门窗紧闭，又堆满了杂物，热得让她透不过气来。她穿着睡衣出了好些汗，身子黏糊糊的。她对自己说，好吧，起码你还没发烧，你出汗多得像一头猪。

呼吸新鲜空气的念头超过了她对门外未知事物的恐惧，因此她猛地一下推开了门。门向外推开，把站在门背后的家伙几乎推倒。他踉跄了一下但并没有跌倒。她看清了那人是谁。镇上的司蒂卡普先生。

鲍德自然认识他。他常常路过他们家，有时还抄近路从他们家的土地上穿过，他们从没拦过他。很多时候，他直接从院子里穿过——他的脑子已经不太清楚了。她从来没有像其他人那样吼过他。假如看到他累了，她甚至还会邀请他在台阶上坐下，递给他一根烟，让他休息一会儿。他会接过烟，但从来没在台阶上坐过。

鲍德在他身边嗅来嗅去，摇尾乞怜，和别的狗一样。

莫琳跟镇上所有的人一样，知道司蒂卡普先生是谁。他曾经是道兹钢琴厂的调音师，一个神气活现、喜欢挖苦人的小个子英国绅士，有一个讨人喜欢的妻子。他们是图书馆的常客，他们打理的花园在镇上很有名，特别是里面的草莓和玫瑰。然而，几年前，不幸开始找上门。司蒂卡普先生的喉咙做了个手术——肯定是癌症——手术之后他就不能说话了，只能发出呼哧呼哧的声音。他已经从道兹退休了——人们开始用电子设备给钢琴调音，比人的耳朵灵敏。接着他的妻子又突然去世了。变化接踵而至，不出几个月，他就从一个体面的老绅士堕落成一个性情乖张、招人嫌恶的小老头。邋遢的胡须，沾在衣服上的口水，酸臭的烟味，目光里总是流露出猜忌，或是憎恶。在杂货店买东西时，如果找不到他想买的东西，或者店员把东西换了个位置，他会故意把罐头食品和麦片盒推倒在地。咖啡馆不再欢迎他，图书馆他也不去了。起初，以前和他的亡妻一起去教堂的妇女还轮流来看他，给他送肉食或烘焙食品。但他家里的味道太难闻了，东西乱得一塌糊涂，就算是独居的男人也说不过去，而且他毫无感恩之心。他会把吃剩的果派和砂锅菜扔到房子前面的人行道上，把碟子打碎。没哪个女人愿意遭人取笑，说就连司蒂卡普先生也不喜欢她做的饭。因此她们就不再上门了。开车经过他家时，你也许能看到他静静地站着，站在门前的阴沟里，大半个身子掩藏在高高的杂草中，任凭汽车呼啸开过。你也可能在离家数十英里远的一座小镇碰到他，那儿会发生一件怪事。他的脸上会浮现出往日的神情，准备在对方脸上看到友善、礼节性的惊讶，那种住在同一个地方的人在别处相遇时的问候。他看上去似乎心怀期冀，好像能在某一刻重新敞开心扉，语言会冲破束缚他的屏障。事实上，也许一切变故都能在异地被悉数抹去——他的声音、他的妻子、他往日的安稳生活又会重新回到他身上。

一般来说,人们不是不友好,只是他们的耐心有限。玛丽安说她永远也不会赶他离开。

她说,这一次,他看上去相当狂躁。不是那种想说什么又说不出的表情,也不是因为那些戏弄他的小孩而感到暴跳如雷。他的头左右摇摆,脸看上去十分浮肿,像一个大声啼哭的婴儿的脸。

好了,她说。好了,司蒂卡普先生,怎么回事?你想对我说什么?你想来根烟吗?你是不是想告诉我今天是礼拜天,你的香烟都抽完了?

他的头还是摇来摇去,接着上下摆动,然后又摇来摇去。

快点,现在拿个主意。玛丽安说道。

"啊,啊"便是他能说的全部。他双手抱头,碰掉了帽子。然后他又往后退了几步,开始在院子里的水泵和晾衣线之间绕来绕去,嘴里还是不停发出"啊,啊"的叫喊,它们永远无法变成真正的词语。

这时玛丽安突然把椅子往后一推,几乎把椅子推翻。她站起身,开始给他们表演司蒂卡普先生的动作。她身子前倾,蹲下,双手捶打着头,不过她并没有把帽子给碰掉。就这样,在餐具柜前,在斯蒂芬律师因其对法律的多年服务而获赠的纯银茶具前,她进行了这番表演。她的丈夫双手捧着咖啡杯,努力用一种恭敬的眼神盯着她。他的脸上有什么东西一闪而过——一阵痉挛,一边脸颊上的一次抽动。尽管表演着可笑的动作,她还是在看着他。她的表情似乎在说,挺住,不要动。

不过就莫琳所看到的,斯蒂芬律师眼皮都没抬。

他就是这么动的，玛丽安一边说，一边重新坐下。他就是这么动的。因为自己身体不适，她就猜想也许他身上也不舒服。

司蒂卡普先生。司蒂卡普先生。你是想告诉我你头疼吗？你想要我去给你拿颗药吗？你要我带你去看医生吗？

没有回答。他没有因她而停下来。啊，啊。

他跌跌绊绊，不知怎么就来到了水泵边。他们家装了自来水龙头，不过仍用屋外的水泵给鲍德的水盆装水。司蒂卡普先生发现那个是什么之后，就忙活了起来。他跑过去抓住把手，发疯似的上下按压。以前放那儿的杯子现在没有了。但是只要有水上来，他就把头伸到下面去接水喝。水花四下飞溅，然后又消失了，因为他放开了水泵。他就又回头开始压水，把头伸到下面，这样反反复复，压水喝水，水淋到他的头上、脸上、肩膀和胸上，他浑身湿透，得空就继续啊啊地叫着。鲍德也跟着兴奋起来，围着他跑来跑去，不时拿脑袋朝他撞去，发出同情的吠叫和悲号。

够了，你们俩！玛丽安朝他们吼道。放开水泵！放开它，给我安静下来！

只有鲍德听了她的话。司蒂卡普先生继续发癫，直到他浑身湿透，眼睛也被水糊得看不到把手才住手。他抬起一只胳膊，朝灌木和河的大致方向指去。他一边指一边啊啊地叫着。当时她没明白他是什么意思。她是过后才开始琢磨他的意思的。然后他放弃了，只是坐到井盖上，浑身湿透，瑟瑟发抖，头埋在双手间。

也许事情就那么简单，她想。他只是抱怨这儿没有杯子。

假如你想要的只是一个杯子,我给你拿一个就是了。没必要像小孩一样闹个不停。你待在这儿别动,我去给你拿一个。

她回厨房去拿了个杯子。然后她又有了一个主意。她去拿了几块全麦脆饼,用黄油和果酱给他做了夹心饼干。全麦脆饼是小孩子爱吃的零食,但老年人通常也很喜欢。她记得她的父母就是这样。

她回到后门,用捧满东西的双手推开门。他连个影子都不见了。院子里什么人也没有,除了鲍德,它一副知道自己做了蠢事的样子。

鲍德,他去哪儿了?他朝哪条路走了?

鲍德既羞愧又疲惫,一点暗示也不肯给。它耷拉着脑袋溜回自己的地盘,在房基背阴的泥地上躺了下来。

司蒂卡普先生!司蒂卡普先生!瞧瞧我给你拿什么来了!

死一般的寂静。她觉得头疼,自己吃起饼干来。不过她不应该吃的——只咬了几口就想吐。

她又吃了两颗药,回到楼上。窗子关上了,百叶帘拉了下来。现在,她后悔在加拿大轮胎五金公司促销的时候,他们没有买一个风扇回来。不过,没有风扇她还是睡着了,醒来的时候天已黑了。她可以听到割草机的响声——是他,她的丈夫,正在房子的一边割剩下的草。她下楼走进厨房,看到他已经切了几个冷土豆,煮了白煮蛋,还摘了几根葱,做了一个沙拉。他不像某些男人——厨艺无可救药,就算妻子生病也要等她从病床上爬起来给他做饭。她尝了尝沙拉,不过没有胃口。又吃了一颗药,上楼，沉沉地睡到第二天天亮。

最好给你找个医生，他当时说。他给工作的地方打了电话。我要带我妻子去看医生。

玛丽安说，要不她煮一煮针，他来帮她把脓包挑破？但是他不忍心伤害她，而且也怕出差错。因此，他们上了卡车，开车去看桑德医生。桑德医生出门了，他们得等一会儿。一同等医生的人告诉了他们这个新闻。大家对他们还蒙在鼓里表示十分吃惊。但是他们一直没开收音机。通常她会把收音机开着，但生病了后她一点噪音也受不了。一路上，他们也没注意到什么三五成群的男人，没有任何异常。

桑德医生处理了她的疖子，不过没用针挑。他治疖子的方法是，趁你不备，朝你的疖子猛地一击，把脓打出来。好啦！他说。这比用针挑省事多了，而且也不那么疼，因为你都来不及紧张。他清理了那个部位，贴上纱布，说她很快就会感觉好一些。

她确实好多了，不过还是想睡。她浑身乏力，头昏昏沉沉，于是又上了床，一直睡到四点左右，她的丈夫捧着一杯茶来到她床边。这时她记起了那些女孩子，礼拜六早晨跟约翰斯通小姐上门要饮料。她家里存放了不少可口可乐，她把可乐倒在印花的杯子里，加上冰块递给她们。约翰斯通小姐只喝水。他把浇菜园子的水管交给她们玩。她们跳着蹦着，朝对方喷水，玩得十分开心。她们都想躲开水流。约翰斯通小姐不注意的时候，她们就会开始撒野。他不得不把水管从她们手中抢过来，还朝她们射了几下水，好让她们规矩起来。

她竭力回想那个女孩是谁。她认识牧师的女儿和桑德医生的女儿，还有托维尔姐妹俩——不管在何处，她们那绵羊般羞怯的小眼睛可以让你一眼就把托维尔家的人认出来。剩下的女孩中，哪个会是她呢？她记得有一个女孩非常闹腾。他把水管拿走后，她还扑过来想夺回去。一个在翻跟斗，还有一个漂亮瘦弱的金发小东西。也许她想的这个女孩是罗宾·桑德——罗宾有一头金色的头发。那天晚上，她问她丈夫知不知道失踪的是哪一个，可他比她还要糟——这儿的人他一个都不认识，也分不清谁是谁。

她也跟他说了司蒂卡普先生的事。现在一切都清楚了。他难受的样子、按压水泵、他指的方向。这一切可能的含义让她不安。他们谈着这件事，想知道究竟发生了什么，结果两人一夜没有合眼。最后她终于对他说，好了，我知道我们该做什么了。我们得去找斯蒂芬律师聊聊。

然后他们就起了床，尽快地赶到这儿。

"警察，"斯蒂芬律师说，"警察。应该去找他们。"

丈夫终于开口了。他说："我们不知道是不是应该去报警。"他双手放在桌上，十指张开，按住桌子，扯着桌布。

"不是指控，"斯蒂芬律师说，"是提供线索。"

他在中风前说话就如此简略了。莫琳很早就注意到，他毫不客气地吐出几个字，有时甚至是粗暴的指责，人们听后也会如释重负，感到振奋。

她在思考女人们不再上门探望司蒂卡普先生的另一个原因。她们不喜欢那些衣服。女人的衣服，内衣——磨旧了的衬裙和胸罩，穿破了的内裤，皱巴巴的袜子——搭在椅背上，挂在暖气片上方的绳子上，或者干脆堆在桌子上。这些自然都是他亡妻的遗物。一开始，人们以为他是想在处理掉这些东西之前，先给它们来一番清洗、晒干和整理的工作。然而一个礼拜又一个礼拜过去了，它们还在老地方。女人们开始疑惑：他把这些东西放得到处都是，是在暗示什么吗？他会不会贴身穿着它们？他是不是一个变态？

现在，这些事都会浮现出来，被一笔一笔记下来，成为对他不利的把柄。

变态。也许他们是对的。也许他会领他们到作案地点，侵犯她之后把她勒死或打死的地方。他们会在他的房子里发现她的东西。他们会压低声音恐惧地说，没有，他们没觉得意外。我一点儿也不意外，你呢？

斯蒂芬律师问起她丈夫在道格拉斯角的工作情况。玛丽安说："他负责维修工作。每天离开厂子的时候都要被 X 光照一遍，连用来擦鞋的抹布都得埋到地底下。"

夫妇俩出门后，莫琳在他们后面关上门。她透过砾石玻璃注视着他们摇摇晃晃的身影逐渐消失，心里还是有种不满感。她爬了三个台阶，来到楼梯转角处，那儿有扇拱形的小窗。她就在那儿继续注视他们远去。

看不见车子，也没有卡车或者别的什么交通工具。他们一定把车停在了主街上,也许是市政厅后面的停车场。可能是不想别人知道他们来找斯蒂芬律师。

警察局就在市政厅里。他们确实朝那个方向走了过去,不过却斜着穿过了马路。莫琳看见他们在一道矮石墙上坐下,墙内是被称作先锋公园的老墓地和花圃。

为什么他们还要再坐下来?在她家的餐厅里,他们起码已经坐了一个小时。他们没有交谈,也没有看对方,但似乎十分默契,仿佛是在共同劳作的辛勤之后略作休息。

斯蒂芬律师在怀旧的心境中会谈到过去人们如何在那道墙边休息。步行进城兜售鸡或黄油的农妇,走路上学的乡村少女——那时还没有校车这回事。她们会在那儿停下,藏好自己的橡胶雨鞋,回去的路上再取。

也有一些时候,他毫无怀旧的耐心。

"过去的时光。谁还想要?"

这时玛丽安从头上取下一些发夹,小心翼翼地摘下帽子——帽子箍得她难受。她把它放在膝盖上,她的丈夫则伸手把它拿走,生怕帽子给她带来新的负担。他把帽子放在自己的膝盖上,俯身拍了拍,仿佛在表示安抚。他抚摸着那顶难看得吓人的棕色羽毛帽,如同安慰一只吓坏了的小母鸡。

但是玛丽安制止了他。她对他说了句什么,然后伸手紧握他的手,像母亲打断一个头脑简单的孩子的胡闹——带着一种突然爆发的强烈厌恶,在她精疲力竭的爱情之旅中休憩片刻。

莫琳不由得一惊，仿佛感到自己的骨头正在萎缩。

她的丈夫从餐厅走出来。她不想让他发现自己在偷窥他们，于是把窗台上插着枯草的花瓶移了移，说："我还以为她会没完没了地说下去。"

他没有注意到她在遮掩。他脑子里想着别的事。

"过来。"他说。

新婚不久，莫琳的丈夫跟她提到，他和第一任斯蒂芬夫人在第二个孩子海伦娜出生后便分床睡了。"我们已经有了我们的男孩和女孩。"他说，意思是没必要再生更多小孩了。那时候，莫琳还不明白他在暗示同样的做法。跟他结婚的时候她正沐浴在爱河。他第一次在办公室里用手搂住她的腰时，她真的相信他是以为她走错了门，在纠正她。她之所以会产生那样的想法，不是因为她不渴望他的拥抱，而是因为他是一个规矩的男人。那些认为她是为了利益嫁给斯蒂芬律师的人——尽管他们也没有恶意，要是看到她在蜜月中是那么幸福，就算是学打桥牌也没有影响她的心情——一定会惊讶不已。她清楚他的影响力——他施展它和克制它的方式。她被他吸引——他的年龄、笨手笨脚的样子、牙齿上和手指间的烟渍她都毫不在意。他的皮肤十分温暖。结婚没两年，她流产了。出了太多血，最后她不得不结扎，以防类似事情再发生。在那以后，她跟丈夫的亲密生活就结束了。就算是在那之前，他也好像只是在履行义务，因为他觉得拒绝一个女人想生孩子的请求是不对的。

有时候她会纠缠他一会儿，他就会说："好了，莫琳。现在又怎么了？"要不然他就会让她别跟小孩子一样。"别小孩子气"，这是他从两个孩子之间的斗嘴中学来的命令，并一直用到了现在，尽管两个孩子都不再那么说了，事实上他们已经离家很久了。

他的话是那么令她感到羞辱，她的眼睛里会充满泪水。他却是个最厌恶眼泪的男人。

然而现在呢，她想，如果能回到那时的状态，对她难道不是一种解脱吗？现在她丈夫的胃口回来了——或者说他养成了一种全新的胃口。早年那种笨拙的仪式和拘谨的爱抚都不见了。如今他的双眼浑浊不清，脸上肌肉下垂。他对她说话的语气粗鲁而咄咄逼人，有时候会推她戳她，甚至试图把手指从她后面插进去。她不需要任何这样的催促——她自己就急着把他拖进卧室，省得他在别处出丑。他从前位于楼下的那间旧办公室，现在被改成了卧室，跟浴室相连，省却他爬楼梯的不便。那间房至少还能上锁，这样弗朗西斯不会贸然闯入。但是电话铃可能会响起来，弗朗西斯会跑过来叫他们接听电话。她可能会站在门外，听到屋子里传出的声音——斯蒂芬律师的喘息、呻吟以及对她的发号施令，他命令莫琳做各种动作的那种令人恶心的嘶嘶声，还有他快完事时的撞击声和接下来的命令声，除了莫琳以外任何人都不会明白的命令，它淋漓尽致地表现了他的极端，如同他在卫生间发出的声音一样。

"下流！下流！"

这话出自一个曾经把海伦娜关在房间里，只因她骂她哥哥是臭杂种的男人之口。

莫琳不是词汇量不够,但在震惊之中,她一时找不到合适的字眼,也不知用什么语气才能使人信服。她确实尽了最大的努力。她太想帮他满足了。

完事后他小睡了一会儿,刚才的小插曲似乎都从他的记忆里抹去了。莫琳逃进浴室,先在那儿洗了洗自己,然后又匆匆上楼换掉衣服。通常在这样的时刻她会感到空虚和虚弱,不得不在楼梯的栏杆上靠一靠。她紧闭双唇,不想发出任何抗议的吼声,但还是忍不住发出一声抱怨的呜咽,拖着长腔,听上去像一只挨了打的小狗。

今天她比平常好多了。她能够在浴室的镜子前直视自己,扬扬眉毛,动动嘴唇和下巴,让脸上的表情恢复正常。够了,她似乎听见自己说。哪怕还在做那事的时候,她也能思考其他的事情。她想到要做一个乳蛋饼,不知道家里的牛奶和鸡蛋够不够。就在丈夫最狂暴的时候,她想到了羽毛间移动的手指,妻子的手搭在丈夫手上,用力按下去。

> 因此我们要为希瑟·贝尔歌唱
> 为了她我们将无休止地吟唱
> 葱郁的森林里她被带走
> 她的生命才刚刚含苞欲放

"已经有人写了一首诗了,"弗朗西斯说,"我把它打出来了。"

"我想做一个乳蛋饼。"莫琳说。

玛丽安·胡贝特的话,弗朗西斯听到了多少?很可能全听到了,一字不漏。她似乎得屏住呼吸才能藏住所有的秘密。她把打出来的诗举到莫琳面前,莫琳说:"太长了,我现在没时间读。"她开始分离蛋黄和蛋清。

"写得不错,"弗朗西斯说,"好得可以配上旋律成为一首歌了。"

她大声朗读起来。莫琳说:"我需要集中注意力。"

"这么说,我被驱逐离场了。"弗朗西斯说完就大步向阳光房走去。

莫琳终于可以享受厨房的宁静了——白色的旧瓷砖,高高的、发黄的墙,锅碗瓢盆,让她感到熟悉而亲切的厨房用具,或许她的前任也是如此认为。

玛丽·约翰斯通每年对少女们的露营演讲都大同小异,大多数女孩子都知道会听到什么。她们甚至知道互相做些什么鬼脸。她告诉她们,在她还装着铁肺时,耶稣曾经来到她的身边,跟她说话。她强调她不是说她在做梦,不是看到异象,也不是神经错乱。她指的是他就在她眼前现身,她认出了他,并毫不引以为怪。她一眼就认出了他,尽管他穿着医生的白大褂。她想,嗯,这合情合理——要不然他们怎么会让他进来呢?她就是这么想的。装着铁肺躺在那儿,她既明白又糊涂,任何人在受到如此冲击时都会那么反应。(她是说耶稣,不是说小儿麻痹症。)耶稣对她说:"你一定要重新站起来,挥动你的球棍,玛丽。"这就是他对她说的全部。她是一名垒球好手,他用他知道她能听懂的语言。然后他不见了。她照他的吩咐重新拥抱了生活。

她还说了很多别的,关于她们每个人的生活和身体是如何独特,然后将话题自然而然地引向玛丽·约翰斯通称之为"开诚布公的谈话"——关于男孩子和性冲动。(她们就是在此时开始做鬼脸的——她关于耶稣喋喋不休的谈论只让她们难为情。)还有烈酒、香烟以及它们如何互相引发恶果。她们觉得她一定是疯了——她连她们昨晚抽烟抽到犯恶心都不知道。她们满身烟味,然而她对此只字不提。

这么说她真是——疯了。不过每个人都任由她大谈特谈医院里的耶稣,因为她们觉得她有权这么相信。

可是如果你真的看到了什么呢?不是耶稣那种异象,而是别的什么东西?莫琳就有过那样的经历。有时候,她将睡未睡,也没有进入梦境,她会觉得自己看到了什么。甚至在白天,在她自以为正常的生活里。她也许会看到自己坐在石阶上吃樱桃,看到一个男人拎着包裹从石阶上爬上来。她从来没有见过那些石阶或那个男人,但是那一刻,他们似乎是她另一种生活的一部分,那个生活跟这个一样漫长和复杂,奇怪又乏味。她一点也不吃惊。她只是侥幸在同一时刻感知了两种生活。偏差很快就会得到纠正。就是这么寻常,她事后想。那些樱桃。那个包裹。

她此刻看到的不存在于她自己的任何生活里。她看见那双长着粗大手指的手,它曾紧紧地按住她的桌布,抚摸过帽子上的羽毛。那只手被按住，顺从地被另一个人的意志往下按，按到煤气灶的明火炉圈上，她正在搅动双层蒸锅里的蛋奶糊。它在那上面只停留了一两秒钟，刚够在红红的炉圈上被烧伤然而又不至于残废。这一切都是在约定好的缄默中完成的——一种短暂、野蛮而又必不可少的行为。至少看上去如此。被惩罚的那只手黑得如同一只手套，也许是手的阴影，手指张开。仍然穿着同样的衣服。乳白色的袖子，黯然的蓝色。

莫琳听见丈夫在前厅走动，于是她关掉炉子，放下勺子去看他。他已经穿戴齐整，准备出门。她不用问就知道他要去哪儿。去警察局，弄清楚是否有人报警，警察是否采取了任何行动。

"也许我应该开车送你去，"她说，"外面很热。"

他摇了摇头，嘟哝了一句什么。

"也许我可以陪你走过去。"

不用。他要去处理一件重大的事情。如果由妻子陪着去或开车送去，会被人们看轻的。

她给他打开前门，他用他那生硬的、罕见的略带悔意的语气说："谢谢你。"经过她身边时，他欠了欠身子，对着离她不远的空气噘了噘嘴。

他们已经离开了，那堵墙下此刻已经空无一人。

希瑟·贝尔不会再被找到了。没有尸体，没有踪迹，她就像灰一样被风吹散了。她那贴在公共场所的照片将褪色发黄。她那双唇紧闭的微笑，轻咬的嘴角仿佛是在克制一阵无礼的大笑，与其说她在嘲弄学校的摄影师，不如说这个表情与她的失踪有某种关联。它似乎总是在隐隐约约地暗示，她的失踪是出于自己的选择。

司蒂卡普先生对此案将不会有任何帮助。他时而惶惑，时而暴怒。他们在他家中的搜寻将一无所获，除非你算上他亡妻的破旧内衣。他们去他的花园里挖掘，唯一能找到的也只不过会是被埋在那里的狗的陈年老骨。许多人将继续相信他做了什么或看到了什么，他跟这件事有关联。他被送进省疯人院（后来改名叫精神健康中心）的时候，当地的报纸还会刊登一些来信，要求对他进行预防性拘留，亡羊补牢。

报纸上也会出现玛丽·约翰斯通小姐的信件，解释她当时为什么会那样做，为什么以她健全的理智和坚定的信念，她会在那个礼拜天做出那样的行为。最后，报社的编辑不得不告诉她，希瑟·贝尔的失踪已经是旧闻了。他们的小镇也不想只因为一个年轻女孩的失踪而闻名于世。假如露营活动因此而停办，也不见得是世界上最糟糕的事。这个故事不能翻来覆去地讲个不停。

莫琳还是一个年轻的女人，尽管她自己不这么认为。前方还有漫长的人生在等待她。首先是一场死亡——它就要发生了——然后是另一次婚礼，新的地方和新的家。在千里之外的厨房，当她看到木勺背后柔软的奶皮时，她的记忆会突然颤动。然而在此刻，它还不会向她展示全貌。虽然她已经在朝公开的秘密张望，但只有当你尝试开口讲述它的时候，你才会发现它多么惊人。

蓝花楹旅馆

在火奴鲁鲁机场的跑道上，飞机泄了气，减了速，摇摇晃晃地拐进草地，砰的一声猛地停下，看上去离大海只有几码远。机舱里，人人笑逐颜开。先是死一般的静寂，然后是一片欢笑。盖尔也在笑。接下来是一阵忙乱的相互介绍。盖尔旁边坐的是拉瑞和菲莉丝，他们来自斯波坎市。

跟飞机上的其他许多夫妇一样，拉瑞和菲莉丝是去斐济参加左撇子高尔夫球锦标赛的。拉瑞是去参赛的左撇子球手，菲莉丝是随行的妻子，给他加油打气，顺道自己也玩玩。

他们——盖尔和那些左撇子高尔夫球手——坐在飞机上，午餐是装在野餐盒里端上来的。没有饮料。温度高得吓人。驾驶舱传来幽默又让人困惑的通告。很抱歉，飞机出现了一些问题。问题并不严重，不过看上去我们还要在这里困上一阵子。菲莉丝头疼得要命，拉瑞用手指按压她的手腕和手掌，好让她舒服一些。

"没用，"菲莉丝说，"要不是来这儿，我现在已经跟苏西在新奥尔良了。"

拉瑞说:"可怜的小羊羔。"

菲莉丝把手抽回时,盖尔瞥到了钻戒耀眼的光芒。太太们都会戴钻戒,也都会犯头疼的毛病,盖尔想。她们至今仍然是这样。真正成功的太太都是这样的。她们都有胖胖的丈夫——终身致力于安抚妻子的左撇子高尔夫球手。

最后,那些前往悉尼而不是斐济的乘客被带下了飞机。航空公司的向导把他们领到候机大楼,然后就扔下不管了。他们走来走去,取行李,过海关,试图找到他们机票所属的航空公司。在某一时刻,一家当地旅馆的迎客团瞄上了他们,没完没了地给他们唱夏威夷歌曲,把花环朝他们脖子上扔。最终他们上了另一架飞机,在飞机上吃好喝足,开始睡觉。厕所前的队伍排得老长,走廊里到处都是垃圾,乘务员躲在小小的休息室里聊孩子和男友。接下来,他们被一个明亮的早晨搅醒。飞机下方,远远可以看到澳大利亚的黄金海岸。一天之中,没有比大清早下飞机更糟的时刻了,哪怕是穿戴最讲究、长相最漂亮的乘客,在经过漫长的飞行之后,此刻也会显得面容憔悴,无精打采,一脸的不情愿,如同走出三等舱的乘客。临下飞机前,他们又受到一次袭击。一群只穿短裤、汗毛茂密的男人涌入机舱,到处喷洒消毒剂。

"也许这就是进天堂的方式。"盖尔想象自己这么跟威尔说,"人们朝你扔你不想要的鲜花,每个人都头痛欲裂、便秘,浑身还得被喷上消毒剂。"

这是她的老习惯，总想对威尔说上两句俏皮话，活跃一下气氛。

∽

威尔走了以后，盖尔感觉她的店里全是女人了。她们未必是冲着买衣服来的，盖尔对此并不介意。她好像回到了很久以前，在还没有遇到威尔的日子里。女人们聚在褪色的蜡染门帘后面，围着盖尔的熨衣板和裁剪桌坐在旧扶椅上喝咖啡。盖尔重新拾起过去的习惯，开始自己动手磨咖啡豆。裁缝用的裸体模具上很快盖满了饰珠，上面尽是些乱七八糟的涂鸦。男人的故事被讲了又讲，通常是关于那些离开的男人。谎言，不公，一次又一次的对质。背叛是如此可怕又如此老套——你听后只能报以大笑。男人们的宣言千篇一律（非常抱歉，但我不想再继续这段婚姻了）。他们提议把车和家具卖给妻子——其实它们一开始就是妻子出钱买下的。他们欢呼雀跃，因为自己搞大了某个比自己孩子还年轻水灵的姑娘的肚子而沾沾自喜。他们既残忍又天真。对这样的男人除了放弃，你还能怎样呢？为了名誉，为了自尊，也为了保护自己。

盖尔对这些很快就感到兴味索然。太多的咖啡让人皮肤发黄。女人们开始私下怄气，只因其中一个在报上登了征友广告。盖尔把跟朋友喝咖啡改成跟威尔的母亲克丽塔饮酒。奇怪的是，这么做以后，她发现自己的神志反而更加清醒。夏日的午后，为了能早点脱身,她会在门上贴一些便条,留言中仍透露着一些傻气。(她的店员朵娜妲正在休假,再雇谁她都嫌麻烦。)

去歌剧院了。
去疯人院了。
去采购麻布和灰尘了。

这些留言的发明者其实不是她,而是威尔。刚认识那会儿,他们想要上楼时,威尔就会写下这些条子,贴到门上。她听说很多人都很反对这种无礼的行为,特别是当他们大老远跑来买结婚礼服,或者女孩们来采购上大学的服装时。不过她不在乎。

在克丽塔的阳台上,盖尔感到平静,心头泛起模糊的希望。跟大多数真正的酒徒一样,克丽塔只喝一种酒——苏格兰威士忌——任何变通的调法都会让她觉得可笑。不过她会给盖尔做杯金汤力,在白色的朗姆酒里兑上苏打水。她还教她喝龙舌兰酒。"这简直是天堂。"盖尔有时候会说。她指的不仅仅是酒,还有纱窗阳台和用树篱围起的后院,安着百叶窗的老房子,上了清漆的地板,高高的厨房橱柜,老式的印花窗帘。(克丽塔不喜欢过多的装饰。)这是威尔还有克丽塔出生的房子。当威尔第一次带盖尔来时,她心想,这才是真正有教养的人的生活。那种漫不经心中流露出的节制有度,那种对旧书和旧餐具的尊敬,还有威尔和克丽塔那些在别人看来荒诞不经的谈话,以及她和克丽塔会刻意避开的话题——威尔当下的背叛和克丽塔的病情。疾病让她古铜色的四肢看上去像涂了清漆的树枝，绾在脑后的白发越发凸显她凹陷的双颊。她和威尔的脸都带着一丝与猴子的相像，同样的深色眼珠，同样带着梦幻和嘲弄的神情。

克丽塔转而谈起了她正在读的一本书——《盎格鲁-撒克逊人编年史》。她说黑暗年代之所以黑暗，不是因为我们对它一无所知，而是因为我们记不住学过的关于它的知识，根源在于名字。

"卡德瓦拉，"她说，"埃格弗睿斯。现在的人已经不再用这些名字了。"

盖尔竭力回忆哪个时代或者哪个世纪是黑暗的。她对自己的无知并不感到尴尬，克丽塔本来就是在拿这些事寻开心。

"埃尔弗莱德，"克丽塔说，逐字拼出这个名字，"什么样的女主角会叫埃尔弗莱德？"

在给威尔的信中，克丽塔可能会谈到埃尔弗莱德和埃格弗睿斯。她不会谈论盖尔。不会写盖尔穿着某种灰色丝绸面料的宽松夏装，看上去非常漂亮。她状态不错，妙语连珠……就像她不会跟盖尔说："我对相爱的情侣很是怀疑。如果逐字细读的话，我忍不住猜想幻灭是否已经开始萌芽……"

刚认识威尔和克丽塔那会儿，盖尔觉得他们简直就是书里的人物。人到中年的儿子仍然跟母亲同住，而且显然十分满足。盖尔看到的是一种颇具仪式感的生活，既荒唐又令人羡慕，还带有独身生活的优雅和安全，至少表面上如此。这些东西她现在还能感受到一些，尽管事实上，威尔并不是一直住在家里，而且既不是单身也不是小心翼翼的同性恋。他已离家多年,独自生活——为国家电影局和加拿大广播公司工作——只是最近才放弃一切,回沃利做了老师。究竟是什么原因让他放弃?各种原因,他说。到处都有马基雅维利式的人物。筑造帝国。精疲力竭。

盖尔是在七十年代的一个夏天来到沃利的,她当时的男友是一名造船工,她则销售自己缝制的衣裳——嵌花披肩、灯笼袖衬衫、色泽亮丽的长裙。冬天,她在店铺的后面腾出地方干活。她学会了从玻利维亚和危地马拉进口披肩毯和厚袜子,找本地妇女织毛衣。一天,威尔在大街上拦住她,请她为他正在排练的一出戏缝制戏服。那出戏叫《九死一生》。她的男友搬去了温哥华。

她很早就把自己的事告诉了威尔,以免他会因为她身体健康、肌肤粉嫩、前额宽阔而温柔就把自己当成组建家庭的佳侣。她说她曾经怀过一个孩子。当她和男友开着借来的货车把一些家具从桑德贝搬到多伦多的时候,发生了一氧化碳泄漏的事件。泄漏的气体只是令他们觉得有些不舒服,却足以杀死七周大的婴儿。在那以后,盖尔就病了——她得了盆腔炎。她决定不再要小孩,即使怀上了也不容易保住,因此便做了子宫摘除的手术。

威尔钦佩她。起码他嘴上是这么说的。对盖尔的遭遇,他没觉得非要说上一句"真可怜"。甚至丝毫没有认为孩子的死是盖尔的责任。那时他正被她迷得神魂颠倒,觉得她既勇敢又慷慨,既足智多谋又才华横溢。她设计和缝制的戏服完美无瑕,如奇迹一般。盖尔觉得他对她、对她生活的看法天真得感人。她认为自己远不是什么自由和慷慨的精灵。她常常陷入焦虑和绝望,总是花很多时间洗衣服,为钱发愁,对任何喜欢她的男人都感到亏欠。当时她并不觉得自己爱上了威尔,但她喜欢他的样子——精力充沛,身材挺拔,看上去比实际上还要高大。他昂首挺胸,额头又高又亮,上面搭着一缕富有弹性的白发。她喜欢看他排练,看他跟学生交谈。作为一名导演,他是多么能干而无畏啊!穿过学校的大厅和沃利的街道时,他又是多么气宇轩昂啊!还有他对她那种有些老派的崇拜之情,作为情人的殷勤有礼,他和克丽塔的房子以及他们生活里那种不寻常的愉快气氛——所有这些都让盖尔感到受宠若惊,好像她受到某个地方的特殊欢迎,而那个地方她本来是无权进入的。那时,这种感觉问题不大——她占着上风。

那么,她是何时开始失去上风的呢?从他们开始同居、他对跟她睡觉感到习以为常的时候?从他们大费周章地修葺河边小屋,而她竟然比他还要擅长干这些活儿的时候?

她是那种相信必须有一个人占上风的人吗?

有一阵子,光是他说话的语气——比如散步时,走在前面的她听到一句"你的鞋带松了"——就让她充满绝望,仿佛受到警告,说他们已经越界,正走向一个阴暗寒冷的国度。在那个国度里,他对她的失望无边无际,他对她的轻蔑使她无法应付。最后她终于忍不住爆发了,跟他大吵一架,一连数日深陷绝望。然后僵局被打破,甜蜜和好,相互打趣,令人不知所措的释然。他们的感情就这样反反复复——她说不清为什么会这样,也不知道别的情侣是否也如此。俩人之间的太平日子似乎越来越长,危险正在消退。她没想到其实他不过是在等待新人的出现,某个叫桑迪的人,新鲜有趣,讨人喜爱,如同当初的盖尔。

威尔自己可能也没有料到。

关于桑迪,或者说桑德拉,他一直很少提及。她是去年通过一个交换项目来到沃利的,目的是考察加拿大学校的戏剧教学。他说她是一个青年土耳其党党员,然后补充说她可能从没听过这个词。没多久,她的名字好像都带了电,或者说散发出某种危险的信号。盖尔从别的渠道得到一些信息。她听说桑迪在威尔的课上挑战了他。桑迪说他想排演的戏"无关紧要"。也许她说的是"缺乏革命性"。

"不过他喜欢她。"他的一名学生说,"对,就是那样,他真的很喜欢她。"

桑迪在沃利没待多久。她去了别的学校考察戏剧教学,但她给威尔写信,估计威尔也回了信,他们相爱的结果证实了这一点。威尔和桑迪真心相爱了。到学年结束的时候,威尔跟着她去了澳大利亚。

真心相爱。威尔这么告诉盖尔的时候,她已经在嗑药了。她重拾旧习,因为跟威尔在一起让她精神紧张。

"你的意思是不是我?"盖尔说,"你是说不是因为你讨厌我?"

她如释重负,有些头晕目眩。她的大胆和无所顾忌迷惑了威尔,他糊里糊涂地又跟她上了床。

到了早上,俩人都避免待在同一间房里。他们同意彼此不联系。也许过一阵子以后会,威尔说。盖尔说:"随便你。"

但是有一天，盖尔在克丽塔家中看到一个信封，上面是威尔的笔迹。显然，信是克丽塔故意留给她看的——尽管她从来不提那对逃犯。盖尔抄下回信地址：澳大利亚昆士兰州布里斯班市图旺区爱尔路十六号。

正是在看到威尔笔迹的那一瞬间，盖尔才突然明白眼前的一切对她是多么没有意义。这栋位于沃利的维多利亚老宅，开阔的门庭，阳台，鸡尾酒，后院里她常常凝视的梓树。沃利的一草一木和大街小巷，令人心旷神怡的湖景，温馨舒适的小店。一文不值的裁剪图样，冒牌货和道具。而真正的景色隐藏在澳大利亚，在她的视线之外。

这就是为什么她上了这架飞机，跟一群戴钻戒的妇女坐在一起。她的手上既没有钻戒，也没有涂指甲油——手上的皮肤因为常年跟布料打交道而变得粗糙。她曾经把自己缝制的衣服称作"手工艺品"，直到威尔开始嘲讽她对此的形容。她仍然不明白这个词有什么问题。

她把自己的小店卖掉了——卖给了早就有心收购的多娜达。拿到钱后，她给自己订了去澳大利亚的机票，没告诉任何人她要去哪儿。她撒了谎，对外只说要休一次长假，先去英国，再去希腊的某处过冬。接下来嘛，谁知道呢？

离开沃利的前一天晚上，她对自己进行了一次彻底的改造。她剪掉一头浓密、有些泛红的灰发，然后用深棕色的染发剂漂染了剩下的头发。染出来的颜色非常奇怪——很深的栗子色，一看就很假，而且太过沉闷，毫无光彩可言。虽然服装店已经不再属于她，她还是在里面挑了件过去绝不会穿的女装，一件深蓝色的夹克式连衣裙，用的是仿亚麻聚酯面料，红黄相间的闪电条纹。她个头很高，臀部丰满，通常会穿宽松优雅的衣服。这件衣服让她的肩膀看起来很臃肿，在膝盖上的某处地方不恰当地把她的腿分成两截。她想把自己变成什么样的女人？那种跟菲莉丝打桥牌的女人吗？若是如此的话，她就大错特错了。现在她看上去像一个常年穿着制服的女人，做一份受人尊敬但钱少得可怜的工作。（也许是在医院的自助餐厅做事？）只是为了度假，她才花大价钱买下这么一件华丽的衣服，结果穿上去既不合时宜，又不自在。

不过没关系，这件衣服只是一种伪装。

抵达新大洲后，在机场的洗手间里，她看到头天晚上没有冲洗干净的深色染发剂已经跟她的汗水混在一起，顺着脖子往下滴。

盖尔在布里斯班落地，时差还没有倒过来，炎热的阳光也烤得她受不了。她还穿着那条可怕的裙子，不过已经洗了头发，免得染发剂再掉色。

她叫了一辆出租车。虽然已经累坏了，但是在亲眼看到他们一起生活的地方之前，她是没法安心休息的。她买了张地图，找到了爱尔路。那是一条弯弯的小路，不长。她让司机在街角放下她，那儿有家小杂货店，大概就是他们买牛奶的地方，还有其他用光了的日用品，像是洗涤剂、阿司匹林、卫生棉条之类的。

盖尔跟桑迪从未打过照面的事实对她不妙。这意味着威尔很快就感觉到了什么。之后就挖不出什么有价值的信息了。高，而不是矮；苗条，而不是丰满；白皙，而不是黝黑。盖尔在脑子里想象那种长腿、短发、活力四射、有男孩魅力的女孩。女人。不过就算她跟桑迪迎面相遇，她也认不出她。

会有人认出盖尔吗？她戴着墨镜，头发完全变了样，她觉得自己面目一新，简直跟隐身人一样安全。身处异国他乡的事实也改变了她。她还没有调整好。一旦调整好了，她可能就不敢像现在这么胆大妄为了。她得马上在这条街上走一趟，看看他们的爱巢，不然可能就永远没有机会了。

出租车沿着浑黄的河流往上开，路非常陡。爱尔路就在山脊的顶端。这是一条尘土飞扬的小路，没有人行道，没有过往行人，没有行驶车辆，也没有树荫。路边是用木板做的栅栏或某种枝条编成的——篱笆？有时是高高的树篱，上面开满了花朵。不，所谓的花其实不过是粉紫色或深红色的树叶。篱笆后面是盖尔从来没见过的一些树木。它们长着坚韧的叶子，上面落满灰尘，树干呈鳞块状或细纤维状，散发出一种廉价装饰品的气质，还流露出冷漠或隐隐约约的恶意。盖尔认为这是热带才有的特质。走在她前面的是一对珍珠鸡，自命不凡，滑稽可笑。

威尔和桑迪的房子隐藏在一道木栅栏后面，漆着苍白的绿色。一看到那道栅栏和那种绿色，盖尔感到自己的心猛烈地收缩了一下，仿佛被什么残忍地攥住。

这条路是条死胡同，她不得不掉头往回走，又一次从那栋房子前走过。栅栏上开着一道门，可以允许汽车进出，还有邮孔。她在另一栋房子前也注意到类似的邮孔。之所以注意到是因为里面露出了半截杂志。这么说来，这种邮箱不太深，一只手伸进去，没准就能摸到房子的主人还没来得及取走的信。盖尔真的把手伸了进去。她管不住自己。跟她想的一模一样，她摸到了一封信，把它放进自己的手提包。

她在街角的商店叫了一辆出租车。"你是从美国的哪个地方来的？"商店里的一个男人问她。

"得克萨斯。"她说，直觉告诉她那儿的人希望听到这个答案。果然，那人扬了扬眉毛，吹了一声口哨。

"我也是这么猜的。"他说。

信封上是威尔的笔迹。也就是说不是寄给他的，而是他要发出去的。信是寄给霍特街491号的凯瑟琳·索纳比女士的，也是在布里斯班。地址上还有另一个人的潦草笔迹："退给发信人，已于九月十三日死亡。"有那么一瞬间，盖尔昏头昏脑地以为这是在说威尔死了。

她必须避开烈日，定一定神，让自己平静平静。

但是，等她回到旅馆看完信，梳洗了一下，她又重新叫了一辆出租车。这一次她径自去了霍特街。她看到了预想中的牌子，挂在一扇窗上，上面写着"公寓出租"。

但是在给霍特街的凯瑟琳·索纳比女士的信中，威尔到底说了些什么呢？

亲爱的索纳比女士：

　　您并不认识我，不过我希望在听我解释完来龙去脉以后，我们可以见面一晤。我想，我可能是您在加拿大的一个远亲。在十九世纪七十年代，我的祖父从英国的诺森伯兰郡来到加拿大，差不多同一个时期，他的一个兄弟去了澳大利亚。我的祖父叫威廉，跟我的名字一样；他的兄弟叫托马斯。我没法证明您是这个托马斯的后人。我只是随手翻了翻布里斯班的电话簿，欣喜地发现此地还有一个人姓索纳比，而且跟我的姓氏拼法完全一样。要是在过去，我会觉得这种所谓的寻亲之事极其愚蠢和无聊，但等到自己也这么做的时候，却发现这事能让人产生一种奇异的兴奋感。也许是年龄的关系——我今年五十六岁——我开始有了寻找亲情纽带的紧迫感。现在我手头上有大把的空闲时间，比以往任何时候都要多。我的妻子在这儿的一家剧院工作，剧院几乎占满了她的生活。她是个聪明而且精力充沛的年轻女人（如果我把十八岁以上的女性称作女孩的话，她会责怪我——她满打满算才二十八岁！）。我在加拿大的一所高中教过戏剧，但在澳大利亚还没有找到工作。

妻子。他想在未来的亲戚眼里显得更体面一点。

亲爱的索纳比先生：

尽管目前在布里斯班的电话簿上，我是索纳比姓氏的唯一代表，不过，我们两人共用的这个姓可能比你想象的普通。你也许不知道，这个姓氏来源于索恩修道院，它的废墟至今还残留在诺森伯兰郡。这个姓氏的写法因人而异，有索纳比、索恩比、索纳贝和索纳必。中世纪的时候，给庄园主干活的所有人都会使用主人的姓氏，包括工人、铁匠、木匠等等，因此造成许多散居世界各地的人拥有了相同的姓氏。其实从严格的意义上讲，他们中的很多人是无权使用那个姓氏的。只有那些姓氏可以追宗溯祖到十二世纪的家族才是真正的索纳比后人，也就是说，只有他们才有资格佩戴家族徽章。我就是这么一位真正的索纳比家族成员。既然你在信中没有提及家族徽章，也没有把家族血统追溯到威廉以上，我猜你应该不是我们中的一员。我祖父的名字是乔纳森。

盖尔在街上的一家二手店里买了这台老式手提打字机，用它打出了这封信。那时她已经住进了霍特街491号，公寓楼的名字叫米拉马尔。这是一幢两层楼的建筑，涂着脏兮兮的米色灰泥。入口处装有栅格，两边各竖一根旋柱。整幢楼散发出一种摩尔式、西班牙式又或是加利福尼亚风格的廉价气息，如同一座老旧的电影院。公寓经理告诉她，这座公寓十分现代。

"这里以前住着一位老太太，后来她进了医院。她去世后有人来过,把她的财产都搬走了。不过公寓最初配置的基本家具还在。你从美国的什么地方来?"

俄克拉荷马州,盖尔说,俄克拉荷马州的玛希太太。

公寓经理看上去七十岁左右。老花眼镜放大了他的双眼,他走路很快,但有些不稳,身子略略前倾。他谈到经营房产生意的难处——外国人日趋增多,这让好的修理工越来越难找;一些房客粗心大意;来往行人满怀恶意,故意往草地上扔垃圾。盖尔问他是否已经通知邮局换了住户,他说本来打算去的,但那位老太太几乎没有任何邮件往来。只寄来过一封信,而且很奇怪,刚好在她过世后的第二天到。他把信退了回去。

"我来办吧。"盖尔说,"我去通知邮局。"

"不过我还是得签名。你给我拿一份他们的表格,我在上面签上名,然后你就可以交给他们了。不胜感激。"

公寓里的墙刷成了白色——这肯定就是它所谓的现代性了。里面有百叶竹帘,一间极小的厨房,一张绿色的沙发床,一张桌子,一个衣柜和两把椅子。墙上挂着一幅画,也可能是一张图片或彩色照片:黄绿色的沙漠景色,上面有岩石、一簇簇的鼠尾草和朦胧的远山。盖尔确定自己以前在别处看过这幅画。

她用现金付了房租,又忙着买床单、毛巾、食材、煮锅和盘子,还有打字机。她还需要在银行开个户头,成为一个住在这个国家的居民,而不仅仅是一个游客。离她住处不远的地方有好几家商店:杂货店、二手商店、药店和茶馆,都是些不起眼的小店,门前挂着彩纸,木制的遮阳篷伸到人行道上。店里卖的商品选择有限，茶馆里只有两张桌子，二手店的东西不比从一个普通家庭里翻出来的存货多。杂货店的麦片盒、药店的止咳糖浆和药片单行陈列在货架上，好像它们有什么特别的价值或意义。

不过她需要的东西都找到了。在那家二手店里，她买了几条宽松的印花棉布裙，一只稻草编成的杂货袋。现在她跟街上看到的本地女人无异了：中年家庭主妇，裸露的苍白的胳膊和腿，在大清早或傍晚时分出来买东西。她也买了一顶松软的草帽，像那些女人一样遮住脸、微暗、柔和、长着雀斑的闪烁不定的脸。

夜晚在六点左右就不期而至，她必须找些事情做来打发晚上的时光。公寓里没有电视。不过从那些小店再往前走一点，有一家可以借书的图书馆，馆主是一位老妇人，用家里的前屋做店铺。尽管天气炎热，她还是戴着发罩，穿着灰色的莱尔棉长袜。（现在还能在别的地方找到灰色的莱尔棉长袜吗？）她的身材看上去有点营养不良，紧闭的嘴唇没有任何血色或笑意。盖尔在以凯瑟琳·索纳比的名义写信的时候，脑子里想的就是这个女人。每次看到她，盖尔就会想到凯瑟琳·索纳比的名字。现在她几乎每天都能看到她，因为一次只能借一本书，盖尔通常一晚上就能读完一本书。她想，死去的凯瑟琳·索纳比不过就是搬到几条街以外的地方，换了一种新的方式存在。

至于够不够格佩戴索纳比家族徽章的说法，则来源于一本书。不是她现在读的那些书里的，而是年轻时读的。书中的主人公没有资格佩戴索纳比家族徽章，但他是一笔巨大财产的合法继承人。书名她忘了。那时跟她住一起的人不是在读《荒原狼》或

《沙丘》，就是在读克里希那穆提①写的东西。她则心怀内疚地读历史传奇小说。威尔肯定没有读过这本书或接触过这类信息，她算准他一定会回信反驳她。

她一边等待，一边继续从图书馆借书。那些书似乎比她二十年前读过的传奇小说还要古老，有些是她离家前在温尼伯的公共图书馆借出来看过的，当时就已经过时了。《沼泽地女孩》《蓝色城堡》《玛丽·沙普德莱纳》。这些书自然而然地让她想起威尔出现前的生活。那样的日子，假如她愿意，她还能回忆起一些东西。她有一个姐姐住在温尼伯，还有一个婶婶住在那儿的一家养老院里，她仍然会阅读俄语小说。盖尔的祖父母来自俄国，她的父母都能说俄语。她真正的名字是加莉娅，不是盖尔。当她十八岁离家四处漂泊的时候，她跟家里断绝了联系——或者说他们跟她断绝了联系——那时候的年轻人都这样。她先跟朋友住，然后跟男朋友住，再然后跟另一个男朋友住。她串项链，蜡染围巾，把它们拿到街上去卖。

亲爱的索纳比女士：

我必须感谢您在索纳比家族徽章一事上对我的教诲。我想，您一定强烈怀疑我属于无权佩戴的一族。请原谅，我无意踏入您家族的神圣领地，也不想在我的 T 恤衫上佩戴索纳

---

① 吉杜·克里希那穆提，印度哲学家，被公认为 20 世纪最伟大的灵性导师。

比家族徽章。在我的国家里，没人在意这一类的事情了，澳大利亚似乎也没人在意。不过我可以看出我错在哪里。也许您比我年长很多，没留意这些年人们观念的改变。我的情况跟您十分不同，我一直从事教师行业，又不得不经常跟一位精力充沛的年轻妻子争辩。

我的本意很单纯，就是想在这个国家，在我和我妻子迷恋的戏剧和学术圈子以外多一些来往的人。我的母亲住在加拿大，我十分想念她。事实上，您的信有点让我想起她。她是有可能开玩笑地写出这么一封信的，不过我不认为您是在拿这件事开玩笑，听上去您好像十分为自己的高贵出身感到骄傲。

当威尔受到某种形式——某种既难以预料，也不易被多数人觉察的形式——的冒犯和困扰时，他就会变得非常刻薄。嘲讽不再有用，他四处出击，却达不到让人们感到尴尬的初衷，相反，倒是让大家替他不好意思。这种情况很少发生，一旦发生，那就说明他的自尊心受到了极大伤害。他觉得自己如此得不到赏识，以至于连自我欣赏都顾不上了。

盖尔相信，威尔目前的情况就是如此。桑迪和她那帮年轻的朋友让他痛苦不堪。他们的自信心太过强烈，他们的正直简单粗暴。不管他怎么努力，都融不进他们的圈子。他的机智无人欣赏，他的激情过时老套，他和桑迪在一起时的骄傲开始变味。

她确实是这么认为的。威尔开始动摇，感到不幸福，尝试在周围寻找机会认识别的人。他想到了家族纽带,在这个陌生的国度里,这里的花儿四季盛开,鸟儿肆无忌惮,白天烈日炎炎,黑夜不期而至。

亲爱的索纳比先生:

你真的以为因为我们同姓,我就会打开大门,在门口摆出一块"欢迎光临"的垫子——如同你们在美国(当然也包括加拿大)所做的那样吗?你也许在寻找另一个母亲,但我并不乐意做这件事。对了,你对我的年龄的猜测大错特错,我比你小几岁,所以,请不要把我想象成一个头戴发网、脚穿莱尔棉灰袜的老处女。我对世界的了解恐怕不比你少。我的工作是为一家大型百货公司采购时装,因此我常年四处旅行。我的看法并不如你猜测的那样过时。

你没说你那忙碌而精力充沛的年轻妻子是否也会加入我们的家族友谊。我很惊讶你还想和外界接触,媒体上似乎总是有关于"老少配"的报道,我看到和听到的都是说他们是如何青春焕发,而男人又是如何安于家庭生活和为人父母。(至于他们跟同龄女人的"试婚"生活,或者那些女人是如何安心接受她们的寂寞生活,是没有人提及的!)也许你需要的就是赶紧成为一名父亲,借此找到一种"家的感觉"。

盖尔惊讶自己的信居然写得如此流利。以前她总觉得信难写，每次都写得既乏味又简略，充斥着破折号和不完整的句子，最后以时间仓促作为了结的借口。那么，现在这种老练恶毒的文风，她是从哪里学来的呢？从某本书中？跟家族徽章佩戴权的胡说八道一样？她趁天黑出去寄了信，对自己的胆大妄为颇为满意。不过，第二天早上她醒得很早，觉着自己做得太过了。他永远不会回复，她永远也收不到他的回信了。

她起床出了公寓楼，趁着清晨在外面散步。街上店门紧闭，图书馆那已经破损的威尼斯风格的百叶窗被拉得严严实实。她一直走到河边，那儿有一家旅馆，旁边有一个狭长的公园。再晚些时候来，她就没法在这儿散步或坐下休息了。旅馆的前廊上总挤着一堆喝啤酒的人，闹哄哄的，从公园里都可以听到他们的喧哗声，有时候还会被扔过来的啤酒瓶砸到。现在前廊上空无一人，门也关着。她走到树下，浑黄的河水从红树林的树桩间缓缓流过。鸟儿贴着水面飞过，偶尔在旅馆的屋顶上歇息。一开始她以为是海鸥，后来发现它们比海鸥小，明亮的白翅膀和胸脯上有一抹粉红。

公园里坐着两个男人——一个坐在长椅上，另一个坐在长椅旁边的轮椅上。她认出了他们——他们跟她住同一栋楼，每天都出门散步。有一次，她还拉住栅栏门让他们通过。她也在商店里碰到过他们，又或是隔着茶馆的窗户看他们临窗而坐。轮椅上的男人看上去年老多病，脸上一脸皱纹，像起了浮泡的旧油漆。他戴着墨镜和黑色的假发套，上面还盖了一顶黑色的贝雷帽，浑身上下被毯子裹着。就算是白天日头正毒的时候——她总是在这个时候见到他们——他也被裹在这条花呢格的毯子里。推轮椅的男人坐在长椅上，年轻得像一个发育过度的大男孩。他高个儿，四肢发达，不过男子气概并不足。一个年轻的巨人，对自己的个头很是困惑。魁梧却不矫健，四肢和脖子都粗壮而僵硬，也许是出于羞怯。他不但头上长着红发，裸露出的胳膊和胸膛上也有。

盖尔经过他们时停了一下，向他们问了好。年轻男人的回答微弱得几乎听不见。他似乎习惯了用高傲的冷漠去打量这个世界，她感到自己的招呼让他尴尬，甚至恐惧地痉挛了一下。尽管如此，她还是再度张口问道："那些无处不在的鸟儿是什么鸟？"

"加拉鸟。"年轻男人说道，他把鸟名说得跟她儿时的小名一样。她想让他重复一遍，结果老头嘴里已经蹦出一连串话语，听上去像是诅咒。他的澳洲口音跟某种欧洲口音纠结不清，她完全没听懂，不过，声音里无疑充满了强烈的恶意。并且这些是针对她的。事实上，他身子前倾，想挣脱轮椅上皮带的束缚，朝她跳去，扑过去，把她赶到视线之外。年轻男人没有对盖尔道歉，好像她根本不存在。他朝老头欠身，轻轻地把他推回原位，对他说了几句她听不懂的话。她知道得不到什么解释，就走开了。

整整十天没有信，一个字也没有。她想不出有什么事可做，只能每天散步——这成了她生活中的主要内容。米拉马尔公寓离威尔住的街只有一英里左右远，她后来再没去过那条街，也没有进过那家她谎称来自得克萨斯的店，她无法想象自己第一天竟会如此大胆。附近的几条街她倒是常去。所有这些街都是沿山脊而建，房屋紧贴着脊背，中间有几条陡峭的沟渠，里面满是鸟儿和树木。鸟儿们片刻都安静不下来，连日头最毒的时候也不例外。喜鹊叽叽喳喳叫个不停，有时候飞出来，在她浅色的帽子上方示威性地飞过。跟她乳名很像的那种鸟从枝头飞起，一边盘旋，一边发出愚蠢的叫声，然后一头扎进浓密的树叶间。她一直走到头昏脑涨，大汗淋漓，害怕自己会中暑晕倒。她热得浑身发抖——如此渴望又害怕看到威尔那再熟悉不过的身影。在他那精神抖擞、昂首阔步的矮小身躯里，装着这个世界上令她感到痛苦或满足的一切。

亲爱的索纳比先生：

这封短信不过是想请求您的原谅，我相信我的前两封回信既无礼又轻率。最近一段时间我压力不小，已经决定休假调整。人在有压力的时候，不太可能如自己所希望的那样待人接物，看事情也没有那么理性……

一天，她散步经过那家旅馆和公园。午后的前廊被酗酒的人闹得乱哄哄的，公园的树上开满了花，花的颜色她以前见过，但没想到会在树上看到——一种银光浮动的蓝色，也可能是紫色，如此精致美丽，让人以为万物都能在它的震慑之下归于宁静，归于沉思，但是显然它没有做到。

当她回到米拉马尔公寓的时候，她发现那个红发的小伙子站在楼下的大厅里,就在他和那个老头住的公寓的门外,从紧闭的公寓门背后传来一阵激烈的咒骂。

这次小伙子冲她笑了笑。她停住脚,跟他站在一起聆听。

盖尔说:"如果你等待的时候想找个地方坐坐,你随时可以上楼来我的房间。"

他摇了摇头,仍然微笑着,好像那是只属于他们俩的笑话。她觉得自己走开之前应该再说点什么,因此又提到公园里的那些树。"旅馆旁边的那些树,"她说,"就是那天早上遇到你的地方,现在它们全都开花了。那是些什么花?"

他说了一个名字,不过她没听清,于是请他再重复一遍。"蓝花楹,"他说,"那家旅馆就叫蓝花楹旅馆。"

亲爱的索纳比女士:

我出了一阵子门,回来时发现有您的两封信在等我。我把信的先后次序弄反了,不过关系其实不大。

我的母亲去世了,我回了加拿大的"家"去参加她的葬礼。那里现在是秋天,天气很冷。很多事情都变了。我也不知道自己为什么想告诉您这些。显然,我们俩一开始都没有给对方留下好印象。就算没有您第二封信的解释,我在收到您的第一封回信时也会感到一种莫名的高兴。我给您写了封傲慢无礼的信,您也以牙还牙地回敬了我,这种傲慢无礼以及容易动怒的性格对我而言并不陌生。我是不是应该冒着侵犯您家族的徽章佩戴权的风险,再次向您建议我们其实还是有亲属关系的?

我在这儿感到漂泊无根。我敬佩我的妻子和她那些戏剧界的朋友,他们热诚、坦率、富有奉献精神,希望用自己的聪明才智创造一个更美好的世界(虽然我不得不指出,他们的希望和热诚常常超出他们的才能)。但我没法成为他们中的一员。我必须承认,他们比我先看出了这一点。一定是可怕的长途飞行带来的时差反应让我昏了头,使我终于可以面对现实,还写信与您倾诉,尽管您有自己的烦恼,而且明确表明了不想被我的烦恼所打扰。其实,我最好在自己向您卸下更多心理包袱之前打住。如果您根本没耐心读到此处,我也不会责怪您……

盖尔躺在沙发上,双手把信按在肚子上。很多事情都变了。他回了一趟沃利——人们会告诉他她卖掉了自己的小店,开始了她伟大的环游世界之旅。不过,难道他没有从克丽塔那儿听说过她的事吗?也许没有,克丽塔的嘴很严。盖尔离开之前,她住进了医院,还说:"我这段时间谁也不想见,什么也不想听到,也别拿书信来打扰我。这些治疗往往都有些大惊小怪。"

克丽塔死了。

盖尔知道克丽塔会死,但不知为什么,她以为只要她继续待在这里,那里就不会真的发生什么,一切都会保持不变。克丽塔死了。除了桑迪,威尔孤身一人,或许对他而言桑迪也已变得不重要了。

有人敲门。盖尔惊慌地跳下沙发,想找一条围巾遮住她的头发。是公寓楼的经理,叫着她的化名。

"我来只是想告诉你,有人来问了一些你的情况。他向我打听索纳比小姐,我说,噢,她已经死了,死了有一阵子了。他说,噢,她死了吗?我说,对,她死了。然后他说,那就奇怪了。"

"他有说为什么吗?"盖尔问,"他有说为什么奇怪吗?"

"没有。我说,她是在医院里过世的,她的公寓租给了一位美国来的女士。你告诉过我你从哪里来,可是我忘了。他听上去也像是美国人,因此可能对他来说还有些意义。我说,索纳比小姐死后,有一封寄给她的信,是你写的吗?我告诉他我把信退了回去。他说对,是我写的,不过我从来没有收到退回的信。一定出了什么差错,他说。"

盖尔说肯定出了错。"比方说,搞错了身份。"她说。

"对,就是那么回事。"

亲爱的索纳比女士:

我刚刚得知您已经去世了。我知道生活可以很奇怪,但从没有发觉它可以奇怪到如此地步。您是谁?这一切到底是怎么回事?那通关于索纳比家族的胡扯似乎也只能是一通胡扯。您一定是位想象力丰富,而且手上有大把时间的女士。

我讨厌自己被牵涉其中,但我明白其中的诱惑。我认为您欠我一个解释,您得告诉我我的猜想是否属实,这一切不过是个玩笑。还是说我在跟某位从坟墓里爬出来的"时尚买手"打交道?(您是从哪里得到的这个主意?这是事实吗?)

盖尔现在出去买食物时都会从公寓楼后门出去,然后绕路去那些小店,回来时也从后门进。在那儿她会碰到那位红头发的小伙子,站在垃圾箱之间。要不是他的个子那么高,你会觉得他是故意躲在那儿。她跟他搭话,但他并不回应。他眼泪汪汪地看着她,好像泪水不过是一层波光粼粼的玻璃,很寻常的东西。

"你父亲病了吗?"盖尔问他。她认定他们是父子关系,尽管他们的年龄差异似乎大于一般的父子,而且俩人不但长得不像,小伙子的耐心和孝顺也远远超出现在的儿子们所能做到的,甚至可以说是到了相反的极端。不过小伙子的反应更不像是雇来的看护。

"没有。"小伙子说。他的表情很平静,然而在那红发人特有的近乎透明的皮肤下,红晕却如洪水一般蔓延开来。

情人,盖尔想。她突然对这一点很有把握。她感到一阵同情的战栗,还有一种奇怪的满足。

情人。

她天黑以后才下楼去查看她的邮箱,又发现了一封信。

我还真的以为您出门去采购时装了,但公寓经理告诉我,自从搬进这间公寓后,您还没有出过门。因此,我只能认为您的"休假"还会持续一阵子。他还告诉我您是位棕发女郎。我想,也许我们可以跟那些通过报纸广告相识的人一样,用他们那粗鲁直接的方式,先向对方描述自己的长相,然后惴惴不安地交换照片。为了认识您,我似乎已经不介意让自己犯傻出洋相了。当然,这也不是什么新鲜事……

盖尔整整两天没下楼。牛奶喝光了,她就喝不加奶的黑咖啡。等到咖啡也空了,她该怎么办呢?她乱吃一气——没有面包做三明治,就把金枪鱼酱抹在饼干上,一片干奶酪,一两个芒果。她开门去楼上的大厅——先把门推开一条缝,看看有没有别的房客——走到可以俯瞰大街的拱窗旁边。在那儿她找回了久违的感觉,那种临窗看街的感觉,视线之内的一小段街,她期待那儿出现一辆车,那些车可能出现,也可能不出现。她甚至还记得那些车是什么样子——蓝色的奥斯汀迷你轿车,褐色的雪佛兰,家庭客货两用轿车。她瞒着大人偷坐那些车,做鲁莽轻率的短途旅行,害怕被发现。远在认识威尔以前。

她不知道威尔会穿什么衣服,剪什么样的发型,走路或表情是否会为适应此地的生活而有所改变。他的变化不可能比她的还大。除了浴室橱柜上的一面小镜子以外,她在公寓里没有放其他镜子。然而就是从那面小镜子里,她也可以看出自己瘦了多少,脸上的皮肤粗糙了多少。白皙的皮肤在这种气候下通常会褪色,生出一些皱纹,而她的皮肤则变得像一块色泽暗淡的帆布。她知道怎么修补。只要用上合适的化妆品,她的脸上便会呈现出一种阴郁的异国情调。头发的问题更大——发根露出红色,还有亮闪闪的缕缕灰发,她自始至终都用头巾裹住头发。

当公寓经理又来敲门的时候,她有过一两秒钟疯狂的期待。他开始叫她的名字。"玛希太太,玛希太太!你在家吗?你可以下楼帮我一把吗?是楼下的那个老家伙,他从床上摔下来了。"

下楼时他走在她前面,紧抓着栏杆,踩到下一级台阶的步子总是急切而不稳。

"他的朋友不在里面。不知怎么回事,昨天起我就没见着他了。一般我会尽量留意楼里住的人,但我不想过度干涉别人。我以为到了晚上他就会回来。清理炉子时,我听到'咚'的一声响,就开门进去看看——我想知道发生了什么。结果只有老家伙一个人,躺在地板上。"

他们的公寓不比盖尔的大,陈设也一样。百叶竹帘上还挂了一层窗帘,这使得屋内的光线很暗。屋子里有烟味和做饭的味道,还有某种空气清新剂的松香味。沙发床拉开变成了双人床,那个老头就躺在旁边的地板上,还把床单也扯了下来。没戴假发的头很光滑,像一块脏脏的肥皂。他的眼睛半闭着,胸腔深处发出一种类似引擎的声音,绝望地试图再次启动。

"你打电话叫救护车了吗?"盖尔问。

"你可以把另一头抬起来吗?"经理说,"我的背不好,我怕老毛病又犯了。"

"电话在哪儿?"盖尔说,"他可能是中风了,也可能摔伤了臀部。他得去医院。"

"是吗？他的朋友好像轻而易举就能把他抬起来，他有那个力气，可他现在没影了。"

盖尔说："我来打电话。"

"噢，不行不行，我把电话抄在办公室里了，除了我，旁人不能进去。"

房间里只剩盖尔跟老头两人，他可能什么都听不见。她对他说："没事的。没事的。我们在找人帮你。"她的声音听上去亲切得可笑。她俯身把毯子拉到他的肩上。让她大吃一惊的是，老头颤巍巍地伸出一只手，摸到并抓紧了她的手。他的手瘦骨嶙峋，不过很暖和，力气大得吓人。"我在这儿，我在这儿。"她说，想知道自己是否成了红发小伙的替身，又或是别的什么男人或女人，甚至他的母亲。

救护车很快就来了，响着尖厉而有节奏的警报。急救员抬着担架飞快进了屋，经理笨手笨脚地跟在后面解释："……移不动。这是玛希太太，下来帮忙应付紧急情况的。"

当救护员七手八脚把老头抬上担架的时候，盖尔不得不抽出手。老头开始抱怨，也可能只是她的感觉——他无意识地不断发出的声音中多了些"啊，嗯，啊"。于是她马上又握住他的手。担架给抬出去的时候，她一路小跑地跟着，他把她抓得那么牢，她觉得他在拖着她走。

"他是蓝花楹旅馆的主人，"经理说，"很多年以前。曾经是。"

街上有几个行人，不过没人停下来。大家都不愿被人看到自己呆头呆脑,一副想看又不想看的样子。

"我是不是该陪他去?"盖尔问道,"他好像不愿松手。"

"这取决于你。"一名救护员说道。她爬上了车(其实她是给那只牢牢抓住她的手拖上车的)。救护员给她放下一张小座位,关上门,车一发动,警笛就又尖叫起来。

这时,透过后门的车窗,她看见了威尔。他距离米拉马尔公寓有大约一个街区的样子,正朝着那个方向走去。他穿一件浅色的短袖夹克衫和配套的裤子——可能是一套打猎装——头发比以前更白了,也许是给阳光漂白的。不过她一眼就认出了他,她永远都会认出他的样子,永远都会看到他就不由自主地大声唤他,如同现在,她甚至想从座位上跳起来,挣脱老人的手。

"是威尔,"她对那个救护员说,"噢,对不起,那是我丈夫。"

"那最好别让他看到你从一辆飞奔的救护车上跳下来。"那人说道。然后他又说:"噢,发生什么了?"接下来的一两分钟,他对老头做了专业检查。很快他便直起身,说:"咽气了。"

"他还抓着我的手。"盖尔说。不过话一出口,她就意识到自己错了。一分钟以前,他还抓着她的手,力气非常大,大得好像可以拉住她,不让她朝威尔扑去。而现在是她的手还紧抓着他的,他的手指仍然是温暖的。

当她从医院里回家时,她发现了期待中的纸条。

盖尔。我知道是你。

快。快。房租已经付了。她得给经理留张条子。她必须把钱从银行里取出来,赶到机场,找到她需要的航班。衣服不要了,那些朴素的浅色印花连衣裙和慵懒的软帽。从图书馆借的最后一本书可以放在桌上,放在山艾树照片的下方。就让它留在那儿,积攒罚金。

如果不这样做,又会发生什么呢?

她曾经真切期待的东西,也是突然间真切地驱使她逃离的东西。

盖尔,我知道你在那儿!我知道你在门的那一边。

盖尔!加莉娅!

跟我说话,盖尔。回答我。我知道你在那儿。

我可以听见你。我可以从锁眼里听见你的心跳,你肚子发出的咕咕声,你脑子里起伏的思绪。

我可以从锁眼里闻到你的气息。你。盖尔。

最想听到的话语是会改变的。它们会在人们的等待之中发生某种变化。爱——需要——原谅。爱——需要——永恒。这些话语的声音可以变成街上的一阵喧嚣,一顿敲击,或一通捶打。你所能做的只有逃离,这样你就不会出于习惯而崇敬它们。

在机场的礼品店里,她看到一些澳洲土著做的小盒子,圆圆的,跟硬币一样轻巧。她挑了一个暗红色的,上面不规则地点缀着黄色的波点。除此之外上面还有一个胖乎乎的黑色图形,也许是一只海龟,张着短短的腿,无助地仰躺着。

盖尔想给克丽塔带一个礼物，好像她在这儿的所有时光不过是一场梦，某种她可以随时扔掉的东西。她可以回到起点，重新开始。

不给克丽塔。给威尔？

那就给威尔吧。现在寄吗？不，她要把它带回加拿大，一路带回去，从那儿寄给他。

四处散落的黄色波点让盖尔想起去年秋天看到的某个场景，她和威尔都看到了。那是一个阳光灿烂的下午，两人一同出去散步，从他们的河边小屋一直走到林木繁茂的河堤，就在那儿，他们平生第一次看到了传说中的景象。

成百上千——也许是上万——的蝴蝶挂在树上歇息，为接下来漫长的飞行作准备。它们会从休伦湖岸南下，经过伊利湖，然后南下墨西哥。它们挂在树上，如同金色的树叶，如同金箔——就像撒向天空又落下来挂在树枝间的黄金薄片。

"像《圣经》中的黄金雨。"盖尔说。

威尔说她把朱庇特和耶和华弄混了。

也就是在那天，克丽塔开始了她的死亡之旅，而威尔已经遇到了桑迪。盖尔正在做的这个梦也已经开始了——她的旅行和欺骗，还有她想象并相信自己在门边听到的这些字眼。

爱——原谅。

爱——遗忘。

爱——永恒。

街上的锤击声。

在把这个小盒子包好寄走以前,里面可以放点什么呢?一颗珠子,一片羽毛,还是一粒强效药丸?或者一张小纸条,紧紧地叠好,小纸团那么大。

现在,该你决定要不要追随我的足迹了。

荒野驿站

I

玛格丽特·克雷斯维尔小姐，多伦多救济院院长
致西蒙·埃龙，北休伦郡，1852年1月15日

既然您的信附有牧师担保，我十分乐意回复。我们经常收到您这样的请求，但除非有类似担保，否则我们无法确认来信者的诚意。

目前，我们救济院里没有适婚女子。通常在这些女孩十四五岁的时候，我们会打发她们出去另谋生路。当然，我们确实会继续与她们保持联系，一般是到她们结婚成家为止。对于您这样的情况，我们有时会推荐其中一位女孩，安排两人见一次面，然后由当事人双方决定他们是否合适。

现在跟我们还保持联系的有两位十八岁的女孩。她们都在一家女帽店铺当学徒，手艺都不错。不过，我想嫁给一位前途有望的男士，可能还是比终身劳作要更有吸引力。其他的还不好多

说，这取决于女孩本人，以及您是否喜欢她，反过来也是如此。

这两位女孩分别是塞迪·约翰斯通小姐和安妮·麦基洛普小姐。她们俩都是基督徒父母的婚生孩子，因父母去世才被安置到救济院，不存在任何酗酒或不道德的行为。不过，就约翰斯通小姐而言，尽管她双颊绯红，身段丰满，比另一位更漂亮，但我要警告您，她的肺病还需要您慎重考虑。她可能没法适应丛林中的艰苦生活。另一位麦基洛普小姐要瘦一些，肤色也不如约翰斯通小姐那么好看，不过却更能吃苦耐劳。她的一只眼睛有些斜视，不过并不影响视力，而且她的针线活儿非常出众。她的眼睛和头发都是黑色的，肤色略深，不过这并不是说她是个混血儿，因为她的双亲都来自法夫。她是一位能吃苦耐劳的姑娘，没有同龄女孩常有的那种傻傻的羞怯，因此，我认为她更能适应您所描述的生活。我会跟她联系，告知她此事。同时，我也期待收到您的回信，告诉我们您打算何时与她见面。

II

乔治·埃龙的回忆

载于《卡斯泰尔斯守卫者》五十周年版，1907年2月3日

一八五一年九月的第一天，我的兄长西蒙和我把一大箱床上用品和家用器皿装上马车，从霍尔顿郡出发，到休伦和布鲁斯的荒野地去碰运气，那一带在当时可算得上是荒凉地段了。所有的物品都来自西蒙的老板亚契·弗雷蒙，算作他发的工资的一部分。同样，马也是从他手上租的。他的儿子与我年龄相仿，跟我们同行，准备等我们到后把马车赶回。

我应该在开头就交代清楚，我哥哥和我是孤儿。我们的父母在到达这个国家的五个星期之内相继去世，先是父亲，然后是母亲。那时我才三岁，西蒙八岁。西蒙给我母亲的堂兄亚契·弗雷蒙干活，而我被一位膝下无子的学校老师和他妻子收养。这些事都发生在霍尔顿。本来日子要是就那么过下去，我也不会有什么

不满足的。但西蒙就住在几英里开外的地方。他经常来看我,跟我说我们一长大成人,就应该离开此地,去别处购置自己的田地,再也不用替别人工作。这也是父亲的初衷。跟我不同,西蒙从来没被送进学堂念过书,因此他一直有离开的打算。等到我满十四岁,长得跟哥哥一样结实的时候,他就说我们应该去休伦北部,把那儿的公有土地买下来。

第一天,因为纳塞戈维亚和普斯林奇糟糕的路况,我们只走到了普雷斯顿。第二天到了莎士比亚,第三天抵达斯特拉福德。西行的路总是越来越难走,所以我们决定通过驿站先把箱子送到克林顿。没想到驿站因大雨而停运,要等路面结冰后才重新开放。因此,我们让亚契·弗雷蒙的儿子赶着马车和货物回霍尔顿。然后,我们扛上斧头,步行到了卡斯泰尔斯。

卡斯泰尔斯那时刚刚开始发展,只有一座兼做商店和客栈的简陋房屋,一个叫罗伊姆的德国人正在那儿修建锯木厂。在我们之前,那地方大概连鬼都不愿光顾。比我们先到的只有亨利·特里斯一人,他在那儿建了一座还算体面的木屋。他后来成了我的岳父。

我们住进了旅馆,睡在光秃秃的地板上,俩人合用一床被子,或者说是毯子。冬日携着冷雨早早抵达,阴冷潮湿无孔不入。好在我们都做好了过艰苦生活的思想准备,至少西蒙是。而我来自一个相对更舒适的环境。他说我们得忍受艰难困苦,我也就忍受了下来。

我们开始辟路,砍掉矮树丛,清出一条通往我们那块地的小路。接下来，我们标出地界，砍下一些原木用来盖棚屋，同时挖出槽沟，用来修建屋顶。我们还从亨利·特里斯家借了一头牛来拉木头。不过，西蒙不喜欢找人借东西或依靠人，他脑子里想的是自己搭棚屋。在发现光靠我们俩是搭不起小屋的时候，我去了亨利·特里斯那儿求助。靠着亨利、他的两个儿子以及锯木厂一个工人的帮助，我们终于把小屋搭好了。第二天，我们开始往木头缝里填泥，找了一些杉树枝做床，这样就可以睡在家里，不必再花钱住旅馆。我们用一大块榆木做了门。我哥哥从亚契·弗雷蒙那儿的几个法裔加拿大伙计那里听说，伐木场的小屋中间总是生着一堆火，于是他说，我们的房子也应该那么办。我们用四根柱子做了一个烟囱，家庭用的那种，打算里外都用泥抹一遍。我们生了一堆烧得旺旺的火，然后上了杉木枝搭的床，谁知半夜醒后发现屋里的木头着火了，屋顶也在快速燃烧。我们拆掉烟囱，屋顶是青翠的椴木做的，不难灭火。天一亮，我们就开始照以前的方法在屋后建烟囱，我觉得自己最好什么也别说。

　　清理完小树和灌木后，我们开始砍大树。先砍倒一棵大白蜡树，然后把它劈成块，做了地板。本来该从霍尔顿发来的箱子到现在还没到。亨利·特里斯给我们送来一张又大又舒服的熊皮，让我们睡觉时盖。不过我哥哥不愿接受他的恩惠，给他送了回去，说不需要。几个星期后，我们终于收到了箱子，只好再去借牛去克林顿把箱子拉回来。我哥哥说这会是我们最后一次开口求人。

　　我们步行去沃利，背回一些面粉和腌鱼。在曼彻斯特过河的时候，摆渡的男人狠狠宰了我们一笔。那时还没有桥，冬天虽然漫长，河上也没结一些像样的冰让过河变得容易点。

圣诞节前后，哥哥说他觉得房子收拾得差不多了，可以考虑娶个老婆回来了，这样就有人给我们洗衣做饭，等我们买得起奶牛后，还有人挤奶。这是我头一回听说老婆这码事，我说我不知道他还认识什么人。他说他的确不认识什么人，但听说可以给孤儿院写信，问那儿是否有女孩愿意考虑结婚的事。假如他们愿意推荐，他可以去跟她见见面。他想要一个年龄在十八到二十二岁之间的女孩，身体健康，不怕吃苦，要从小在孤儿院长大，不能是刚去的，这样她就不会指望过享福或有人服侍的日子，也不会念叨从前较为轻松的生活。我想，这样的想法对今天的人来说无疑是非常奇怪的。我不是说我哥哥没本事跟女孩献殷勤，凭实力娶妻——他是个长相英俊的男人。但是他没有时间和金钱，甚至连兴致都没有，他满脑子想的全是扎根创业。假如一个女孩父母健在，他们可能不愿意让女儿嫁去那么远的地方，整日劳作，生活清贫。

不过，这种求偶方式在当时还是颇受人尊敬的，这从牧师麦克贝恩帮西蒙写证明信的事上就可以看出。他刚来我们教区不久，不但帮西蒙写了信，还另外给他出具了担保函。

不久他们便回了信，说是有一个女孩可能符合西蒙说的那些条件。于是，西蒙动身去多伦多接到了她。她叫安妮，娘家姓什么我已经忘了。他们得蹚过胡利特小溪，经过克林顿驿站之后还要踩着厚厚的积雪走上一阵子。到家后她看上去累坏了，并且对所见到的一切感到非常惊奇，说她做梦都没想过会看到这么多的树。她的箱子里装了一些床单和锅碗瓢盆，那些是太太们送的，想让她的日子过得更舒服一些。

早春四月,我哥哥和我去领地最角落的一片林子里伐树。西蒙离家娶亲的时候,我朝特里斯家的方向砍了不少树。但西蒙想把我们领地的边界划分清楚,不想在我砍过的地方继续砍树。出发时天气还不太冷,林地里仍覆盖着不少松软的积雪。我们正照着西蒙的想法砍着一株大树,不知怎的,突然掉下一根粗大的树枝。只听见树枝咔嚓一声,我正要抬头看,树枝就已经砸在西蒙的头上,他当场就送了命。

我把他的尸体从雪地上一路拖回小木屋。他块头虽不大,个子却很高,这事做起来既别扭又累人。此时气温降了不少,等我把他拖到空地上时,风中已经开始夹带雪粒,一场暴风雪眼看就要来临。早些时候踩下的脚印早已被填平。西蒙浑身是雪,但它们已不再融化。他那前来开门的妻子完全不知所措,以为我拖过来一根圆木。

在小木屋里,安妮给他洗了身子。我们安静地坐了一会儿,不知道下一步该怎么办。由于牧师的教堂或住房还没有着落,他只能暂时住在旅馆里。旅馆不过四英里远,然而暴风雪来势凶猛,空地周围的树木都看不清了。风暴从西北方向吹过来,看架势不到两三天是不会停的。我们心里十分清楚,不能把他的尸体留在屋内,也不能停放到外面的雪地里,我们担心山猫来吃。没办法,只好动手掩埋他。雪下面的地还没有冻硬,我就在木屋附近挖了一个墓,安妮用床单缝了一个袋子,我们把他装进去,放进墓里。我们没有在风中待很长时间,只是为他念了《主祷文》

和《圣经》中的一章《诗篇》。我记不清是哪一段了，只记得是《诗篇》中末尾的一段，很短。

那是一八五二年四月的第三天。

那也是那一年的最后一场雪。没过多久，牧师来了，给他做了祈祷，我在他的墓上竖了一块木牌。再后来，我们在公墓里给他找了一块地，立了石碑，不过他的尸骨并没有埋在下面。我认为把一个人的尸骨从一个地方移到另一个地方是一件既愚蠢又没有意义的事。不过是些骨头而已，他的灵魂早已去了上帝那里等候审判。

就这样，砍树清场的人只剩下我一个了，不过很快我就开始和特里斯一家一起干活了。他们一家待我非常好。我们一起干活，不管是在我的地里还是在他们的地里。我开始把饭带到他们家吃，甚至睡在那儿。我跟特里斯的女儿珍妮也越来越熟，她跟我年龄相仿，我们计划结婚，婚礼也如期举行。我们的共同生活漫长又艰辛，但我们还算幸运，一起抚养了八个孩子。我的儿子们继承了我岳父的土地和我的土地，因为我的两个小舅子都离开了当地去西部淘金，他们在那边混得很不错。

如今，这里的砾石路四通八达，离我的农场半英里路不到就有一条铁路。林场已经消失了，灌木丛林也成了过去式。我经常会想我砍下的那些树木，假如留到今天砍的话，我就是一个有钱人了。

沃尔特·麦克贝恩，北休伦自由长老会教堂牧师

致詹姆斯·穆伦先生，休伦和布鲁士联合郡，沃利治安法官，1852年9月10日

先生，我写这封信的目的是想通知您，本区的一位年轻女士很可能会在近日到达您处。她叫安妮·埃龙，是一位寡妇，也是我的教民。这位年轻女士已经离开了她在卡斯泰尔斯附近霍洛韦镇的家。我想她是打算步行到沃利，并且可能会去那儿的监狱自首。我认为我有责任告知您她是谁，是什么样的人以及她在本区的过往。

我是在去年十一月份来到此地的，是第一位前来冒险的牧师。我的教区目前大部分还是灌木丛，除了卡斯泰尔斯旅馆，我没有别的地方可住。我出生于苏格兰西部，受格拉斯哥传道会的资助来到这个国家传教。在成为上帝的仆人之后，我听从他的召唤，奔赴最需要牧师的地区。我告诉您这些是想让您对我有所了解，明白我为什么会这样讲述这个女人的故事，对她的事情为何又会有如此的看法。

她是在去年寒冬时节来到此地的，作为年轻人西蒙·埃龙的新娘。西蒙照我的建议给多伦多的孤儿院写了一封信，请求他们推荐一名符合他条件的女基督徒，最好是长老会教徒。她就是他们推荐的人选。他立即跟她结了婚，把她从多伦多带回来，住进了他和弟弟共同搭建的棚屋里。这两个年轻人都是孤儿，对生活没有什么指望。他们来到这片荒野，为自己开垦出一片土地。冬天快结束的时候，兄弟俩干活时发生了意外。当时他们正在砍

树,一根粗大的树枝突然掉下来,砸在哥哥的头上,当场将他砸死。弟弟设法把尸体拖回到他们居住的小屋。受暴风雪所困,他们就地举办了葬礼,埋葬了尸体。

上帝从不滥用他的仁慈,我们注定要接受生活的打击,最后它们会被证明是出自他的爱护和慈悲。

失去了哥哥的庇护,弟弟在邻居家里找到了归属感。那家人在我的教区也有良好的声誉。他们把他当儿子对待,尽管他仍继续在自己的地里干活。他们也愿意接纳这位年轻的寡妇,不过她似乎不想跟他们有任何瓜葛,甚至讨厌所有想帮助她的人,尤其是她的小叔子(他说自己从来没有跟她吵过架),还有我。我跟她说话的时候,她的答话或动作丝毫没有流露出对上帝的谦卑。这也是我的不足,我不善于跟女人谈话,缺乏赢得她们信任的自如。她们的固执完全不同于男人的固执。

其实我只是想说,我没能对她产生任何积极影响。她不再来教堂做礼拜,她的土地一如她的心灵和精神状态,每况愈下。虽然分到了豌豆和土豆,她却不把它们种在林地上。门前长满了野藤蔓,她也不去清理。不生火更是家常便饭,这样一来,她连燕麦饼或燕麦粥都吃不到了。她的小叔子已经搬走了,没有什么她非做不可的事。我去看她的时候,只见她房门大开,显然连动物们都进出自由。如果她在家,她会躲起来不见我,这是对我的嘲弄。那些见过她的人说她的衣服因为在灌木丛里进进出出而变得又破又脏。她的身上有荆棘的划伤和蚊虫的叮咬,不梳头也不洗头,蓬头垢面的。我相信她靠邻居或小叔子留给她的咸鱼和薄饼为生。

然后，就在我苦恼如何才能帮助她的身体安度严冬，让她的灵魂能应对更深重的危机时，传来了她离家出走的消息。她敞着大门，走时既没有穿斗篷也没戴软帽，只在棚屋的地板上用木炭写了两个词：沃利，监狱。我对这两个字的理解是她打算去沃利的监狱自首。她的小叔子认为自己去追她也于事无补，她对他的态度极不友善。我当时正好在做一个临终布道，也无法脱身。因此，我请求您告诉我她是否去了您那里，情况如何，以及您打算如何处理她的事。我仍然认为我对她的灵魂负有责任，计划在冬天到来以前去探望她——假如您让她留下的话。她是自由教会和恩典之约的孩子，有权选择自己信仰的牧师。您千万别以为随便指派给她一位英格兰教会、浸信会或卫理公会的牧师就行了。

万一她不去监狱，而是在街上游荡，我应该告诉您她是黑头发，高个儿，身材纤瘦。她的样貌既不漂亮也不难看，除了一只眼睛有点儿斜视。

∽

詹姆斯·穆伦，沃利的治安法官
致沃尔特·麦克贝恩，北休伦自由长老会教堂牧师，
1852 年 9 月 30 日

您关于安妮·埃龙的信到得十分及时，我深表感谢。她安全

抵达沃利，没有什么大的伤病，不过，她到达监狱的时候身体十分虚弱，非常饥饿。在被问及来监狱的原因时，她说她是来供认一起谋杀罪行，好被关押起来。当时我手上有别的事要做，而且已经是午夜时分，就让她在监狱里过了一夜。第二天我去看她，得知了我所需要的一切细节。

她的身世跟您说的并无二致：在孤儿院长大，跟女帽服饰商做学徒，结婚，随丈夫来到北休伦。不同的仅是关于她丈夫的死亡。她关于这件事的叙述如下：

四月初的一天，她的丈夫和小叔子外出砍树，吩咐她给他们做午饭。因为她在他们出发的时候没把食物准备好，她答应把午饭送到林子里去。中午时分，她烤了几个燕麦饼，带上一些咸鱼，沿着他们的足迹，找到了正在干活的兄弟俩。她的丈夫打开午饭后很不高兴，因为她没有把午饭包好，咸鱼的油渗进了燕麦饼里，饼子都成了碎屑，非常难吃。失望之下，他怒不可遏，说得空了一定要好好揍她一顿。他当时坐在一根木头上，说完后就转身背对着她。她捡起一块大石头，朝他扔了过去，石头砸在他的头上，他昏迷倒地，其实当场就死去了。然后，她和小叔子把丈夫的尸体拖回屋子。暴风雪旋即来临，他们双双被困在了屋子里。小叔子说既然她不是故意谋杀，他们就不应该公布真相。她也同意了。然后他们埋葬了他——这里和您的讲述又是一样的——事情本来可以就此了结，但她的内心却越来越不安，她相信自己其实是想杀掉他的。假如当时没把他砸死，她肯定会遭到一顿毒打。为什么要冒那个险呢？因此她决定自首。为了证明自己有罪，她拿出自己的一缕头发，上面沾着干掉的血迹。

这就是她的说法，我一个字也不相信。这姑娘手无缚鸡之力，哪里能拎得起一块大石头，还朝人扔去把人杀死？我对她提出质疑，她又改口说她是用双手抱起一块大石头，她也没有朝他扔去，而是从他身后向他的头砸下去。我说为何他的弟弟没有阻止，她说他当时正看着别处。我说假如是那样的话，林子里一定能找到一块带血的石头。她说她用雪洗掉了血迹（实际上雪那么深，要想在林子里找一块石头还真没那么容易）。我要她卷起袖子，让我看看她的手臂上是否有足够的肌肉让她做她说的那些事，她又说她九个月前身体要强壮得多。

我得出结论，要么她在撒谎，要么她是在自我欺骗。但当时我什么也证明不了，只好留她继续住在监狱。我问她是否知道接下来会发生什么，她说，你们会审讯我，然后绞死我。不过你们冬天不会实施绞刑，这样我可以在这儿一直待到春天。要是你让我在狱里干活，也许你会让我一直干下去，打消绞死我的念头。我不知道她是从哪儿听说我们冬天不施绞刑的，她让我十分困惑。你可能知道，我们这儿新建了一所设施很好的监狱，又暖和又干燥，伙食说得过去，犯人的待遇也比较人道。已经有人在议论，不少犯人并不视坐牢为惩罚，隆冬季节，有的人甚至对自己被关进去感到高兴。不过，她显然不能再在外面游荡了。您的信里谈到她不愿寄居在朋友家，也无力独自生活。监狱目前既拘留罪犯，也收留精神失常的人。假如她被诊断为精神失常，那么我可以让她待在这里过冬，等春天到了再把她送往多伦多。我已经约了一个医生来给她诊断。我跟她谈了谈您写的信和您希望来探望她的想法，不过我发现她对此并不情愿。她说除了塞迪·约翰斯通小姐，她谁也不见，而塞迪·约翰斯通小姐并不住在本地。

随信附上我写给她的小叔子的信，请您转交给他，让他知道她的说法，也请转告我他的看法。对您所做的一切，我先在此一并表示感谢。我虽是英格兰国教会的教徒，但对于新教教派在我们居住的这部分地区建立秩序的努力，我表示十分钦佩。我也向您保证，我会尽己所能让您能前来拯救这位年轻女士的灵魂，不过最好能等到她本人愿意的时候。

沃尔特·麦克贝恩牧师
致詹姆斯·穆伦先生，1852年11月18日

收到您的信后，我立刻将信带给了乔治·埃龙先生，相信他已经回信讲述了他对此事的记忆。对他嫂子的说法，他非常惊讶。她从来没有对他或其他任何人说过这些。他说这一切都出自她的虚构或想象，因为事情发生时，她根本不在林子里，也没有必要去。他们出门时已经带了午饭。他说他的哥哥确实责骂过她一次，因为她让咸鱼油流到了饼子上，不过不是这一次。即便她当时在林子里，想杀死他哥哥，周围也没有任何大石头可以供她冲动行事。

请原谅我由于健康欠佳没有及时给您回信。我的结石痛和肠胃风湿发作了，比以往任何一次都痛苦。现在病势有所好转。假

如情况继续改善，下星期我就可以行动如常了。

至于那位年轻姑娘的精神问题，我不知道您请去的医生会说什么，但我本人思考过这件事，也征询过神的意思，我是这么想的：很可能是他们结婚不久，她还没有完全学会顺从丈夫，对他有时照顾不周，也会说话难听，争吵顶撞，加上女性喜欢怄气和沉默的有害天性。这些问题还没有来得及得到纠正，就发生了这样的事。她自然会饱受悔恨的折磨，深陷其中不能自拔，最终相信自己对丈夫的死亡负有责任。在这种情形下，我相信很多人都会被逼疯。这些人开始只是把发疯当游戏，等到发现自己的浅薄和妄为受到惩罚的时候，魔鬼已经堵住了一切出逃的路线，疯狂不再只是游戏。

我仍然希望前往贵处跟她交谈，让她醒悟。目前这一想法似乎难以实现，不仅是因为我老朽的病体，还因为住在这样一个肮脏嘈杂的地方，吵闹声日夜不停地往耳朵里钻，吵得我睡不成觉，看不成书，连祈祷都受到干扰。寒风穿透木墙吹进来，然而，假如我下楼凑到火堆边，那里又尽是些狂饮的酒鬼和粗鲁傲慢之徒。屋外什么也没有，树林堵住了每一个出口，结冰的沼泽连人带马一起吞没。曾经有人许诺会建一座教堂和住所，但那些许诺的人眼下忙着打理自己的事务，教堂的事似乎往后延了。不过，就是在病中，在如此恶劣的谷仓和住房条件下，我也没有停止布道。我心中牢记着这么一位伟人，一位伟大的布道者和上帝意志的阐释者，他的名字叫托马斯·波士顿。他在弥留之际仍然从卧室的窗口向院子里聚集的两千多人布道，赞美上帝的伟大。

因此，尽管我的会众要少得多，我也会传播福音一直到我生命的最后一刻。

无论我们的人生旅途如何歧路丛生，一切都是上帝的旨意。——托马斯·波士顿

世界是一片荒野。有时我们确实能够改变我们的驿站，但那不过是从一个荒野驿站换到另一个。同上。

詹姆斯·穆伦
致沃尔特·麦克贝恩牧师，1853年1月17日

我写这封信是想告诉您，那位年轻女性的健康状况似乎稳定下来。她胃口不错，把自己收拾得挺整洁，看上去不再像从前那样骨瘦如柴。她的情绪也平和了许多，开始负责缝补监狱的床单，活儿干得很不错。不过，我还是得告诉您她坚持不接受任何探访。在这种情况下我不建议您前来此地，因为很可能您会一无所获。这段路在冬天特别难走，出门对您目前的健康状况只会有害无益。

她的小叔子给我写了一封十分得体的信，证实她的故事全是编造，我对此十分满意。

您也许想知道医生对她的诊断。他认为她得的是一种女性特有的妄想症，患者的动机一般是渴望自身的重要性得到世人承认，希望逃离日常生活的单调以及生下来就要面对的苦役。她们可能会想象自己被恶魔附体，从而犯下了种种可怕的罪行。有时

候也会夸口自己有过无数情人,其实这些情人都不过是她们脑子里的臆想之物。一位认为自己淫荡堕落的女性,实际上可能相当贞洁,从未有过男人。这位医生把一切都归罪于这些女性看的一类书,不管是神魔鬼怪还是跟贵族公爵私奔之类的爱情故事。对大多数人来说,一旦面对现实生活的真正职责,这类故事就会变成过眼烟云。还有一些人可能会偶尔放纵一下,如同对待糖果或者雪利酒。但是对有一类人来说,他们完全缴械投降,沉溺其中,如同坠入吸食鸦片之后的梦境。他没有从那个年轻女士的嘴里得知她读过哪些书,但是他相信她要么忘得一干二净,要么狡猾地隐瞒了真相。

他的提问确实让许多我们以前不知道的事浮出水面。他问她怕不怕被绞死,她回答说不怕,因为我有你们不会绞死我的理由。你是说他们会断定你是疯子?他问。她说,噢,也许有那个原因,不过他们也不会绞死一个怀孕的女人,不是吗?医生立刻检查了她的身体,看她说的情况是否属实。她也同意让他检查,这说明她相信自己的话。但他发现她在自欺欺人。她所认为的怀孕的症状,实际上是长期的营养不良和近期的癔症所致。他把自己的诊断告诉了她,不过很难判断她是否相信。

必须承认,女性要在这片土地上生存下去十分艰难。最近,这儿又收容了一位发疯的女人。她的情况更加可怜,她是因强奸而变疯的。强暴她的两个罪犯也被关了进来,就在与她一墙之隔的男囚区。有时候,一连好几个小时,受害女人的尖叫声都会在监狱里回响,使得监狱里人人心情压抑。但这是否能让我们那位自命的杀人犯撤回声明,离开监狱,我也不知道。她的针线活儿不错，如果愿意的话，找到雇主是不成问题的。

很抱歉听到您健康欠佳，还有您恶劣的居住条件。我们这座小城已经发展得十分完善，以至于我们都忘记了荒野生活的艰苦。像您这样自愿选择去受苦的人无疑值得我们的敬重。不过您一定要听我一句劝告：身体不够强健的人是无法在您身处的那种条件下坚持太久的。假如您选择去一个生活更舒适一些的教区，为上帝服务得更长久一些，相信您的教会不会认为您是逃兵。

随信附上一封这位年轻女性写的信，本是寄给住在多伦多国王街的一位塞迪·约翰斯通小姐的。出于想更多了解她的内心世界的动机，我们把信截了下来，看过后又重新封口寄出。但最后这封信给退了回来，信封上盖着"查无此人"的章戳。我们没有让她知道，希望她会再给这位约翰斯通小姐写信，好让我们知道更多她内心的想法，以此判断她是否有意选择撒谎。

安妮·埃龙女士，休伦和布鲁斯联合郡，沃利监狱
致塞迪·约翰斯通小姐，多伦多国王街49号，1852年12月20日

塞迪，我在这里还不错，很安全，不管是伙食还是住宿都没什么可抱怨的。监狱的石头建筑很结实，跟救济院有些像。如果你能来看我，我会十分高兴。我经常在脑子里跟你聊天，但我不想把它们写下来。万一他们在监视我怎么办？我在这儿做些缝缝补补的活儿。原本这里的东西都破破的，现在都修补好了。目前我在给剧

院缝幕布，是送进来的活儿。我希望能见到你。你可以坐驿站马车直达这个地方。也许冬天你不想过来，那你可以考虑春天来。

詹姆斯·穆伦
致沃尔特·麦克贝恩牧师，1853年4月7日

一直没有收到您的回信，相信您一切都好，而且仍然对安妮·埃龙的事情感兴趣。她仍然住这里，忙着做我从外面给她接的缝纫活儿。她不再提腹中的孩子、绞刑或过去的事了。她又给塞迪·约翰斯通写了信，不过非常简略。我把她的信件一同附上。您知道这位塞迪·约翰斯通小姐是谁吗？

我没有收到你的回信，塞迪。我想他们没有寄出我写给你的信。今天是一八五三年四月的第一天，但不是我俩曾经互相戏弄的愚人节。请想办法来看看我。我在沃利监狱，但很安全，过得很好。

詹姆斯·穆伦收
来自爱德华·霍伊，卡斯泰尔斯旅店店主，1853年4月19日

您写给麦克贝恩先生的信现退回给您。他已于二月二十五日在旅店里去世，还留下了一些书，但无人认领。

III

安妮·埃龙,沃利监狱
致塞迪·约翰斯通,多伦多。发现此信的人请帮忙寄出。

乔治拖着他穿过雪地回来的时候,我还以为他拖的是一根木头。我不知道拖的是他。乔治说是他。他说一根树枝从树上掉下来,砸中了他。他没说他死了。我等着他开口说话,他的嘴半张着,里面塞了些雪,眼睛也是半睁着。我们不得不进屋,因为暴风雪已经猛烈地刮了起来。我们一人拽一条腿把他拖进屋。抓着他的腿时我仍假装自己拖的是截木头。屋子里生着火,十分暖和,他身上的雪开始融化。他的血也开始解冻,顺着耳朵流下来。我不知所措,很害怕走近他。我觉得他的眼睛在盯着我。

乔治坐在火边,仍然穿着他那厚重的大衣和靴子。他的脸望着别处。我坐在原木拼成的桌边,问,你怎么知道他死了?乔治说，不信的话，可以自己摸摸看。我当然不会去摸。屋外是可怕的风暴，风从树林间和屋顶呼啸而过。我说，我们的天父啊。就这样我获得了勇气。每动一次我就这么说一句。我说，我得给他洗洗身子，你得帮我。我去拿了盛融雪的木桶，先从他的脚开始洗起，得把他的靴子脱掉，很吃力的活儿。乔治对我的请求充耳不闻，没有转头也没帮我。我没脱他的裤子或大衣，力气不够。不过，我洗了他的手和手腕，我的手和他的皮肤之间总是隔着洗布，我小心不碰到他。血和融化的雪水从他的头和肩膀流到地板上，我想给他翻身，清洗血水。但我一个人做不了，所以我去拽了拽乔治的胳膊。帮我一下，我说。什么？他问。我说我们得给他翻身。他走了过来，帮我给他翻了身。现在他脸朝下躺着了。然后，我就看到，我就看到斧头砍的伤痕。

我们俩谁也没说话。我清洗了血迹和污渍，和乔治说，去把我箱子里的床单拿来。那是条好床单，平日我舍不得用。他的衣服布料也是好的，不过我不觉得有脱下来的必要。我们得剪开那些被血粘住的地方，剩下的也就是几块碎布条了。我剪下他的一缕头发，我记得莉娜死在救济所的时候他们就是这么做的。然后，我让乔治帮我把他滚到床单上，开始缝床单。我一边缝，一边对乔治说，去外面堆木头的背风处看看那里够不够给他挖个坟墓。先把木头搬开，下面的土可能松软些。

我得趴在地上缝，几乎像是挨着他躺着。我先折起床单盖住他的头，把头缝进去，这样我就不用看他的眼睛和嘴了。乔治在外面，透过风雪声可以听到他在照我的吩咐做，有时候被他扔一边的木头会砸在墙上。我继续往下缝,看着他一点一点地消失在我的视线中,还会大声说,马上就好了,马上就好了。我把他的头严严实实地缝了进去,但缝到脚那里时,床单就不够了。于是,我的衬裙派上了用场,那是我在救济所学缝针法时做的。这样我就把他全部缝了进去。

我去外面帮乔治。他已经搬开了所有的木头,开始挖坑了。地里的土和我想的一样,还比较松软。他用铁锹,我拿了把大铲子,手脚不停地干了好一阵子。他挖土松土,我把土铲出来。

然后我们把他拖了出来。现在一人拖一条腿是不可能了,于是乔治抓住他的头,我握着衬裙缝住的脚踝,两人一起用力把他推进坑里,然后用土盖住他。乔治换了铲子用,留给我的铁锹似乎挖不起什么土,于是我使劲用手推,用脚踩它。把坑填满后,乔治用铲子尽可能地把表面的土拍平。然后我们把雪里的木头搬回去,照原样堆起来,看上去就好像没人动过。我们既没戴帽子也没围围巾,干活让我们全身发热。

我们多拿了一些木头进屋生火,然后我插上门闩。我擦了地板,对乔治说,把你的靴子脱掉。然后又说,把你的大衣脱掉。乔治照我的吩咐做了,然后在火边坐下。我照特里斯太太教我的办法,用猫薄荷泡了茶,还在里面放了一块糖,他不想喝。太烫了,我说。等茶凉一些了我再端给他,他还是不想喝。于是,我开始跟他谈话。

你不是故意的。

你当时很生气。你并不是故意要那么干的。

他平常怎么对待你,我都看在眼里。他会为一桩小事就把你打倒在地,而你只是站起来,一声不吭。他也是这么对待我的。

假如你没有这么做,总有一天,他也会这么对你的。

听着,乔治。听我说。

要是你去自首,你知道会发生什么吗?他们会把你绞死。你死了,对谁都没有好处。你的地怎么办?很可能又会落回政府手中,让别的人买走。你的一切努力就都白费了。

假如你被带走,我又会怎么样?

我拿了几块冷燕麦饼,热了热,在他的膝盖上放了一块。他拿起来,咬了一口,但咽不下去,就都吐到了火堆里。

我说,听着。我知道的事情比你多,我比你大。我还是虔诚的教徒,我每天晚上做祷告,上帝也回应了我的祷告。对上帝的期许,我跟所有牧师都一样清楚。我知道他不希望看到一个像你这样的好小伙给绞死。你只要对他说"对不起"就行了,说你对不起他,真心实意地说,上帝就会宽恕你。我也会这样说的,因为当我看到他的尸体时,我甚至一分钟都不希望他活着。我会说,上帝啊,请宽恕我。你也这么做。跪下来。

但是他没有跪,他连从椅子上起身都不愿意。我说,好吧,我有一个主意,我去拿《圣经》。我问他,你相信《圣经》吗?说你相信,点一下头。

我没看清他点没点头,不过我说,好。你点头了。现在,我要告诉你以前在救济所我们是怎么做的。当我们想知道接下来会发生什么或者该做什么的时候,我们会翻到《圣经》中的一页,用手指着其中一段,然后睁开眼睛,朗读手指的那一部分,那就是你需要知道的东西。要是想更保险的话,你可以在闭上眼睛的时候说,上帝指引我的手指。

他不愿举起放在膝盖上的手,于是我说,好吧。好吧,我来帮你做。我这么做了,并且大声地读出我的手指停留的段落。我把《圣经》拿到火堆边,好看得更清楚。

那是一段关于年老鬓发斑白的话,噢,上帝,请不要遗弃我。我说,这意味着你会活到老年,两鬓斑白,在那以前你什么事都不会有。《圣经》上就是这么说的。

接下来的一段是说某某跟某某结了婚,怀了孕,给他生了一个儿子。

这意味着你会有一个儿子,我说。你得活下去,结婚生子,慢慢变老。

不过下面一段我记得特别清楚,可以一字不漏地记下来。他们对我的指控无法被证实。

乔治,我说,你听到了吗?他们对我的指控无法被证实。这就说明你是安全的。

你是安全的。现在起来。站起来,躺到床上去睡一觉。

他自己起不了身,不过我帮他起来了。我不停地拉扯他,直到他从椅子上站起来。然后我拉着他穿过房间,到了床边——不是他在角落里睡的那张小床,而是一张更大的床。我让他坐到床上,躺下。我把他翻过身又翻回去,帮他脱掉外衣,只剩衬衫。他的牙齿不停地打战,我担心他受冻或发烧,于是把两个熨斗烧热，包上布，紧挨着他的身子一边放一个。屋里既没有威士忌也没有白兰地，只有猫薄荷茶。我在茶里又加了一些糖，用茶匙喂他喝下。我先用手揉搓他的脚，然后揉揉他的胳膊和腿。我从热水里拧干毛巾，放在他的肚子和胸口上。我用十分温柔的语气跟他说话，让他去睡一觉，等他醒来的时候，他的头脑会变得清醒，所有的恐惧会一扫而光。

一根树杈砸到他身上，就跟你告诉我的一样。我可以看见它在往下掉，快得跟闪电一样，连带着扯断了许多小树枝，噼啪声响个不停，简直跟枪响一样快。然后你心想，怎么回事？树杈砸中了他，他死了。

哄他睡着以后，我也在他身边躺了下来。我脱掉自己的罩衫，可以看见胳膊上青一块紫一块的伤痕。我又拉起裙子看大腿上的瘀伤是否还在，的确还没有消退。手背上我咬过的地方也是青的，还很疼。

我躺下后，什么也没有发生。我一夜没睡，听着他的呼吸声，时不时去碰碰他，看他有没有暖和起来。天刚蒙蒙亮我就起床了，把火生旺。他听到声音后也醒了过来，看上去好多了。

他没有忘记发生过的事情，但说话的语气听上去好像都不要紧了。他说，我们应该去做祷告，再念一段《圣经》里的经文。他打开门，外面仍然下着大雪，不过天空很晴朗。这是那个冬天的最后一场雪。

我们去外面念了主祷文。然后他说，《圣经》呢？为什么没有放在搁板上？我从火边取来《圣经》，他说，怎么会放在那儿？我没有提醒他昨天发生的任何事。他不知道该读什么，于是我挑了《诗篇》的第一百三十一章，我们在救济所读过的。主啊，我的心不狂傲，我的眼不高大。我的心平稳安静，好像断过奶的孩子在他母亲的怀中，我的心在我里面真像断过奶的孩子。他读了，然后说他要去铲雪，清出一条小道，把这事告诉特里斯一家。我说我会给他做一些吃的东西。他出去铲雪，没有如我想的那样，铲累了进来吃饭。他不停地铲，直到铲出一条长长的小路，然后他就不见了，也没回来吃饭。直到天快黑的时候他才回来，说他已经吃了。我说，你跟他们说了树的事吗？他第一次用那种不善的目光看我，那种跟他哥哥一样不善的目光。从那一刻起，我再也不对他提发生的事，甚至连暗示都没有。他从不跟我谈这事，除了在梦里。他会出现在我的梦里，对我说些事情。我知道做梦和醒着的区别。我醒着的时候什么也没有，只有那种不善的目光。

特里斯太太上门看了看，想让我和乔治一样，跟他们住一起。她说我可以在他们家吃住，他们有床给我睡。我没去。他们以为我不去是因为太过悲痛，但实际上我是怕人看见我身上青紫色的瘀伤，还有他们会留心我哭不哭。我说我不怕一个人住。

我几乎每晚都做梦，梦到兄弟俩的其中一个拿着斧头追我，不是他就是乔治，不是这个就是那个。有时候不是斧头，是用双手举起的大石头，其中一个举着它等在门后。梦是上帝对我们的警告。

我不再在小木屋里待着了，害怕他找到我。我发现在外面睡的时候，做梦会少得多。天气热得很快，苍蝇和蚊虫多了起来，不过我不在乎。我能看到它们在我身上留下的叮咬的痕迹，但却没有任何感觉。这也说明我在野外是受保护的。听到人声我就赶紧蹲下。我靠浆果果腹，红的和黑的都有，上帝保佑我没有因此腹泻或中毒。

过了一段时间后，我又开始做另一种梦。我梦到乔治走过来跟我说话，他的目光仍然十分不善，不过他试图掩饰，想假装是好人。他不断出现在我的梦中，不断跟我撒谎。天气开始冷起来，可我不想回小木屋睡觉。露水也越来越重，睡在草地上会浑身湿透。我去小木屋里翻开《圣经》，想找到神的旨意。

现在，我的欺骗受到了惩罚。我不再理解《圣经》告诉我的话。我不知道下面该怎么办。我在帮乔治寻找神的旨意时作了假。我读的不是手指准确指向的段落，而是很快地瞟一眼上下左右的段落，找出其他我更想读到的话。在救济所的时候我也这么干过。我总是能找到好话，从来没被发现甚至怀疑过。你也没有发现，塞迪。

现在，我得到了我该受的惩罚。无论我怎样努力，我找不到任何对我有帮助的话。但是不知怎的我想到我应该来这儿，于是我就来了。我听人们说过这个地方如何暖和，流浪汉们如何希望自己被关进来。于是我觉得我应该去试试。我告诉他们的那些话，也不知是怎么想到的。我把乔治在梦中反复灌输给我的那些话告诉了他们，他想让我相信杀人的是我，不是他。不过我在这儿感到安全，不再害怕乔治。假如他们觉得我是疯子，但我知道我没有，那我就是安全的。不过我很想你来看看我。

还有我很想让那个尖叫声停下来。

这封信写完后，我会把它夹在我为剧院做的幕帘里，上面会写上"发现此信的人请帮忙寄出"这样的话。这种方式更让人安心。我已经交给他们两封信了，他们从来没有发出过。

IV

克里斯狄娜·穆伦小姐,沃利

致亨利·利奥波德,皇后大学历史系,金斯顿,1959年7月8日

是的,我就是穆伦小姐,特里斯·埃龙的姐姐记得的那个去过农场的姑娘。她很客气,说我是一位戴着帽子和面纱的年轻漂亮的女士,那是我专门在开车时戴的面纱。她提到的那位老妇人是埃龙先生祖父的嫂子——我希望我没说错。既然您现在在为埃龙先生写传记,我想您一定把这些关系都理清楚了。我本人是保守党,所以从来没有投过特里斯·埃龙的票,不过他是一个很有意思的政治家,如您所说,他的传记会给这个地区带来更多的关注——人们通常认为此地单调乏味至极。

我很奇怪他的姐姐对我开的车只字不提。那是一辆史坦利

蒸汽车，是我在一九〇七年买给自己的二十五岁生日礼物，花了一千二百美元。这笔钱有一部分是来自我祖父詹姆斯·穆伦留给我的遗产，他是沃利早年的治安官，后来靠买卖农庄发了财。

我的父亲去世得早，母亲带着五个女儿搬进了祖父家。这是一栋用石头砌成的大房子，名叫特拉奎尔，现在则成了少年犯收容院。我有时开玩笑说它一直都是。

小的时候，我们家雇了一名花匠、一个厨子和一个做针线活的女人，他们都是些"奇怪"的人物，彼此不对付，之所以得到这份工作都是因为我祖父。他在这些人还被关在沃利监狱时就对他们很感兴趣，于是最终把他们都带回了家。

到我买蒸汽车的时候，五姐妹中只有我还住在家里，仆人里也只剩下那个做针线活的女人还住在我们家。我们都叫她老安妮，她也从没反对过，她自己也这么称呼自己，有时会给厨子留纸条，上面写着："茶不够热，你暖过茶壶吗？老安妮。"整个三楼都是老安妮的领地。我的一个姐姐多莉说，不管她什么时候梦到家，也就是特拉奎尔，她都会梦到身穿黑衣服的老安妮，站在三楼楼梯口，挥舞着量尺和毛茸茸的长胳膊，活像只大蜘蛛。

她有一只眼睛斜视，这让人感觉她比一般人看到的东西多。

祖父不准我们打探仆人们的私生活，特别是那些在监狱待过的，我们自然是不会听他的话的。老安妮有时会把监狱叫作救济所。她说邻铺的女人整天尖叫个不停，她受不了，就跑到林子里住了。她说那女孩因为让火熄灭了而挨打。为什么你会坐牢呢？我们问她。她会说，我说了谎。因此很长一段时间，我们都以为说谎是会坐牢的。

心情好的时候她会跟我们玩藏顶针的游戏。遇到她情绪恶劣，刚好她又在给我们熨衣服的褶边时，如果此时我们转得太快或停得太早，她就会拿别针扎我们。她说她知道一个地方，在那儿你可以得到一种砖头，只要把这种砖头放到小孩子的头上，他们就不会再长高。她最讨厌做婚纱（她永远也不需要给我做！），对我的姐妹们嫁的男人评价都不高。她对多莉的新郎尤其厌恶，为此还故意把袖子缝错，最后不得不拆掉，把多莉给弄哭了。不过在总督和明托夫人来视察沃利的时候，她给我们做的舞会礼服漂亮极了。

至于她自己是否结过婚，她有时候说结过，有时候说没有。她说曾经有个男人去她们救济所，让所有的姑娘排成队，从他面前走过。然后他说："我要那个头发跟煤球一样黑的姑娘。"那就是老安妮，不过她拒绝了，尽管他很有钱，是坐着马车来的。这有点像灰姑娘的故事，但结局不同。之后她又说一头熊在林子里咬死了她的丈夫，我的祖父杀死了那头熊，用熊皮裹着她，带她离开监狱回了家。

这种时候，我母亲就会说："好了，丫头们。别再让老安妮讲下去了。她的话你们一个字也不要相信。"

我花了很多时间和你说背景信息，但你确实说过，你对那一时期的细节感兴趣。跟大多数同龄人一样，我可能会经常忘记买牛奶，但我可以告诉你我八岁时穿的外套是什么颜色。

就这样，我拿到史坦利蒸汽车后，老安妮要我开车带她出去兜风。后来我发现，她脑子里想的更像是一次旅行。我很吃惊，因为她从没想过要出门旅行。她拒绝去看尼亚加拉大瀑布,甚至连七月一日去港湾看烟火都不愿意,而且她对坐车以及我的驾驶能力都怀有戒心。不过,最令我吃惊的还是她想去看一个人。她想开车去卡斯泰尔斯看看埃龙一家,她说他们是她的亲戚。这些人从没来看过她或给她写过信。当我问她是否需要先写信问问他们时,她说:"我不会写字。"这就有些可笑了——她给厨子写过留言,也给我开过长长的清单,让我去广场或城里给她买东西,穗带、硬麻布和塔夫绸——这些字她都会写。

"他们不需要事先知道,"她说,"乡下跟城里不一样。"

好吧,反正我爱开那辆蒸汽车四处兜风。我十五岁就开始开车,但这是我的第一辆车,恐怕也是休伦郡唯一的一辆蒸汽车,车子每开过一处大家都追着看。它不像其他车,开的时候轰隆作响,仿佛野兽在大声咳嗽。它开过去时悄无声息,多多少少有点像一艘在湖面行驶的高桅船,也不会弄脏空气,只留下一道蒸汽。因为它的排汽使空气变得雾蒙蒙的,所以史坦利蒸汽车在波士顿是禁行的。我时常跟别人讲,我曾经开过一辆在波士顿禁行的汽车。

我们是在六月的一个礼拜天去的,一大早就动身了。我花了二十五分钟预热蒸汽车,在整整二十五分钟里,老安妮在前座正襟危坐,好像车已经上路了。我们俩都戴着开车用的面纱,穿着防尘外衣,不过老安妮在里面穿了一条紫色的丝裙。事实上,这件衣服改自我祖母的一件连衣裙,那是她见威尔士王子的时候老安妮给她做的。

蒸汽车开在路上的感觉美妙极了。它一小时可以开五十英里,在当时算很了不起了，不过为了老安妮的神经着想，我没放手开。我们上路的时候，人们还在教堂里做礼拜，后来，路上开始挤满了回家的马车。我非常礼貌，只是贴着它们缓缓行驶。倒是老安妮不想那么安静，她不停地说："给他们按一个。"她的意思是鸣喇叭，喇叭安在我那一边，由挡泥板下面的一个灯泡状部件控制。

她上次离开沃利时我肯定还没有出生。我们经过位于萨尔福特的那座桥（就是那座因为桥两边都有急转弯而发生过多起事故的老铁桥）时，她说那儿以前没有桥，人们得付钱让人摆渡过河。

"我可付不起，不过我可以踩着石头过河，只要提起裙子，蹚水过去就行了。"她说，"那年夏天这条河就有这么干。"

自然，我不知道她说的是哪一个夏天。

然后我们就到了。瞧那些大片的田地，树桩都哪儿去了？灌木丛呢？看这公路是多么笔挺，他们开始用砖盖房子了！那些跟教堂一样大的建筑又是什么？

谷仓，我说。

我大致知道去卡斯泰尔斯的路，但我本来以为一旦到了那儿，老安妮就可以告诉我具体该怎么走了。完全不是那么回事。我在主街上开了几个来回，期待她能发现什么熟悉的事物。"只要我能找到那家小旅馆，"她说，"我就知道后面的小路怎么走了。"

这是一座工业小镇，在我眼里不算非常漂亮。蒸汽车自然十分引人注目，我可以不熄火就大声询问去埃龙农庄的方向。靠着大声喊叫和比画，最后总算找到了路。我让老安妮留意路边的邮箱，但她正全神贯注地寻找那条小溪，最后还是我自己先看到埃龙的名字。我们拐上一条长长的小路,路的尽头是一座红色的砖房,还有几个让老安妮惊叹不已的谷仓。当时,这种带外廊和主窗的红砖房十分风靡,到处都在建这种房子。

"瞧那儿!"老安妮说。我以为她指的是小路旁边牧场里的一群奶牛,它们正匆忙从我们身边跑开。但她指的是一个长满野葡萄藤蔓的土堆,上面立着几根圆木桩。她说那就是她以前住过的小木屋。我说:"哦,好吧,希望你还能认出一两个熟人。"

周围的人不少。两辆走亲访友的马车停在树荫下,拴着的马正在吃着牧草。等到蒸汽车在侧廊边停下的时候,已经有不少人排着队等着看它。他们没有上前——连小孩都不敢跑上前来细细察看,不像城里的那些孩子。他们只是站成一列,紧闭双唇打量着它。

老安妮的目光盯着另一个方向。

她让我下车。下车,她说,问他们是否有一位乔治·埃龙先生住在这里,他是活着还是死了?

我照她的吩咐做了。其中一个人说,对,他还活着。他是我父亲。

是这样的,我带来了一个人,我告诉他们。我带来了安妮·埃龙太太。

那人说,是吗?

(信写到这里因晕厥发作去医院而被打断了,做了许多化验,花光了纳税人的钱。现在回头重读这封信,我惊讶于自己的啰唆,但又懒于重新开始。我还没有谈到您感兴趣的特里斯·埃龙,不过别急，马上就要谈到他了。）

老安妮的出现让那些人目瞪口呆，或许只是我的猜测。多年以来，他们一直不知道她去了哪儿，做了些什么，或者是否还活着。不过，千万别以为他们会一拥而上，激动不已地跟她打招呼。只有一位年轻人走了出来，他非常有绅士风度，先是扶老安妮下车，然后是我。他告诉我，老安妮是他祖父的嫂子，只可惜我们没有早几个月来。他的祖父本来一直很健康，脑子也很清楚，前一阵子还为当地报纸写过一篇文章，回忆他早年在此地的经历，然后他就病倒了。病已经好了，但他永远回不到从前了。他无法再说话，只会偶尔从嘴巴里蹦出几个字。

这个十分有风度的年轻人就是特里斯·埃龙。

我们到的时候，他们一定刚吃完饭不久。女主人出来，让他——特里斯·埃龙——问我们是否吃了饭。不知道的人还以为她或者我们不会说英语呢。他们都非常害羞。女人们把头发拢在脑后，男人们穿着深蓝色的礼拜日西装，小孩们说话结结巴巴。我希望你没有误会，以为我看不起他们。我只是从自己看待事情的角度出发，不理解他们为什么这么害羞。

我们被带到饭厅，里面有一股长年不用的陈旧味道，他们一定在别的房间吃晚饭。他们给我们端上了很多菜肴，我记得有腌萝卜、生菜沙拉、烤鸡、草莓和奶油。盘子是从橱柜里拿出来的瓷器，不是他们平常用的那些，上好的印第安树牌子。他们所有的东西都是成套的，豪华的客厅家具，核桃木的餐厅家具。我想，需要花上一段时间才能让他们适应这种奢侈。

老安妮十分享受被人手忙脚乱侍候的感觉。她吃了许多，连鸡骨头都啃到一丝肉都不剩。小孩子们在门口张望，女人们在厨房里窃窃私语，像在谈论一桩丑闻。我们吃饭的时候，那位叫特里斯·埃龙的年轻人坐下来喝茶陪我们，表现得十分客气。他滔滔不绝地谈了很多他自己的事，告诉我他是诺克斯学院的神学生。他说他很喜欢住在多伦多。我感觉他想让我明白，神学院的学生也不都如我所想象的那样尽是些书呆子，过着严苛的生活。他在海柏公园滑过雪橇，在汉兰角野餐，还在河谷动物园看过长颈鹿。在他说话的时候，孩子们胆子变大了一些，开始一个接一个地走进饭厅。我问了一些大家常问的白痴问题：你多大了？在学校里读什么书？喜欢你的老师吗？他鼓励他们自己回答，有时候也代他们回答，告诉我哪些是兄弟姐妹，哪些是堂表亲。

老安妮说："那你们喜欢你们的兄弟姐妹吗？"她的问话让大家觉得有些奇怪。

女主人回到客厅，又通过神学生跟我交流。她告诉他祖父已经起来了，现在就坐在前廊里。她看了一眼孩子们，说："你让他们进来这里做什么？"

我们又都来到前廊，那儿放了两张直背椅，一位老人已经占据了其中一张。他留着一大把漂亮的白胡子，一直垂到马甲下面，一张苍白、温顺的长脸，似乎对我们毫无兴趣。

老安妮说道："哎呀，乔治。"好像她期待看到的就是他这个样子。她在另一张椅子上坐下，对其中一个小女孩说："去，给我拿一个靠垫。拿一个薄一点的，垫在我的腰后面。"

一下午我都忙着用我的蒸汽车带人兜风。现在，我跟他们比较熟络了，不用再去问他们谁想兜风，或者用一大堆诸如"你对车有兴趣吗"这样的问题来轰炸他们。我到车子旁边，拍拍这儿或者那儿，好像它是一匹马。我检查了一下锅炉里的水，这时，神学生走到我身后，读出印在蒸汽车身上的字，"绅士跑车"。他问我这是不是我父亲的车。

是我的，我说。我给他解释锅炉里的水如何加热，它能承受多少气压——人们总是想知道它会不会爆炸。此时孩子们靠得更拢，我趁机说，锅炉里的水快空了，有没有什么办法让我加一些水。

大家匆匆忙忙去取水桶，还拿来抽水机。我问站在走廊上的男人们可不可以加水，他们说没问题，尽管加。我谢过他们。水一加满，我自然而然地问他们，要不要看我预热蒸汽。其中一个人说，也行。等的时候没有一个人表现出不耐烦的样子。男人们盯着锅炉，非常专注。显然，这可能不是他们第一次看到车，但应该是他们看到的第一辆蒸汽车。

照当时的习惯，我提议先带男人们去兜风。他们满心疑虑，看我摆弄那些按钮和拉杆，让我的宝贝跑车发动起来。十三种不同的东西要推拉！五点钟的时候，我们磕磕绊绊地上了路，一开始时速五英里，后来变成十英里。我知道他们有些难受，让一个女人开车载他们，不过好奇心占了上风。第二次我拉了一车孩子，都由神学生抱进来，叫他们抓牢，别乱动，别害怕，别掉了出去。因为对路况比较熟悉了,我开得快了一点。他们又害怕又兴奋,一路尖叫个不停。

有些当时的感受我没有说,现在决定把它说出来,这是马提尼的酒劲儿在作怪,这是我每天傍晚的享受。我还没有对你坦承当时遇到的麻烦,因为是些爱情的烦恼。那天我跟老安妮出发的时候,我就打定主意,要尽情享乐,要不对不住我这辆史坦利蒸汽车。我这辈子都照这么一条规则行事:任何时候都要尽情享受快乐,哪怕是不太可能高兴的时候。

我让其中一个男孩跑到前廊去叫他祖父,看他是不是也想兜一次风。他回来对我说:"他们俩都睡着了。"

准备启程回家以前,我得再把锅炉加满。就在我忙着加水的时候,特里斯·埃龙走过来,站在我身边。

"你让我们度过了难忘的一天。"他说。

我并非不屑跟他调情。事实上,漫长的调情生涯还在前面等待着我呢。一旦失恋让你放弃结婚的念头,与人调情便是一件再自然不过的事了。

我说他一回到多伦多的朋友堆里,就会把这一天忘得一干二净。他说不会,他永远都不会忘记,还问我是否能给我写信。我说没人会拦他。

回家的路上,我脑子里回味着我们刚才的交谈,心想要是他真的喜欢上我,那才是荒谬呢!一个神学生。当然,当时我完全没料到他会离开神学,转向政治。

"可惜埃龙老先生没法跟你交谈。"我对老安妮说。

她说:"不过,我可以对他讲话。"

特里斯·埃龙的确给我写过信,但他可能也有几分顾虑,因为他随信附寄了几份教会学校的小册子,关于给学校捐款的。我因此倒了胃口,没有给他回信。(多年后,我开玩笑说假如我当时抓住了机会,我可能就成了埃龙夫人。)

我问老安妮埃龙先生是否能听懂她的话,她说:"勉强可以吧。"我问她是否高兴再次见到他,她说是的。"他对能见到我也很高兴呢。"她说,语气里有些沾沾自喜的意味,可能是对自己的穿着和我的车。

那些日子里,路两边的树长得高大繁茂,我们就在弧形树冠下一路开回来。数英里之外就可以看到那片湖——光影闪烁中的匆匆一瞥,远隔着树木和山峦。老安妮问我是不是同一个湖,沃利旁边的那个?

当时有不少这样的老人,他们的脑子里充满各种稀奇古怪的想法,不过我想老安妮要比大多数人更甚。记得有一次她告诉我,救济所里曾经有个女孩,肚子上长了一个大疖子。疖子裂开后,里面是一个婴儿,只有老鼠那么大,已经没有生气了。不过她们把它放在烤箱里烤,它又变成了正常大小,还烤出了一层好颜色,然后它开始踢腿。(现在,你一定在想,让一个老太太回忆往事,得到的就是这么一堆破烂。)

我对她说绝对不可能,那一定是一个噩梦。

"也许是吧。"她说,终于同意了我一次,"我以前确实常常做这样可怕的梦。"

宇宙飞船着陆

尤妮·莫根失踪的那晚，瑞娅正坐在卡斯泰尔斯一家私人酒坊里——蒙克酒馆，一间狭小、简陋的木板房，墙上有半人高的泥渍，是河里周期性泛滥的洪水留下的。带她去的人叫比利·道兹，他坐在大桌的一头玩牌。另一头，几个人正聊得热火朝天。瑞娅远远地坐在墙角的一把摇椅上，旁边是一个煤炉。

"本能的呼唤——让我们姑且称之为本能的呼唤。"一个男人说。此前他说了一些有关大便的话，另一个男人要他注意用词。他们谁也没有看瑞娅，但她知道自己是那个男人说这话的原因。

"他爬到岩石上，回应本能的呼唤。然后他想，要是手边有一张什么就好了，尽管对此他不抱什么希望。结果他看到了什么？他看到地上到处都是这玩意儿，一张一张的。这不就有了吗！于是他捡起几张，塞进口袋里，心想，这么多，连下次的手纸都有了。他没再多想就回到了营地。"

"他在军队里吗？"说话的男人瑞娅认识。这人常在冬天帮学校铲人行道上的雪。

"为什么你会想到军队?我根本没提军队啊。"

"你说营地。那当然是军营了。"铲雪的人说。他叫丁特·梅森。

"我从来没说是军营,我说的是伐木营,在很远的魁北克省的北部。军队跑那儿去做什么?"

"我以为你说的是军营。"

"有人看到了他捡回来的东西,问,这是什么?他说,呃,我也不知道。你从哪里捡的?外面到处都是这玩意儿。那你觉得这是什么?我不知道。"

"听上去很像石棉。"说话的这个人瑞娅也面熟。他以前是老师,现在在卖可以无水烹饪的锅盆。他得了糖尿病,病情挺严重,据说阴茎头上总挂着一粒糖结晶。

"石棉。"讲故事的人说,有些扫兴的样子,"就在那儿,他们发现了世界上最大的石棉矿,因此发了大财。"

丁特·梅森又说话了。"发现石棉的人肯定没发财。我敢跟你打赌他没有,从来是这样,发财的人永远都不是那些最初发现财富的人。"

"有时候是的。"讲故事的人说。

"从来都不是。"丁特说。

"反正有人找到金矿,从中得了好处。"讲故事的人固执地说,"很多人发了财。他们找到了金子,然后就成了百万富翁,亿万富翁。比如说哈里·奥克斯,他找到了,想不当百万富翁都难。"

"他把性命搭了进去。"前面一直没吭声的一个人现在插嘴

253

道。丁特·梅森笑了起来,其他几个人也跟着笑了。卖锅盆的男人说:"百万富翁?亿万富翁?亿万富翁以后是什么?"

"把命搭进去了,这就是他得到的好处。"丁特·梅森在一片哄笑中尖声说道。讲故事的人双手按住桌子,拼命摇着。

"我没说他没有把命搭上!我没说他没有被杀死!我们现在谈的不是这个!我说的是他找到了,得了好处,成了百万富翁!"

大家赶紧抓住桌上的酒瓶和杯子,以免打碎,就连打牌的人也停下来大笑。比利背对着瑞娅,宽阔的肩膀在白衬衣下闪着微光。他的朋友韦恩站在桌子的另一边,看他们打牌。韦恩是一名联合教会牧师的儿子,家住邦代村,离卡斯泰尔斯不远。他跟比利是大学同学,日后打算成为一名记者。他已经有了一份工作,在卡尔加里的一家报社。就在那些人继续为石棉争吵不休时,他抬起头,与瑞娅的目光相遇。从那一刻起,他就一直含笑看着她,那微笑矜持而又执着。这不是他第一次与她目光相接,不过通常他不笑。他只是特意看她一眼,然后就将目光移开,在比利仍然侃侃而谈的时候。

蒙克先生挣扎着起身。不知是因病还是什么事故,他瘸了腿,走路得拄拐杖,身子几乎弯成了九十度,不过他坐着的时候与常人无异。他在一片笑声中站起来,身子几乎趴在了桌子上。

讲故事的人差不多同时站了起来。也许是不小心,他碰翻了自己的杯子,杯子当场摔得粉碎。周围的人开始起哄:"赔钱!赔钱!"

"下次再赔吧。"蒙克先生说。听到这么洪亮而温和的声音,而且是从那么瘦小残弱的身体里发出来的,人们立即安静了下来。

"一屋子混球,但没几个有脑子的!"讲故事的人一边嚷嚷,一边把脚下的玻璃踢开,时不时还踩到一些玻璃碴。他经过瑞娅的摇椅,匆匆向后门走去。他的拳头握紧又放开,眼里噙满了泪水。

蒙克太太拿来了扫帚。

一般情况下,瑞娅根本不会进屋。她会和韦恩的女友露西尔一起待在外面,在韦恩或者比利的车里等他们。比利和韦恩会进屋喝一杯,嘴上答应半小时后就出来(没人会把这半小时的许诺当真)。但是今晚——八月初的一个夜晚——露西尔生病了,在家休息,比利和瑞娅先去沃利跳了舞,跳完舞后他们没有停车,而是直接开车越过田野,来到了蒙克酒馆。蒙克酒馆位于卡斯泰尔斯镇的边上,比利和瑞娅也住在这一带。比利住在镇子里,瑞娅住在养鸡场,从这排房子沿着河往上走,过了桥就是。

比利在蒙克酒馆外看见了韦恩的车,跟它打了声招呼,好像它就是韦恩本人。"嘀——嘀——嘀,韦恩这小子!"他高声叫道,"先我们一步!"他搂了搂瑞娅的肩。"我们进去吧,"他说,"你也进去。"

蒙克太太给他们开后门的时候,比利说:"瞧,我把你的邻居也给带来了。"蒙克太太看了瑞娅一眼,好像她不过是路上的一块石头。比利·道兹看人很古怪。他喜欢给人归类,对没钱的人,他管他们叫"穷人"或者"工人阶级"(瑞娅只在书里见过这个词)。他把瑞娅和蒙克夫妇归在一类,因为瑞娅就住在山上的养鸡场里。但他不明白瑞娅的家人是不会把住在这些房子里的人当成邻居的。她的父亲一辈子也不会坐在这种地方喝酒。

瑞娅在进城的路上遇到过蒙克太太,不过她从不开口说话。她将有些花白的黑发盘在脑后,从不化妆。跟卡斯泰尔斯的大多数妇女不同,她至今还保持着苗条的身材。她的衣服朴素而整洁,不刻意显年轻,但也不像瑞娅心目中家庭主妇的衣服。今晚她穿了一条方格短裙,上面是黄色短袖上衣。她的表情永远不变,没有敌意,但十分严肃和专注,好像心头总压着幻灭和担忧的重负。

她将比利和瑞娅领到屋子中央的这间房里。比利拉开一把椅子,坐在桌边的几个男人才抬头注意到他。也许这儿有什么规矩。所有人都对瑞娅视而不见。蒙克太太从摇椅上拿起一堆东西,做了个让她坐那儿的手势。

"给你拿杯可口可乐?"她问。

瑞娅穿了一条暗绿色的舞裙,坐下的时候,里面的硬布衬裙发出窸窸窣窣的声响。她抱歉地笑了笑,但蒙克太太已经转身走开了。只有一个人注意到了这边的动静,那就是韦恩。他刚从前厅进来,听到声音,扬了扬眉毛,仿佛自己是她的同谋,一起做了桩什么亏心事。她永远搞不清韦恩是否喜欢她,即便是在沃利的露天舞会(按照规矩,他和比利每晚交换一次舞伴)跟他跳舞的时候。他搂着她的样子就好像她是一个包裹,他不需要对此负任何责任。他的舞跳得毫无生气。

通常,他和比利看见对方的时候会大吼一声,然后朝空中挥一下拳头，这次他们谁都不看对方。在年长的男性面前，两人都十分小心谨慎。

除了丁特·梅森和卖锅盆的男人以外，瑞娅还认识干洗店的马丁先生和殡仪馆的波尔斯先生。剩下的人中，有些看上去面熟，有些没见过。对这些人来说，来这里喝酒不是什么不体面的事。蒙克酒馆不是一个不光彩的地方，但它确实会给你留下一个小小的污点。人们觉得有必要提到它来解释什么，哪怕是个条件不错的男人。"他会去蒙克酒馆。"

蒙克太太给瑞娅拿来了可口可乐，不过没给她杯子，可乐也没有冰镇过。

刚才让瑞娅坐下之前，蒙克太太从摇椅上拿走了一堆衣服，它们已经喷了水，卷好了准备熨烫。看来他们也熨衣服，跟普通人家没什么两样。那张桌子上还可能擀过馅饼皮。这个房间也用来做饭——有一个烧柴的炉子，冷冰冰的，上面盖着报纸。夏天用煤油炉，空气里有股煤油味儿和灰泥的潮味儿。墙纸上有洪水的印渍。屋内简陋而整洁。百叶窗是深绿色的，一直垂到窗台上。墙角有一块锡帘，后面可能暗藏了一架老式送餐升降机。

在这间屋子里，瑞娅最感兴趣的就是蒙克太太了。她光腿穿着高跟鞋，在地板上哒哒哒地走个不停，去桌边，来回去放威士忌的餐具柜里取酒。她会在那儿停一会儿，把事情记在小本子上，像瑞娅的可口可乐啊，打碎的杯子什么的。然后再哒哒哒地走去后厅的储存室，回来时一手拿着一打啤酒瓶。她跟聋哑人一样机警而沉默，留神桌边的每一个信号，顺从而又面无表情地应对所有情况。瑞娅不禁想起关于蒙克太太的谣言，据说当某个男人发出另一种信号时，她会把围裙脱下放在一边，先他离开房间，走到前厅，那儿肯定有一个通向卧室的楼梯。屋子里的其他男人，包括她丈夫，都会装作什么也没看见。她会头也不回地上楼，任由跟在身后的男人盯着她包裹在教师裙里的美臀。然后，她不带丝毫犹豫或激情地躺到床上。这种毫无感情色彩的随时就绪，这种无所谓的从容应对，这种匆匆忙忙、在冲动中完成的钱色交易，给瑞娅带来一种羞耻的兴奋。

被男人紧紧地压在身下，几乎不知道是谁在干你，只管用一种隐秘的能力承受一切，一次又一次。

她想起她和比利被带进屋的时候，韦恩正从前厅出来。她想，倘若他是从楼上下来的呢？（后来他告诉她他一直在打电话——给露西尔打电话，他答应过的。后来她才相信那些谣言不是真的。）

她听见一个男人说："注意你的用词！"

"本能的呼唤，好吧，就这样，本能的呼唤。"

过了蒙克酒馆再往前走，第三栋房子就是尤妮·莫根家，那也是这条路上的最后一栋房子。尤妮的母亲说，大约在午夜时分，她听到关纱门的声音。虽然听到门响，她并没往心里去，以为尤妮是出去起夜。已经是一九五三年了，莫根家里还没有铺厕所管道。

当然，夜里他们也不会跑那么远去上厕所。尤妮和老妇人会蹲在草地上解决,老头则在门廊的尽头给绣线菊浇水。

接下来我肯定又睡过去了,尤妮的母亲说。后来我又醒了,心想好像一直没听到她回来。

她下了楼,在房子里走了一圈。尤妮的房间在厨房后面,不过天这么热,她随便睡哪儿都有可能。她可能在客厅的沙发上睡,也可能四仰八叉地躺在门厅的地板上,在那里能吹吹穿堂风,甚至会睡在门廊上一张挺不错的汽车椅里,那是她父亲多年前在公路的远处捡的。她的母亲四处找不到她,此时,厨房里的钟指向两点二十分。

尤妮的母亲回到楼上,把尤妮的父亲摇醒。

"尤妮不在楼下。"她说。

"那她在哪儿呢?"她的丈夫问,好像她该知道似的。她只能不停地摇他,不让他睡回去。他对新闻漠不关心,也没兴趣听别人说话,醒着的时候也不例外。

"起来,起来,"她说,"我们得去找她。"他最终让步,坐起来穿裤子和靴子。"拿上你的手电筒。"她吩咐道。他跟在她后面下了楼,经过门廊,来到院子里。他负责打手电,她指挥他往哪儿照。她领着他沿着小路来到屋后,厕所掩映在一大簇丁香花和醋栗灌木丛中。他们把手电筒往厕所里照了照,什么都没有;又朝粗壮的丁香丛里(简直可以说是树)张望了一阵。然后,他们沿着几乎消失在草丛中的小路朝河边走去。他们穿过一片变了形的铁丝网围栏,来到杂草丛生的河岸上。什么也没有。没人在那儿。

他们回到菜园子里，用手电筒照亮灰扑扑的土豆秧子和已经结了不少籽的大黄。老头用靴子抬起一片硕大的大黄叶，往下面晃了晃手电筒，他的妻子问他是不是疯了。

她记起尤妮有梦游的习惯，不过那已经是多年以前的事了。

她发现屋子的角落里有什么东西在闪着光，像一把刀子，或像一个穿盔甲的男人。"那儿，那儿，"她说，"往那儿照。那是什么？"结果只是尤妮的自行车，她每天上班骑的。

接着，母亲开始喊尤妮的名字，屋前屋后地喊。房前的李子树长得跟房子一般高了，树下没有人行道，只有一条土路将它们隔开。那些树干如守夜人一般挤在一块，又像一群歪歪扭扭的黑色动物。等待回应的时候，她听到一只青蛙的呱呱声，近得好像它就蹲在树枝上。往下再走半英里路，这条路会消失在一片沼泽田里，但这里的土质湿软得没法种庄稼，里面除了柳树丛和接骨木莓，就只有一些瘦弱的白杨。小路的另一头跟通向镇子里的路相接，穿过河，爬上小山坡，就到了养鸡场。河滩上是露天集会的旧址，战前就被沃利大集会所取代，留下一些废置不用的大看台。草地上还可以辨认出椭圆形的跑马道。

一百多年前，这一带就是小镇最初发展起来的地方。这儿有磨坊和客栈。然而，洪水迫使人们迁往高处。地图上还可以看到当年的房屋布局，道路也规划好了，但如今只剩下这一排房子还有人住。这些人要么太穷，要么太固执，不愿做出任何改变。或者他们是另一个极端，反正在此地只是临时居住，所以索性任由洪水侵袭。

他们放弃了——尤妮的父母放弃了。大约凌晨三四点左右，他们坐在厨房里，没有开灯。那样子看上去好像在等尤妮回来，告诉他们要怎么办。这个家总是尤妮说了算，尤妮不在的情形他们简直没法想象。十九年前，尤妮可以说是闯进了他们的生活。莫根太太以为是自己体型变了，变粗了——她本来就很粗壮，因此再胖一点也不怎么明显。她以为胃里面的折腾是人们常说的消化不良。她并不傻，知道孩子是怎么来的。只是那么久都没怀上孩子，她已经忘了这码事了。直到有一天，她在邮局里虚弱不堪，腹痛难忍，不得不要了一把椅子坐下，羊水就在这个时候破了。人们刚把她送到医院，尤妮那长满白色胎毛的小脑袋就露了出来。自从出生那刻起，尤妮就一直在吸引人们的注意力。

整整一个夏天，尤妮和瑞娅在一起玩耍，但她们自己并不觉得自己在玩。玩耍是别人问起的时候她们给的回答。那是她们生活中最严肃的一部分，其他时间里她们做的事都微不足道。当她们从尤妮家的院子里抄近路到达河堤之后，她们就变成了不同的人。两个人都叫汤姆。两个汤姆。汤姆对她们而言不仅仅是一个名字，而是一个名词，非男非女。它代表的是某个异常勇敢聪明却并不总是那么走运的家伙，但永远坚不可摧。汤姆们在进行一场永远不会结束的战争，对手是班纳西（也许尤妮和瑞娅在哪听说过报丧女妖[①]的故事）。班纳西沿河潜伏，可以幻化成强盗、德

[①] 英文为 Banshees，音同"班纳西"。

国人或骷髅的样子。他们诡计多端，习性古怪，会设陷阱、打埋伏、折磨偷来的小孩子。有时候，尤妮和瑞娅也能找到几个真正的小孩——麦凯家的孩子，在河边的房子里住过一阵子——然后说服他们同意被绑起来，用香蒲抽打。但麦凯家的孩子们对她们安排的故事情节不买账，很快就大声哭喊或者逃回家中。这样，河边又只剩下汤姆了。

汤姆们在河堤上建了一座泥巴城，城墙用石头加固来抵御班纳西的攻打，里面有一座宫殿、一个游泳池和一面旗帜。不过，班纳西趁两个汤姆出征之机将它夷为了平地（当然，尤妮和瑞娅也常常摇身变成班纳西）。班纳西里出现了一位新的首领，一位皇后，名叫乔伊琳达，她十分阴险狡诈。她在长在河岸边的黑莓里下了毒。两个汤姆在出征归来后非常饿，不小心吃了一些。毒性发作时，她们躺在青翠多汁的草丛中打滚，大汗淋漓。疼痛中，她们把肚子紧贴在河滩的泥巴上，泥巴温软得像刚做好的巧克力软糖。她们感到自己的内脏萎缩，四肢颤抖，不过还得爬起来，摇摇晃晃地去寻找解药。她们试着嚼了剑齿草，这种草名副其实，可以把人的皮肤划破。她们在嘴上抹了泥巴，还想过抓一只青蛙活吞，不过最后还是决定只有野樱桃才能救命。她们吃了一串非常小的野樱桃，嘴里酸得皱成一团，没办法，只得跑到河边去喝水。她们趴在布满淤泥的河边，周围睡莲朵朵，看不见河底。她们不停地喝啊喝，绿头苍蝇如箭一般从她们头顶飞过。最后，她们终于得救了。

快到傍晚的时候，她们从这个世界里退出，回到尤妮家的院子里,她的父母还在工作,或者又开始工作了,锄地、培土、除草。她俩则精疲力竭地躺在房子的阴凉处,好像刚刚游过了很多条河,爬过了很多座山。她们的身上有河水的味道,有脚下踩过的野蒜味和薄荷味,还有夏日杂草和臭水沟烂泥的腐味。有时候,尤妮会进屋给她俩拿些吃的东西——涂了玉米糖浆和黑糖蜜的面包。她从来不需要征求父母的许可,而且她总是给自己拿最大的那块。

她们并不是朋友,不是瑞娅日后所理解的那种朋友。她们从来不需要取悦或安抚对方。除了一起玩的游戏,她们也不分享秘密。并且她们的游戏不是秘密,其他人可以自由参加或退出。不过她们从不让别的孩子做汤姆,也许这就是她们共享的秘密。它存在于她们每日的亲密合作中,存在于同为汤姆的天性与危险之中。

尤妮从来不受父母支配,甚至不像其他孩子那样亲近父母。她的自作主张,她在家中无所忌惮的权力,都让瑞娅十分吃惊。当瑞娅说她得按时回家,得做家务或得换衣服的时候,尤妮总是十分生气,不相信她的话。尤妮的每一个决定应该都是自己做的。十五岁的时候,她决定不再上学,去手套厂找了一份工作。瑞娅可以想象她只是回到家中,对父母宣告了这一决定。不,连宣告都不会有。她只会在比平常晚回家的一个傍晚顺便一提。既然她开始挣钱了,便给自己买了一辆自行车。她还买了一架收音机,深夜在自己房间里听。她的父母也许会听到枪响,听到车辆飞驰而过的呼啸声。她可能会跟他们聊她听到的新闻,犯罪、意外事故、龙卷风和雪崩等等。瑞娅不认为他们会对这些事上心。他们太忙了,要做的事太多,尽管都是些季节性的事,在城里卖菜,养家糊口。蔬菜啊,覆盆子啊,大黄之类的。他们没有时间为别的事分心。

尤妮还没有辍学的时候,瑞娅每天骑自行车上学。因此,虽然她们走的是同一条路,却从来没有一起走过。瑞娅骑车经过尤妮的时候,尤妮常常会用挑衅和轻蔑的口吻朝她喊:"驾,马儿快跑!"现在,尤妮有了自己的自行车,瑞娅却开始步行上学了——当时学校盛行的观念是上完九年级还骑自行车的女孩子,一定又笨又可笑。但是尤妮会下车,跟瑞娅并排走,好像是特地为了照顾瑞娅才这么做的。

瑞娅却一点儿也不领情——她不想要她陪着。尤妮从来都是一道怪异的风景:与年龄不相称的大高个儿,又窄又尖的肩膀,一头直喇喇、毛蓬蓬的淡色金发,傲慢自负的神情,长长的宽阔的下巴。这个下巴使她的下半张脸看起来很厚实,连带着她的嗓音听起来也有点浑浊不清。她更小一些的时候,这些都不是问题,因为她坚信自己的一切都是好的。这种气势震住了许多人。但现在她差不多有一米八高了,她穿着宽松长裤,戴着印花头巾,脚上蹬着一双看上去像是男人穿的大鞋,再加上她虚张声势的声音和笨拙难看的步子,整个人看上去死气沉沉,和男人一样。她直接就从一个孩子长成了一个怪人。她用她那特有的、容易让人恼怒的语气和瑞娅说话:她是不是上学上腻了,她的自行车是不是坏了,她的父亲是不是没钱给她修啊。瑞娅烫了头发后,尤妮想知道她的头发怎么了。她之所以觉得自己可以对瑞娅这么说话,全是因为她们住在小镇的同一边,小时候一起玩耍过,尽管那段时光对瑞娅来说已经遥不可及,无关紧要了。最让瑞娅受不了的是她兴致勃勃地讲她从收音机里听到的那些谋杀、灾难和奇闻逸事。瑞娅觉得既无聊又恼火,她没法从尤妮那里搞清楚这些事是不是真的发生过,甚至闹不清尤妮自己是不是知道其中的区别。

尤妮,这件事上了新闻吗?还是只是一个故事?那些人是在麦克风前演戏还是在报道?尤妮!那件事到底是真的还是假的?

最后被这些问题弄得筋疲力尽的总是瑞娅,而不是尤妮。尤妮不过就是重新骑上她的自行车离开:"走咯!动物园见!"

毫无疑问,尤妮的工作很适合她。手套厂位于主街的一栋建筑物内,占据着第二层和第三层楼。天气暖和、窗户大开的时候,人们不但能听到缝纫机的响声,还能听到肆无忌惮的笑话、争吵和辱骂,以及女工们出了名的粗俗言语。她们的社会地位比女招待还要低,更不用说商店里的售货员了。她们干活的时间更长,挣的钱却更少,但并不因此觉得自己低人一等。远非如此。她们下楼时你推我搡,说说笑笑,一窝蜂地拥到街上。汽车飞驰而过时,她们对着车大喊大叫,不管车上的人她们认识不认识。她们给所到之处带去混乱,好像那是她们的权利。

无论是来自底层的尤妮·莫根,还是上层人士比利·道兹,他们都显示了一种相似的满不在乎,迟钝麻木。

高中的最后一年，瑞娅也找到了一份工作，每礼拜六下午在一家鞋店上班。早春的一天，比利·道兹走进店里，说他想要一双橡胶靴，就是挂在店外的那种。

他终于念完了大学，在家学习怎样经营道兹钢琴厂。

比利脱掉了鞋，露出里面穿着的上好的黑袜子。瑞娅告诉他，要是穿橡胶靴子的话，里面最好穿羊毛袜或工袜，这样脚才不会在鞋子里打滑。他问她店里是否也卖这样的袜子，假如有的话，他也想来一双。然后，他就问瑞娅是否愿意帮他把羊毛袜穿上。

这一切都是事先设好的圈套，他后来对她说。他既不需要靴子，也不需要袜子。

他的脚又长又白，味道非常好闻，有一股肥皂的芳香，还飘着淡淡的滑石粉香气。他靠在椅背上，高大、苍白、清爽、干净，整个人就像是用肥皂雕出来的。高高的额头，鬓角已经开始变秃，头发闪着光，象牙色的眼皮显得十分慵懒。

"你真贴心。"他说，然后邀请她晚上一起去跳舞。那是沃利本季露天舞会的开场舞。

打那以后，他们每个星期六晚上都去沃利跳舞。工作日他们不约会，因为比利得早起去工厂，跟他那个被称作"鞑靼人"的强悍母亲学习经营管理。瑞娅则要帮父亲和兄弟们操持家务。她的母亲在汉密尔顿的一家医院里住院。

"快看，你的心上人来了。"女生们在外面打排球时，看到比利开车经过学校就会这样对她说。在街上看到他也会这样说。事实的确如此。瑞娅只要看到他,看到他闪亮的头发,他随意搭放在方向盘上的强有力的双手,她的心就会怦怦直跳。每每想到自己突然被他选中,这种做梦都想不到的好运,她的心也会跳。她好像中了大奖,又好像自己就是一件奖品,浑身散发出蒙尘已久的光芒。走在街上,不认识的妇女会向她微笑,戴着订婚戒指的年轻姑娘也会叫着她的名字跟她搭话。每天清晨醒来,她都会有一种收到大礼的感觉,但这份礼物在夜间又被包好放进了礼品盒,她一时竟想不起里面装的究竟是什么。

比利带给她的光环无处不在,只有家里例外。这也不奇怪,瑞娅早就知道,家就是把你打回原形的地方。弟弟们会模仿比利给父亲敬烟的样子:"来一根长红香烟吧,塞勒斯先生。"他们会在父亲面前挥舞着一包想象的长红牌香烟。那过分的殷勤和洋洋自得的姿势,让比利·道兹显得愚蠢无比。他们叫他"傻蛋儿"。一开始是"傻蛋儿比利",然后是"傻蛋儿",最后就成了"蛋儿"了。

"别再为难你姐姐了。"瑞娅的父亲说。不过他自己却接过话茬,一本正经地问:"你打算在鞋店一直干下去吗?"

瑞娅说:"怎么了?"

"噢,我只是想,日后你会需要这份差事的。"

"为什么?"

"养活那小子呗!老太太一死,他就会把家里的生意整垮的。"

而比利从头到尾都在强调他是如何崇拜瑞娅的父亲。像你父亲这样的男人，比利说，勤勤恳恳，不贪图别的，只想把小日子过好。如此正派，脾气温和，心地善良，世界对像他这样的男人亏欠太多。

午夜时分，比利·道兹和瑞娅、韦恩和露西尔一起离开舞场，开着两辆车，一前一后驶上一条土路。土路的尽头是一个停车场，位于休伦湖的绝壁之上。比利开着收音机，音量调得很低。他总是开着收音机，哪怕他在给瑞娅讲一个很复杂的故事。他的故事都跟大学生活有关，派对、胡闹、惊险的恶作剧等等，有时甚至还会招来警察。也总少不了喝酒。一次，其中一人喝得烂醉如泥，趴在车窗上呕吐。酒精的毒性太大，整一面的车身涂漆都给毁掉了。故事里的人除了韦恩，其他的瑞娅一个都不认识。有时候出现个别女孩的名字，瑞娅就会打断他盘问。这些年来，她见识过不少比利·道兹从大学带回家的女孩子。她们总有让瑞娅着迷的地方，要么是长相或穿着，要么是那时髦的样子或柔弱的气质。现在，她必须得问个明白。克莱尔是那个戴着小帽子罩着面纱的姑娘吗？她的手上是不是常戴一双紫色的手套？教堂里的那个？那个留着长长的红头发、穿驼毛大衣的姑娘是谁？穿天鹅绒靴子和羔羊皮上衣的那个呢？

通常比利记不清谁是谁了。如果他还接着谈那些姑娘的话，也不见得会说什么好话。

停车的时候，有时候甚至还在开车的时候，比利会伸出一只手去搂瑞娅的肩膀，紧紧地搂一下，仿佛给她一个许诺。跳舞的时候也是。那种时候，他会毫不害臊地用鼻子去摩挲她的脸，在她的头发间留下一连串的吻。他在车里的亲吻要快得多。他吻她的速度和节奏,还有随之而来的咂巴声,都在告诉她这些吻不过是玩笑而已,至少是半开玩笑的。他用手指轻轻弹她,弹她的膝盖,她的乳尖,喃喃地说一些赞美话,然后开始自责,或者责备瑞娅,说他必须克制自己。

"你是个危险的姑娘。"他说。他的嘴唇紧紧地压住她的嘴唇,好像让两张嘴紧闭是他的职责。

"你真让我着迷。"他说。他说这话时的声音不再是他自己的,而是电影里某个衣冠楚楚、感伤颓废的男演员的声音。他的手滑到她的大腿之间,碰到丝袜以上的皮肤,然后又突然弹开,笑起来,好像她那儿太热或者太冷。

"不知道韦恩那边怎么样了。"他说。

俩人约好,隔一阵子,其中一人就得摁一下车喇叭,然后另一方摁喇叭回应。瑞娅起初不知道这个游戏是个竞赛,或者说完全不知道是什么样的竞赛。最后比利对这个游戏越来越在意。"你说呢?"他问瑞娅,眼睛盯着黑暗中韦恩的车身。"你说我是不是该摁喇叭了?"

开车回卡斯泰尔斯的路上,快到那家私人酒馆的时候,瑞娅有种想哭的感觉。也不知为什么,她觉得自己的胳膊和腿像是被浇上了水泥。如果她是一个人,肯定会立马昏沉沉地睡去。但她不是一个人,因为露西尔怕黑。比利和韦恩进了蒙克酒馆以后,瑞娅得陪着露西尔。

露西尔是个身材单薄的金发姑娘,她的肠胃很脆弱,皮肤十分敏感,月经也不规律。她对这些古怪毛病非常感兴趣,把自己的身体当成一只麻烦不断但珍贵的宠物,总是随身带着婴儿油,一有空就从包里拿出往脸上抹。那张脸不久前才被韦恩的胡茬蹂躏过。车里除了有婴儿油的味道,还隐约有一股生面团的味道。

"结婚以后我就让他把胡子剃掉,"露西尔说,"一结婚就剃。"

比利·道兹曾经跟瑞娅说过韦恩和露西尔的事。他说韦恩说过他跟露西尔一起都这么久了,他最终会娶她的,因为她会是一个好妻子。他说她不是世界上最漂亮的姑娘,也绝对不是最聪明的,但这两点恰好能让他在婚姻中拥有安全感。她不会有太多跟他讨价还价的余地,他这么说。她也不习惯有很多钱可以花。

"有些人可能觉得这样不地道,"比利说,"但也有些人觉得那是很实际的做法。牧师的儿子确实得现实一点,他得自己闯出一条路。不管怎么说,韦恩就是韦恩。"

"韦恩就是韦恩。"他重复道,语气里有一种庄重的愉悦。

一次,露西尔问瑞娅:"你怎么样啊?现在习惯了吗?"

"噢,当然了。"瑞娅说道。

"他们说不戴套的感觉更好。我想结婚后我就知道是不是真的了。"

瑞娅很尴尬,不好意思承认一开始并没明白她在说什么。

露西尔说结婚后她会用海绵和胶冻,听上去像是一道甜点,不过瑞娅没有笑。她知道如果自己发笑,露西尔会觉得受到冒犯。露西尔开始谈论由她的婚礼引发的争吵,关于伴娘们是戴阔边帽还是玫瑰花环。露西尔想的是玫瑰花环,本来一切都安排好了,谁知韦恩的姐姐烫了一个难看的发型,现在她想用帽子遮起来。

"她连朋友都算不上。她出席婚礼的理由只有一个,那就是她是他的姐姐,我没法不请她。她是个自私的人。"

韦恩姐姐的自私让露西尔急得起了疹子。

瑞娅和露西尔摇下了车窗透气。窗外是沉沉的黑夜,可以看到流经的河流。现在是水位最低的季节,河水在白色的大石头中流淌。青蛙和蟋蟀在歌唱,土路泛着微光向前延伸,通向无路可逃的前方。已经废弃的露天集会上,倒塌的大看台立在那里,犹如一座怪异的骷髅塔。瑞娅对这一切熟稔于心,却没法集中注意力。让她分神的不只是露西尔的话,不只是婚礼上的帽子。她是一个幸运的姑娘;比利·道兹选中了她,还有一位订了婚的姑娘正在向她推心置腹,她的生活可能会比所有人料想的还要好。然而为什么此刻她只觉得孤独和迷惘?好像她失去了什么,而不是得到了什么。好像她遭到了排斥。被什么排斥了呢?

∞

韦恩从房间另一边向她举手示意,意思是问她渴不渴。他给她又拿了一瓶可口可乐,然后一屁股坐在她身边的地板上。"我得在醉倒之前先坐下来。"他说。

只抿了一小口,也许是闻到的那一下起,甚至在闻到以前,她就明白那杯饮料里除了可口可乐,还加了别的东西。她觉得自己不能喝完，连一半都不能喝。她会时不时地抿上一小口，让韦恩知道他还没有灌醉她。

"怎么样？"韦恩问，"是你喜欢喝的饮料吗？"

"不错，"瑞娅说，"我什么饮料都爱喝。"

"什么都爱？那太好了。听上去你正是比利·道兹喜欢的那种姑娘。"

"他常喝酒吗？"瑞娅问，"比利？"

"这么说吧，"韦恩说，"教皇是犹太人吗？不是。等一下。耶稣是天主教徒吗？不是。接着说。我不想给你留下错误的印象，也不想显得太客观。比利是个醉鬼吗？他对酒精上瘾吗？他对屁股上瘾吗？我是说他对屁眼上瘾吗？噢，我又搞错了。我忘了自己在跟谁说话。请原谅，就当我没说。对不起。"

说这些话时，他用了两种奇怪的声音：一种尖锐异常，单调平板；另一种粗哑严肃。瑞娅以前从没听他说过这么多话，对哪种声音都毫无印象。通常是比利侃侃而谈。韦恩偶尔会蹦出几个词，几个本来无足轻重却因他的语气而变得重要的词。然而，他的语气通常十分空洞中立，脸上的神情也一片茫然。这让别人感到紧张，好像他竭力控制着自己不流露出轻蔑的样子。瑞娅见过比利在讲故事的时候，竭尽所能地夸大情节、添油加醋，甚至不惜改变故事的基调，只为了换得韦恩的赞赏声，以及他宽恕性的大笑。

"你千万不能因此认为我不喜欢比利，"韦恩说，"不，不。我绝不容许你有这样的想法。"

"但你确实不喜欢他啊。"瑞娅满足地说,"你一点也不喜欢他。"她的满足来自对韦恩的反驳。她正直视着他,仅此而已。他也让她紧张。他属于那种人:他们留给你的印象并不来自他们的个头、样子或身上的任何一部分。他并不是很高,紧实的身体在小时候可能有些矮胖,以后可能还会发胖。他有一张方方正正的脸。如果没有那圈泛着青光、扎伤过露西尔脸蛋的胡子,他的脸色可以说得上是相当苍白。他的黑发又直又细,常常落下来盖住额头。

"我不喜欢?"他吃惊地说,"我不喜欢比利?怎么可能?比利是这么好的一个人!你瞧他,坐在那里跟普通人一起喝酒、玩牌。你不觉得他很好吗?或者你有没有觉得奇怪,怎么有人可以一直那么好?一直。据我所知,他只有一个缺点,就是对过去的女友评价刻薄——别告诉我你没有注意到这点。"

他的手抓住瑞娅座椅的一条腿,开始摇晃。

也许是椅子摇得她有些头晕,也许是他一语道破了真相,她笑了起来。据比利说,戴面纱和紫色手套的姑娘嘴里有烟臭,另一个姑娘醉酒后会说脏话,还有一个有皮肤病,胳膊下长了一种真菌。比利告诉瑞娅这些时用的都是遗憾的语气,唯独提到真菌时咻咻地笑了起来。带着一些不情愿,一些内疚,但还是笑了。

"他确实没放过那些可怜的姑娘,"韦恩说,"毛茸茸的腿,呼出的口臭。你就不紧张吗?不过你看上去这么可爱干净。我猜你每天晚上都剃腿毛。"他伸手去摸她的腿,她正好在去跳舞之前剃了毛。"也许你在腿上抹那玩意儿?那种可以把毛发溶掉的？那东西叫什么来着？"

"尼特牌脱毛膏。"瑞娅说。

"尼特！就是这个。只是那玩意儿是不是有些难闻？有点发霉还是发酵或别的什么味道？酵母菌。这不是女孩子容易得的一种毛病吗？我是不是让你不好意思了？我应该做个绅士，再去给你买杯饮料。只要我还能站起来走路，我就可以再去给你买杯饮料。"

"这杯几乎没掺威士忌，"他拿着第二杯可乐对她说，"对你不会有什么害处。"她觉得第一句话可能不是真的，但第二句肯定不会有假。没什么能够伤害她，什么都逃不过她的眼睛。她知道韦恩不怀好意，不过，她挺开心。所有的困惑，跟比利在一起时那种迷惘的感觉都消失了。无论韦恩说什么，她自己说什么，她都想笑。她感到安全。

"这房子很可笑。"她说。

"它怎么可笑了？"韦恩说，"这房子到底怎么可笑啦？你才好笑呢！"

瑞娅低头看他摇摇晃晃的黑脑袋，大笑起来。他让她想起某种小狗。他很聪明，但身上有种固执得近乎愚蠢的东西。眼下他正不断用脑袋去碰她的膝盖，然后又猛地甩一甩头，免得头发遮住眼睛。在这些动作里面也有一种类似于狗的固执，还有悲哀。

她给他解释她觉得好笑的事情——中间却不停被打断，最后连她自己笑了，不知是否能把事情说清楚——那就是角落的墙上有一块铁皮挡板，她以为后面藏了一个通往地窖的送餐升降机，一升一降地给客人们送酒菜。

"我们可以趴在架子上,"韦恩说,"你想试一下吗?我们可以让比利放下绳子。"

她开始用眼睛寻找比利的白衬衫。就瑞娅所知,自他坐下以后,他就没有回头朝她看上一眼。韦恩现在坐到了她的正对面,这样就算比利回头,他也看不到瑞娅的鞋子只挂在她的脚尖上,而韦恩正用手指轻轻弹着她的脚底。她说她得先去一下洗手间。

"我陪你去。"韦恩说。

他抓着她的腿站起来。瑞娅说:"你喝醉了。"

"醉的又不止我一个。"

蒙克酒馆的后厅外有一个洗手间——事实上是一间浴室。浴缸里堆满了一箱箱啤酒——没有冰镇,只是存放在那儿。马桶的冲水功能还行。瑞娅本来有些担心马桶坏了,因为前面的人好像没有冲水。

洗脸池上方挂了面镜子,她看着镜中的脸,用决然和准许的口气对它说话。"由他去吧,"她说,"由他去。"她关了灯,走进黑暗的大厅,一双手立即搂住了她,引着她,推着她出了后门。她和韦恩抵住酒吧的墙,抓着对方亲吻。这时候,她感到自己被打开,然后又被关上,打开,再关上,开开合合,如同一架手风琴。她似乎还收到一个警告——来自远方,跟她和韦恩正在做的事无关。什么东西在挤着,又像是哼哼声,仿佛来自体内,又像在身体之外,总之想让她明白什么。

蒙克家的狗跑过来,在他俩中间嗅来嗅去。韦恩知道它的名字。

"趴下，罗里！趴下，罗里！"他一边吼着，一边撕扯着瑞娅的衬裙。

她的胃被紧紧地按住贴在墙上，警告声就是从那里传出的。后门开了，韦恩对着她的耳朵清楚地说了句什么——她永远也分不清这两件事哪个在前，哪个在后——然后他突然松开了手，她开始呕吐起来。之前她没有任何想吐的感觉。她趴在地上呕吐，五脏六腑好像都被拧成了一块烂抹布。吐完后，她浑身颤抖，好像发起了高烧。她的舞服和衬裙都溅上了呕吐物，湿湿的。

有人——不是韦恩——把她拉起来，用裙边擦了擦她的脸。

"把嘴闭上，只用鼻子呼吸。"蒙克太太说。然后她不知是对韦恩还是对罗里命令道："出去。"不管是给谁下命令，她的声音都是一个调子，既不同情也不责备。她拉着瑞娅绕过酒吧，来到她丈夫的卡车前，半举着她，把她塞进车里。

瑞娅说："比利。"

"我会跟你的比利说的。我会告诉他你累了。别再说话了。"

"我已经吐完了。"瑞娅说。

"这可不好说。"蒙克太太一边说，一边把车倒到路上。她开车载着瑞娅上了山坡，又开进她家的院子里，一路上再没说话。当她把车掉头后，她说："下车时当心，卡车比轿车高。"

瑞娅跌跌撞撞地进了屋，门也没关就上了厕所。她在厨房里踢掉鞋，光脚爬上楼梯，把裙子和衬裙卷成一团，塞到床下。

跟每个双周日一样，瑞娅的父亲起了个大早，去鸡窝收了鸡

276

蛋，然后准备动身去汉密尔顿。儿子们会跟他同去，他们可以坐在卡车后面。瑞娅这次去不了，因为父亲要捎上科里太太，卡车前面就没有座位了。科里太太的丈夫和瑞娅的母亲住在同一个医院。父亲带上科里太太的时候总是会穿上衬衣，打上领带，因为他们在回家的路上可能会去一家餐馆吃饭。

他过来敲了敲瑞娅的门，告诉她他们要出发了。"要是你闲得发慌，就把桌上的鸡蛋擦干净。"

他走到楼梯口，又折回来，隔着门对她喊："多喝水，喝得越多越好。"

瑞娅想对所有人尖叫，叫他们滚出去。她需要思考一些事情。那些事塞在脑子里，被屋子里的这些人堵着出不来，这就是为什么她的头这么疼。听到卡车的噪音慢慢在路上消失，她小心地下了床，又小心地下了楼，吃了三颗阿司匹林，喝了大量的水，然后也不看，随手在咖啡壶里放了一些咖啡。

鸡蛋装在六夸脱大的篮子里，放在桌上。上面沾着鸡屎，还有一些碎草，要用钢丝球来擦干净。

什么事？当然是说的话，韦恩对她说的话，就在蒙克太太从后门出来时。

要不是你长得这么丑，我还真想干你。

她穿上衣服。咖啡煮好后，她给自己倒了一杯，走出屋子，坐到仍然笼罩在幽暗晨光里的侧廊上。阿司匹林开始起作用了。现在，头倒是不疼了，脑子里却是一片空白，一片既清晰又模糊的空白，伴随着低低的嗡嗡声。

她并不丑。她知道自己不丑。可是你怎么能确定自己不丑呢？

如果她很丑的话，比利·道兹会跟她约会吗？不过比利·道兹总是为自己的好心肠感到骄傲。

但韦恩说这话的时候醉得厉害。酒后吐真言。

幸好那天她不用去见母亲。要是她从瑞娅嘴里套出实话——瑞娅对自己能不能藏得住话从来没把握——她一定不会叫韦恩好过的。她会给韦恩的牧师父亲打电话。不过激怒她的字眼一定会是"干"，而不是"丑"。她会把问题的重点彻底搞错。

瑞娅父亲的反应会更复杂一些。他会责怪比利不该把瑞娅带到蒙克酒馆那样的地方去。比利，还有他的狐朋狗党。"干"的部分自然会让他生气，不过更让他觉得丢人的是瑞娅。一个男人说他的女儿丑，做父亲的会觉得一辈子都抬不起头。

你绝不能向你父母透露丝毫你受到的真实羞辱。

她知道她不丑。她怎么能知道她不丑呢？

她没去想比利和韦恩，也没去想这件事对他俩的关系来说意味着什么。她对别人并不那么感兴趣。不过，她确实意识到韦恩在说那句话的时候，用的是他真实的声音。

她不想进屋，不想去面对那一篮脏鸡蛋。她下了走廊，沿着小路往前走，一路躲着阳光，低着头从一片树荫跑进另一片树荫。这里的每一棵树都不同，每一棵树对她而言都是一个里程标。小时候，每次父亲从镇上回家，她都要问母亲，到底能走多远去接他。母亲会说，走到山楂树那儿，走到山毛榉树那儿，走到枫树那儿。父亲会停下来，让她站到脚踏板上。

一辆车路过,朝她摁了摁喇叭。开车的人要么认识她,要么只是一个路过的男人。她不想再被人看到,于是便抄近路从地里走过去。这块地的杂草被鸡啄光后,还受到了鸡屎的滋养。地的另一头有她的两个弟弟盖的小树屋。其实不过是一个台子,树干上钉了几块板子让人爬上去。瑞娅这么做了,她爬上去坐在台子上。她发现她的弟弟还从茂密的树枝中开了几扇窗口,好侦查外面的情况。她可以看到下面的路,此刻可以看到几辆载着小孩的车正朝镇子里开去,把他们送到浸信会教堂上主日学校。车里的人看不见她。就算是比利或韦恩想来解释、道歉或责备她,他们也找不到她。

朝另一个方向看过去,她可以看到波光粼粼的河面和露天集会的一角。从这里也可以辨认出草丛中旧赛马场的痕迹。

她看到一个人正沿着赛道走着。是尤妮·莫根,还穿着睡衣。现在约莫是早上九点半左右,她穿着浅色——或许是淡粉色的睡衣,正沿着赛马道走着。她沿着赛马道一直走到转角处,然后上了旧河堤上的一条小路,立刻消失在灌木丛中。

尤妮·莫根的浅金色的头发向上翘着,头发和睡衣都在晨光中闪闪发光,如同长着羽毛翅膀的天使。不过她走路还是老样子,笨拙而自信——脖子朝前伸,胳膊自由地甩来甩去。瑞娅不知道尤妮在那里做什么,她对尤妮的失踪一无所知。尤妮的出现似乎既奇怪又自然。

她想起在炎热的夏季,自己曾觉得尤妮的头发像一团雪球,又像从冬天保存下来的冰丝,只想把头埋进去,凉快一下。

她想起发烫的草地、野蒜和变成汤姆后那种惊险莫名的感觉。

∽

她回屋给韦恩打了一个电话。她算准了他在家,而家里其他人应该都去了教堂。

"我想问你一些事,不过不想在电话上说,"她说,"爸爸和弟弟们都去汉密尔顿了。"

韦恩赶到时,她正在门廊上清洗鸡蛋。"我想知道你那句话是什么意思。"她说。

"什么话?"

瑞娅一手拿着一个蛋,一手拿着一小块钢丝擦,目不转睛地盯着他。他手扶栏杆,一只脚站在最下面的台阶上。他想走上来,不让太阳晒着,但她挡住了他的路。

"我喝醉了,"韦恩说,"你当然不丑。"

瑞娅说:"我知道我不丑。"

"我感觉糟透了。"

"不是因为那句话吧。"瑞娅说。

"我喝醉了。只是开个玩笑。"

瑞娅说:"你并不想跟她结婚,露西尔。"

他靠在栏杆上。她以为他不舒服,结果他缓过劲来,故技重施般地扬了扬眉毛,露出让人丧气的那种习惯性微笑。

"哦，真的吗？不是在开玩笑？那你打算给我什么建议？"

"给她留一张字条。"瑞娅说，好像他真的要她给建议似的，"然后开车，开去卡尔加里。"

"就这么简单？"

"要是你愿意，我可以陪你去多伦多。我可以在那儿下车，住进青年旅馆，然后找份工作。"

她当时就是这么打算的。后来，她也总是发誓她当时就是那么打算的。跟昨晚酒醉时相比，她觉得现在的自己更随心所欲，说出的话连自己都吃惊。她提出这些建议，好像它们是世界上最容易做到的事。要真正明白当时发生的一切，她说的话和做的事，可能要到几天——甚至好几周之后。

"你是不是从来不看地图？"韦恩问，"去卡尔加里根本不需要经过多伦多。你需要在萨尼亚穿过边境线，取道美国到温尼伯，然后再去卡尔加里。"

"那你就把我放在温尼伯，那样更好。"

"有一个问题，"韦恩说，"你最近做过精神测试吗？"

瑞娅没有退缩，也没有微笑。她说："没有。"

瑞娅看到尤妮时，她正朝家的方向走。她本来以为河堤十分开阔，结果惊奇地发现上面已经布满了荆棘。当她穿过层层荆棘，走进自家院里时，她的胳膊和额头上都有划伤的血迹，头发上也沾上了不少碎叶。一侧的脸因为贴在地上而变得脏兮兮的。

走进厨房，她发现父母、穆丽尔·马丁姨妈、警察局长洛曼·库姆斯和比利·道兹都在。她的母亲给穆丽尔姨妈打过电话后，父亲也坐不住了，说是要给道兹先生打电话。他年轻时在道兹工厂工作过，还记得大家遇到紧急情况时，总是会想到去找老道兹先生——比利的父亲。

"他已经死了，"尤妮的母亲说，"要不你给她打个电话？"（她指的是脾气急躁的道兹太太。）尤妮的父亲最后还是打了电话，叫来了比利·道兹。比利还没上床休息。

穆丽尔·马丁姨妈赶到后，马上给警察局长打了电话。局长说他一穿好衣服吃完早饭就赶过来，不过这段时间可不短。他不喜欢任何带来困惑或制造混乱的事情，也不喜欢任何逼他做出日后可能挨批或看上去愚蠢的事。厨房里的几个人中，他可能是最高兴的一个——看到尤妮安全返回并听她讲述自己的经历。这不再在他的职责范围内。既不需要后续跟进调查，也不需要指控谁。

尤妮说午夜时分，她家的院子里来了三个小孩。他们说想让她看一样东西，她问是什么东西，这么晚在这里做什么。她记不清他们是否回答了她。

她还没同意跟他们走，就发现自己被他们抬走了。他们把她从院角篱笆上的一个缺口里抬出去，沿着河堤上的小路往前走。她很惊奇小路变得如此开阔。她已经很多年没走这条路了。

带走她的是两个男孩和一个女孩，十岁左右的样子，穿同样的制服——那种带围兜和背带的泡泡纱日光服，清新干净得好像刚从熨衣板上拿下来。他们有着浅棕色的头发，又直又亮，可以说是世界上最干净、最礼貌、最令人赏心悦目的孩子了。但她又怎么知道他们的头发是浅棕色、衣服是泡泡纱做的呢？从屋子里出来的时候她并没有带手电筒。一定是那些小孩随身带了照明的东西。她有这个印象，但却说不出个所以然。

他们抬着她沿着河堤往下走，一直走到露天集会的旧址，然后把她带进一个帐篷。但她似乎一次也没有从外面看见过那顶帐篷，就突然被带到里面。她看到帐篷里面是白色的，又高又白，如同船帆一样飘动着。里面也很亮，不过她不知光线来自哪里。这顶帐篷——又或者说建筑或者别的什么东西——的一部分是用玻璃做的。是的。肯定是绿色的玻璃，那种非常淡的绿色，好像嵌进船帆的镶板。地板可能也是玻璃的，因为她赤着脚，感觉像是走在某种既凉爽又光滑的表面上——绝不会是草，更不是碎石头。

后来，报纸上印过一幅画，一位艺术家凭借想象力画了类似于飞碟里的帆船那样的东西。然而尤妮并没有把它叫作飞碟，至少没有在事情刚发生之后。对于后来在报刊上或者书里面印出的故事，她也保持了沉默。这些故事讲外星人如何俘获和研究了她的身体，抽取了她的血液和体液，或许还偷走了她一粒秘密排出的卵子，让它在异域空间受精。交配或不为人察觉或轰轰烈烈，总之我们不得而知。尤妮的基因就这样融入了入侵者的生命循环之中。

她被安放到一把椅子上，之前她并没有注意到它的存在，也说不清它到底只是一把普通的椅子还是一个宝座。然后，这些孩子们就开始给她的身体织纱罩，那是一种类似于蚊帐的东西，轻柔但坚韧。三个孩子围着她忙个不停,又是缠又是织,却从来不会互相撞到彼此。那时她早就已经没有问问题的劲头了。"你们到底在做什么?""你们是怎么到这儿来的?""你们的大人都在哪儿?"像这样的问题已经滑到她说不清的某个地方去了。这中间可能传来过一些轻轻的哼唱声,钻进她的脑子,让她有一种说不出的安心和惬意。一切都显得再正常不过。你没法对任何事情提出疑问,最多不过像是在厨房里问上一句:"那把茶壶怎么跑到这儿来了?"

醒来后,她的周围没有任何东西,身上也没有任何东西。天已大亮,她躺在炎热的阳光下,躺在露天集会硬邦邦的地上。

∞

"太棒了。"比利·道兹听尤妮讲述的时候不停地赞叹,眼睛就没从她身上离开过。没人知道他的赞叹是什么意思。他身上一股酒味,不过表情清醒而专注。说专注都还不够,简直可以称得上是着迷。尤妮奇妙的经历,她那潮红的、沾着灰的脸蛋,还有声音里那种自负的语气,似乎都给了比利·道兹极大的满足。多么欣慰,多么幸运,他可能这样自己说。这个世界上竟然还有一个如此安静、如此古灵精怪的可人儿,而且就在自己身边。太棒了。

他的爱——比利特有的爱——可以喷涌而出,满足尤妮自己都没有意识到的需要。

穆丽尔姨妈说该给报社打电话了。

尤妮的母亲说："比尔·普洛特现在不是应该在教堂吗？"她说的是《卡斯泰尔斯守卫报》的编辑。

"比尔·普洛特可以坐坐冷板凳了，"穆丽尔姨妈说，"我要给伦敦的《自由报》打电话！"

她这么做了，不过没有找对人。现在是星期天，她只跟值班的门卫说了几句话。"他们会后悔的！"她说，"我会越过他们，直接把电话打给多伦多的《星报》！"

她接手了尤妮的故事。尤妮任由她这么做，似乎非常满意。讲完故事后，她一动不动地坐着，脸上带着一种漠不关心的满足。她好像没想到会有谁来照顾她，保护她，待她以尊重和善意，无论之前发生了什么。而比利·道兹已经拿定主意，这些事情以后就由他来做了。

尤妮获得了一些名气。记者们来了。还来了一位写书的作家。一位摄影师给露天集市拍了不少照，特别是曾经的赛马道，现在变成了太空船留下的痕迹。有一张照片拍的是荒废的大看台，说是在太空飞船着陆时被撞倒的。

那时候人们对这样的故事津津乐道，后来，大家的兴趣就淡了。

"谁知道当时到底发生了什么？"瑞娅的父亲在寄给卡尔加里的一封信中写道，"可以肯定的是，尤妮·莫根没有从中捞到一分钱。"

这封信是写给瑞娅的。瑞娅和韦恩到卡尔加里没多久就结婚了。当时,只有已婚夫妇才能租一个公寓住在一起,至少在卡尔加里是这样,而且他们发现自己已经不愿分开了。在未来的日子里,大多数时候他们都是这么觉得的,当然他们也讨论过分开的可能性,甚至以此要挟过对方。也试过一两次,但都很快收场。

韦恩离开报社进了电视台。许多年里,你可能都会在晚间新闻里看到他,在国会山庄冒着雨或顶着风雪,报道真真假假的新闻。后来他成了驻外记者,在世界各地做着同样的事情。再后来,他变成了这些人中的一员:他们待在家里,讨论新闻的意义以及谁在撒谎。

(尤妮爱上了电视,但从来不看韦恩的节目。她讨厌这种只有人说话的节目,一碰到这样的节目就立即换台,换到有实际事件发生的节目。)

在一次回到卡斯泰尔斯的短暂探亲中,瑞娅去了墓地,想看看自她上次巡视之后是否有新人迁入。她在一块石碑上发现了露西尔·弗拉格的名字。不过别紧张——露西尔并没有死。死的是她丈夫,露西尔不过是把她的姓名和生日提前刻到了同一块石碑上。碑刻的价格不断上涨,许多人都提前把墓碑刻好。

瑞娅记起了帽子和玫瑰花蕾,心头涌起一阵对露西尔的昔日柔情。

此时瑞娅和韦恩已经在一起生活了大半辈子。他们一共生了三个孩子,中间有过十五个情人,如果都算上的话。现在,突然之间,他们吃惊地发现,过去的一切喧嚣和成就,对人生模糊而又生机勃勃的期待,都如潮水一般退去了。她知道他们开始老去了。就在墓地里,她大声说道:"我适应不了。"

他们去拜访了道兹夫妇,他们一直都是朋友——在某种程度上。两对夫妇一起开车去了露天集会的旧址。

在那儿,瑞娅把那句话又说了一遍。

河边的房子都不见了——无论是莫根的家,还是蒙克酒馆。小镇最初选在这儿就是个错误。现在一切都消失了,剩下的只是一片涝区,由毕里格林河务局管理。那里什么都建不了。一片空旷的草地,一条修剪齐整、开发良好的河堤。除了几株挺立的老树,别的什么也没有留下。树上的叶子仍然青翠,但空气中弥漫着一股金色的湿气,把它们压得沉甸甸的,这是九月的一个下午,再过几年这个世纪就将成为历史。

"我适应不了。"瑞娅说。

现在,他们的头发已经全白了,四个人都是如此。瑞娅变成了那种清瘦敏捷的女人。她教母语为非英语的学生英语,这样的工作正好让她活泼的性格和口才派上用场。韦恩也很瘦,留着优雅的白胡子,举止温和。他不上电视的时候,看上去像一名西藏的僧侣。而镜头前的他却显得非常刻薄,甚至冷酷。

道兹夫妇俩身材高大、优雅持重,他们的面色年轻而红润,皮肤下面垫着一层健康的脂肪。

比利·道兹对瑞娅的激动回以微笑。他四下张望,脸上的赞许显得有些心不在焉。

"岁月不饶人啊。"他说。

他留意到妻子那旁人难以觉察到的嘟囔声，拍了拍她宽阔的后背。他告诉她他们马上就回家，这样她就不会错过她每天下午必看的电视节目。

瑞娅的父亲是对的，尤妮的经历没有给她带来任何收入。他对比利·道兹的预见也是对的。比利的母亲去世后，钢琴厂的问题接踵而至，最后只得把厂子卖掉。不久，从他手中买过工厂的人也破产了，钢琴厂就此倒闭。卡斯泰尔斯不再出产钢琴。比利去多伦多找了一份工作。据瑞娅的父亲说，他的工作跟精神分裂症有关，又或者是毒瘾或基督教。

实际上，比利是在帮助问题人士过渡的疗养院和老人之家工作，韦恩和瑞娅都知道这点。比利维系了与他们的友谊。他也保持了自己与尤妮的特殊交情。在他的姐姐碧饮酒过量、生活无法自理以后，他雇了尤妮帮忙照看。（比利后来一直滴酒不沾。）

碧去世后，比利继承了家里的房产，并把它改造成一家护理院，专为那些还没严重到卧床不起的老人或残疾人提供服务。他希望把它办成一家充满人性关怀的护理院，能为那些人提供舒适的生活、悉心的照料和适当的娱乐。他为此特意搬回了卡斯泰尔斯，一心一意经营这家护理院。

他向尤妮·莫根求了婚。

"我不希望有任何事发生，任何事。"尤妮说。

"噢，亲爱的！"比利说，"噢，我最亲爱的尤妮！"

破坏者

I

"莱莎,亲爱的,我一直还没来得及写信感谢你。去年二月,你顶着暴风雪(也许是在暴风雪过后)去帮我查看房子(可怜的迪斯默尔①啊,现在它终于名副其实了),还告诉我房子里发生的事。我也要感谢你丈夫用雪地摩托车载你过去,我猜也是他用木板钉住毁坏的窗户,防止凶猛的野兽进屋。不要把财宝积攒在地上,那里有虫蛀尘蚀,更别提还有少年的破坏。②莱莎,我听说你现在是一名基督徒了,多棒啊!你经历重生了吗?我一直很喜欢听这句话。

"噢,莱莎,我知道自己又在唠叨了,不过,一想到你和可怜的小肯尼,我就会想起你们俩还是被晒得黑黑的漂亮小孩的时候,你们会突然从树林后钻出来,吓我一大跳,然后又一个猛子扎进水塘。

---

① 原文为Dismal,有"凄凉、阴沉、可怕"之意。
② 此处改写自《马太福音》6:19。

"拉德纳在手术前的那晚（也许是更前一天的晚上，反正就是我给你打电话的那晚）对自己的死毫无预感。现在，已经很少有人因为简单的心脏搭桥手术死掉了，他也确实没想到自己会死。他只是担心自己是不是忘了关水龙头诸如此类的事，越来越爱为这些琐事操心，这是变老的一个表现吧。不过考虑到水管可能会爆掉这样的灾难性后果，这也不能算是小事。当然灾难还是发生了。我回去看过一次，奇怪的是，那儿的一切看上去十分自然。拉德纳死后，那地方好像就该是那个样子。假如将它清理整修一番，事情反而不自然了，尽管我最终得自己动手或者雇人来那么做。有时候，我真想划根火柴，让一切在浓烟中化为灰烬。假如我真这么干了，肯定会被关起来。

"从某种意义上讲，我希望把拉德纳火化了，但当时没想到这个。我只是将他葬在道兹家的墓地里，好让我父亲和继母大吃一惊。我要告诉你，我前两天做了一个梦！我梦见自己在加拿大轮胎五金公司的后面转悠。他们支着塑料大顶篷，春天促销户外花草时搭的那种。我把车开过去，打开后车盖，就像每年买鼠尾草和凤仙花时那样。其他人也在排队，系着绿围裙的几个男人从篷子里进进出出。一个女人对我说：'七年真是一晃就过去了。'她好像认识我，但我对她毫无印象。我想，这种事怎么老发生在我身上？是不是因为我在学校里教过一阵子书？还是可以礼貌地将之归结为我的生活方式？

"忽然间，我明白了七年的含义，明白了自己在那儿做什么，其他人在那儿做什么。他们都是来领遗骨的。我来是为了领拉德纳的骨头，梦里他已经下葬了七年。但转念一想，这不是希腊或者别的什么地方的风俗吗？为什么我们这儿也有了？我问某个人，难道墓地现在人满为患了吗？怎么我们也开始有这种风俗了？这不是异教徒或者基督徒或者别的什么教的风俗吗？听我说话的人看上去有点不高兴，好像受到了冒犯。我心想我这是怎么了？我在这个地方生活了一辈子，现在还有人给我这种眼神，是因为'异教徒'这个词吗？这时，一个男人递给我一个塑料袋，我满怀感激地接过来拿在手里，脑子里想着拉德纳强健的腿骨、宽阔的肩骨、聪明的颅骨，它们一定都被藏在塑料顶篷里的洗刷工具洗得干干净净，擦得亮亮的了。这似乎在暗示我们之间的感情得到了净化，但比这个想法更有趣，更微妙。我高兴地接过属于我的那袋东西，其他人也高高兴兴地领到他们的。事实上，有人还兴高采烈地把塑料袋往空中抛去。有一些袋子是明亮的蓝色，不过大多数是绿色。我的也是那种普通的绿色。

'噢，'有人问我，'你领到的是那个小女孩吗？'

"我明白那人的意思，小女孩的骨头。我注意到我的袋子确实特别小，特别轻，根本装不下拉德纳——我是说拉德纳的骨头。什么小女孩？我心想。但周围的一切让我感到困惑，我开始怀疑自己是在做梦。然后我突然想到，他们是说那个小男孩吗？我一醒过来就想到肯尼，难道那场事故已经过去七年了？（我希望提到肯尼不会让你难过，莱莎，我也知道事故发生时，肯尼已经不再是个小男孩了。）醒来后我想，这事我得去问问拉德纳。其实在梦醒以前，我已经很清楚拉德纳不在我身边了，对他的感觉,他的体重、体温和味道都不过是我的记忆。但刚睡醒的那会儿,我还是有那种感觉,好像他就在隔壁房间,我可以叫他,告诉他我做的梦或者任何事情。然后,我意识到不是那么回事了,每天早上都是如此,这让我感到一股寒意。我感到自己在萎缩,胸口上好像压着几块木板,压得我无法起床。对此我已经习以为常。不过此刻我并没有这种感觉,我只是在向你描述。事实上,现在我坐在这儿,喝着红酒,心情还不错。"

这是一封碧·道兹从来没有寄出的信,其实这封信根本就没有写完。在她位于卡斯泰尔斯那栋年久失修的大房子里,她进入一种饮酒沉思的状态。在别人眼里,这或许是一种缓慢的衰败,对她来言却是一种忧伤的愉悦,好像大病过后的康复期。

碧·道兹是在一个礼拜天跟彼得·帕尔开车兜风时认识拉德纳的。彼得·帕尔是一位科学老师,也是卡斯泰尔斯高中的校长。碧有一阵子在那里代过课。她并没有教师执照,不过她有英语文学的硕士学位,那时候还没现在管得这么严。有时候,学校有短途旅行时也会叫她去帮忙,带一个班级去参观安大略皇家博物馆,或者去斯特拉福德参加一年一度的莎士比亚节。一发现自己对彼得·帕尔产生了兴趣,她就开始避开此类活动。她希望把自己和他的关系处理得体,这也是为他好。彼得·帕尔的妻子患多发性硬化症,长期住在护理院,他一如既往地去看她。每个人都觉得他是个值得尊重的男人,大多数人也理解他需要有一个稳定的女朋友(碧说她觉得这个词很可怕),不过也可能有人对他的眼光表示遗憾。碧说自己的生活几经起伏,不过彼得让她安定下来——他的正派、积极向上和好脾气把她带入一种正常有序的生活。她觉得自己喜欢这样的生活。

当碧说自己的生活几经起伏时,她用的是一种嘲讽或轻蔑的语气,但那并不代表她对以往风流韵事的真正态度。那种生活始于她的婚姻。她的丈夫是一位英国空军士兵,二战时驻扎在沃利附近。战后她跟他去了英国,但不久两人就离了婚。回家后她尝试了很多不同的事情,比如给她的继母当管家,攻读硕士学位,不过她生活的主要内容是谈情说爱。她知道自己对过去那些感情的嘲弄是不诚实的。它们既甜蜜又辛酸;她在恋爱时既快乐又痛苦。她知道在酒吧里等一个永远不会现身的男人的滋味。等待书信,当众痛哭,当然也被她不再眷恋的男人纠缠。(她曾经被迫从轻歌剧协会辞职,只因一个傻瓜用男中音对着她独唱。)尽管如此,当爱情来临时,她仍然能感受到它发出的第一个信号,如同皮肤上感受到的阳光的暖意,门缝里传出的音符,或者像她常说的那样,黑白电视的广告突然迸发出五彩的色泽。她不觉得自己在荒废光阴。她不觉得自己荒废过任何光阴。

她确实觉得并且承认自己很虚荣。她喜欢赞美和关注。比如,彼得·帕尔让她生气的一件事是,每次他开车带她去乡下兜风,都不是为了和她单独在一起。他是个讨人喜爱的男人,也喜欢很多人,哪怕是刚认识的人。他和碧的外出最后总是变成对某个人的拜访,要不就是在加油站碰到一个从前的学生,现在在那儿工作,俩人一聊就是一个小时。或者加入某个郊游活动,而那帮人不过是他们在一家乡村小店里买冰激凌蛋筒时才认识的。她爱上他是因为他那不幸的处境,他豪爽和孤独的气质,还有他薄唇上一抹羞涩的微笑。但实际上他是个社交上瘾的人,那种看见别人在自家院里打排球就会忍不住跳下车,不加入就浑身难受的人。

五月的一个礼拜天下午,阳光耀眼,草木新绿,他跟她说他想花几分钟去顺道拜访一个叫拉德纳的男人,只需几分钟(对彼得·帕尔来说,每次都只要几分钟)。碧以为他在别处见过这个男人,因为他对他直呼其名,似乎非常了解他。他说拉德纳战后不久就离开英国来到了这儿。他在英国皇家空军服过役(对,跟她的丈夫一样!),他的飞机曾被打下,他的半边身子给烧得体无完肤。因此,他决定过一种隐士般的生活。他远离了那个他认为充满了腐败、战争和竞争的社会,在此地北边的斯特拉顿小镇买了四百英亩的荒地,那片地上大部分是沼泽和灌木丛。他在这块地上修建起小桥和小路,在溪流上筑坝围塘,一路展示栩栩如生的鸟类和动物标本,把荒地变成了一个令人叹为观止的自然保护区。他靠制作动物标本谋生,主要是为博物馆工作。对穿过小路参观他的标本的人,他分文不收。这个男人受过最残忍的伤害,对世界完全幻灭,过着隐居生活,然而他却通过关心自然来倾其所有回报这个世界。

碧后来发现,这些传言大部分都是假的,或者说只有部分是真的。拉德纳完全不是什么和平主义者——他支持越南战争,相信核武器的威慑力量,崇尚社会竞争。他也只有脸和脖子的一边被烧伤,而且是在法国卡昂附近的一次地面战中被炮弹炸伤的（他在陆军服役）。战后他并没有马上离开英国，而是在一家博物馆工作过多年，直到发生了一件事——碧一直没弄清是什么事——那件事让他对工作，对那个国家彻底倒了胃口。

他的地产是真的，在地产上做的那些事也是真的。他也的确是一位标本制作师。

碧和彼得花了些工夫才找到拉德纳的房子。房子隐藏在树间，是当时流行的那种简陋的尖三角小木屋。最后，他们终于发现了车道，把车停好，下了车。碧本以为自己会被介绍给他，然后被领着四下走走，而这一两个小时将会相当无聊，也许会坐下喝点啤酒或茶，听彼得·帕尔巩固他们的友情。

拉德纳从屋后现身，径直朝他们走来。碧觉得他身边好像有一条凶狗。结果不是那么回事儿，拉德纳没有狗。他本人就是一条凶狗。

拉德纳对他们说的第一句话是："你们想要什么？"

彼得·帕尔说他也不会跟他兜圈子。"我听了很多关于你的传言，说你把这个地方建得如何美妙，"他说，"我也直说吧，我是一位教育工作者。我教高中生，或者说试图教他们。我想传递给他们一些看法，这样等他们进入社会时，他们才不会把这个世界弄得一团糟，或者干脆一炸了之。然而放眼四望，周围除了坏榜样还有什么？简直没有一个正面的例子。这就是为什么我斗胆来见你。先生，我来的目的就是想请你考虑一下我的提议。"

校外考察。经过选拔的学生。见证个人是如何对世界做出改变的。尊重自然，协调环境，亲身体验的大好机会。

"哦,我不是什么教育工作者,"拉德纳说,"你的那些青少年也不关我事。这世上我最不想要的就是让一帮蠢货跑到我的地盘上,一边抽着烟,一边跟白痴一样四下晃悠。我不知道你是怎么得出这个印象的,觉得我在这儿的所作所为是为了什么公益,这是我最不感兴趣的事。有时候我确实允许人们从这儿经过,但他们必须是我自己选定的人。"

"好吧,我就想知道我们俩行不行,"彼得·帕尔说,"就我们俩,今天——你会让我们参观一下吗?"

"今天绝对不行,"拉德纳说,"我要在小路上干活。"

回到车里,彼得·帕尔一边把车朝碎石路上开,一边对碧说:"哎,我觉得也算是认识了,你说呢?"

这不是玩笑话。他不开这一类的玩笑。碧含糊地鼓励了他两句。但此刻——也许是几分钟前,在拉德纳的车道上——她意识到她跟彼得·帕尔不是一条道上的人。她不再需要他的温和、善意、困惑以及努力。过去吸引她、抚慰她的一切,现在都或多或少化为了灰烬。现在,她见过他跟拉德纳放在一起的样子了。

当然,她可以自欺,但那不是她的天性。即便在循规蹈矩了这么多年后,她还是没有养成那样的天性。

那时,她有一两个朋友,她会给她们写信,而且也将信寄出。她会在信中试图探究并解释她生活中的这个转折。她写道,她绝不认为她去找拉德纳是因为他性情粗暴,还带那么一点野蛮人的习气。也不是因为他脸上的伤疤在树隙透出来的阳光中发出金属般的光芒。她厌恶这样的想法。难道这不是所有空虚无聊的爱情故事中的情节吗——某个野兽般的男人赢得了女人的心,然后好好先生被甩?

不,她写道。不过她确实相信——她知道这种想法很落伍、很糟糕——她确信有一类女人,像她这样的女人,可能总在寻找一种可以包容她们的疯狂。如果不能活在一个男人的疯狂中,那又怎么能说是在跟他一起生活呢?一个男人的疯狂可以十分平庸无奇,比如对某个球队的热衷。但这或许还不够,不够强大——一种不够强大的疯狂只会让一个女人不满足,脾气变坏,就像彼得·帕尔,他的好心肠和满满的信心在一定程度上也达到狂热的程度,但归根结底,碧写道,那种疯狂不适合我。

那么,拉德纳给她的又是一种怎样的能让她安居其中的疯狂呢?她不仅仅指了解豪猪习性并认同其重要性,也不光是指给一些闻所未闻的杂志写措辞强烈的信。她还指自己能够在艰苦的环境里生活,对貌似轻蔑的冷淡安之若素。

在最初的半年里,她是这样解释自己的情况的。

也有过几个女人以为自己能应付同样的情况,她发现过她们留下的蛛丝马迹。一条皮带——二十六码的尺寸,一罐可可黄油,精致的发梳。他没让其中任何一个留下。为什么不是她们而是我?碧问过他。

"她们没有一个人有钱。"拉德纳说。

一句玩笑话。我听够了玩笑话。(现在她只在脑子里写信了。)

然而,在初次相遇的几天之后,她趁学校开课开车去找拉德纳时是一种什么样的状态呢？渴望和恐惧。她对穿着丝质内衣的自己感到怜悯。她牙齿打战，为屈服于这样的情欲感到羞愧。这种欲望以前不是没有过——她不会骗自己说没有，现在这种感觉跟以往还没有什么不同。

那地方她不费吹灰之力就找到了。她一定是把那条路牢记在心了。她已经编好了借口，就说自己来找一个出售灌木幼苗的地方，迷了路。这个借口跟季节正好吻合。拉德纳在外面干活，修理树前面的排水沟。他淡淡地跟她打了个招呼，既不惊讶也没有不高兴，省了她做过多的解释。

"等我把活儿干完，"他说，"只要十分钟就够了。"

碧从来没有过这样的体验——这样看一个男人干体力活儿，完全忘了旁人的存在。他的活儿又干得这么漂亮，既齐整又充满节奏，没什么比这一幕更让人热血沸腾的了。拉德纳身上没有任何多余的东西，不管是赘肉还是多余的精力，更没有不必要的废话。他的白发剪得很短，还留着年轻时的发型——他的头顶银光闪闪，跟他脸上那块发出金属光泽的伤疤一样。

碧说她同意他对学生们的看法。"我在学校里代过一些课，也带他们出去旅行过。"她说，"有的时候，我真想放出一群猎犬，把他们统统赶进垃圾坑。"

"我希望你不要误以为我是来说服你的，"她说，"没人知道我来这儿。"

他过了一会儿才回答她。"我觉得你一定想四处看看，"他想好了以后如此说道，"你想吗？你想参观一下我这个地方吗？"

他是这么说的,也确实是这么想的,一次参观而已。碧穿的鞋子不对——那时候她几乎没有任何适合在这里穿的鞋子。他既没有放慢脚步等她,也没有在过小溪或翻河堤时扶她一把。他从没有向她伸出手,没有在遇到合适的树干、石头或山坡的时候提议坐下歇一歇。

他先领着她走过一条木板路,穿过一片沼泽来到一个池塘前。塘里有几只悠闲自在的加拿大雁,还有一对绕颈缠绵的天鹅。它们身体沉静,脖子却充满活力,尖尖的嘴里不断发出尖厉的嘎嘎声。"它们是一对吗?"碧问道。

"显然是。"

在这些生气勃勃的鸟儿的不远处有一只玻璃柜,里面放着几个标本:一只展翅的金雕,一头灰色的猫头鹰,还有一头雪鸮。这个展示柜其实是一个里面拆空了的旧冷藏柜,侧面开了一扇窗,上面涂着灰绿色的旋涡状图案。

"真聪明。"碧说道。

拉德纳说:"我手边有什么就用什么。"

他带她去看了海狸草甸,被海狸啃倒的尖树桩,还有它们堆起来的杂乱的巢垒。存放在标本柜里的两只海狸则有着特别浓密润泽的毛发。接下来她看了一只红狐狸,一头金色的水貂,一头雪貂,一窝小巧玲珑的臭鼬,一头豪猪,还有一头据拉德纳说凶猛得可以吃掉豪猪的渔貂。栩栩如生、紧抱树干的浣熊,仰天长啸的狼,一头黑熊刚刚抬起它那毛茸茸的大脑袋,露出一张忧伤的脸。拉德纳说那不过是头小熊。大熊他可没办法留下来,他说，它们的卖价太好了。

还有许多鸟类。野生火鸡，一对羽毛倒竖的松鸡，眼睛周围有一圈红色的野雉。标牌上注明了它们的栖息地、拉丁名称、饮食偏好和习性。一些树上也挂上了标牌，展示着严密、精确和复杂的信息。另外一些牌子上则写着名人名言。

自然从不做无用功。
——亚里士多德

自然从不欺骗我们；欺骗我们的永远是我们自己。
——卢梭

当碧停下细读这些名言时，拉德纳好像有些不耐烦，朝她微微皱了皱眉。那之后，她就不再对看到的东西发表评论了。

她记不清他们来的方向，也搞不懂这块土地的布局。他们是经过了几条不同的小溪，还是在同一条小溪上来回走了好几次？林子可能延伸出去好几英里，也可能在附近一座小山头就到了顶。叶子刚刚发芽，尚不能遮蔽阳光。延龄草遍布四野。拉德纳掀起一片鬼臼叶，让她看藏在下面的小花。肥厚的树叶，刚舒展开的羊齿草，沼泽里冒出的黄色臭菘，无处不在的树液和阳光，脚下貌似坚固的朽木。然后他们来到一个古老的苹果园，周围林木环绕，他教她寻找一种名叫羊肚菌的蘑菇。他找到了五朵，但一朵也没分给她。她则把羊肚菌和去年的烂苹果弄混了。

前面出现一座陡峭的山坡，长满了带刺的山楂树，正开着花。"孩子们把这儿叫作狐狸山，"他说，"山上有个兽穴。"

碧停住脚。"你有孩子？"

他笑了起来。"据我所知没有。我是指公路那边的孩子们。小心树枝，它们有刺。"

此时，她的情欲已经消失得无影无踪，不过山楂花的香味似乎有一种亲密的气息，一种发霉或发酵的味道。她早已不再死死盯住他肩胛骨中间的某个地方，一心希望他转过身抱住她。她意识到，这次无论从精神上还是体力上都十分消耗的游览，可能是跟她开的一个玩笑，对她的一种惩罚。不管怎么说，她都算得上是个烦人的荡妇和骗子。于是，她重拾骄傲，表现出她此行的目的正是为此。她不断提问，兴致勃勃，好像一点儿也不累。后来——但不是那天——他们做爱的时候，她得学会用同样的骄傲匹配他那冷酷无情的精力。

她没指望他邀她进屋，但他说："你想进屋喝一杯茶吗？我可以给你泡杯茶。"她跟他进了屋。迎面扑来一股兽皮味，混着硼砂肥皂、木料刨花和松节油的味道。动物皮成堆放着，带肉的一面朝外。架子上摆着形形色色的动物头颅，眼睛和嘴都给掏空了。有一样东西，她本来以为是一头被剥皮的鹿，结果不过是一副像是糊了稻草的铁丝架子。他告诉她标本的身体部分要用混凝纸浆做。

屋子里也有书——小部分是关于标本制作的，其他大部分是套装书。《二战史》《科学史》《哲学史》《文明史》《半岛战争》

《伯罗奔尼撒战争》《英法北美战争》。碧想象着他的漫长冬夜——他那秩序井然的孤独,按部就班的阅读和了然无趣的满足。

倒茶时他似乎有些紧张。他先看了看杯子有没有灰尘,忘了自己已经把牛奶从冰箱拿出来,也忘了她说过不加糖的话。她喝茶的时候他紧盯着她,问她茶泡得是否还合口。是不是太浓?要不要再加点热水?碧一再让他安心,又感谢了他的导游,还提到了一些她特别欣赏的东西。她心想,眼前的这个男人,说到底也没那么奇怪,并不那么神秘,甚至可能都没那么有趣。一层又一层的信息。英法北美战争。

她要求在茶里加点牛奶,想赶紧喝完上路。

他说,假如她再来此处转悠,又没什么特别的事可做的话,一定要再来找他。"如果你想做点户外运动,"他说,"这里总有东西可看,不管是一年中的什么时候。"他谈到冬天的鸟儿和雪地上的滑道,问她是否滑过雪。她看出他对她依依不舍。他们就站在敞开的门前,他给她讲在挪威滑雪的事,顶上装着雪橇架的电车和小镇边上的雪山。

她说她从没去过挪威,不过肯定会喜欢那里的。

现在回想起来,她觉得那一刻才是他们真正的开始。俩人都有些紧张和手足无措,不能说是不情愿,倒更像是不安,甚至替对方感到不好意思。后来她问他当时有没有什么特别的感觉,他说是的——他意识到她是一个可以与之共同生活的人。她问他是不是无法说出她是他想与之共同生活的人,他说不是,他可以说。他可以那么说,不过他没有说。

她要学的东西很多。她得学会怎样打理这个地方，还有剥制标本的艺术和技巧。比如，她得学会把油画颜料、亚麻籽和松节油巧妙地混合在一起，给动物的嘴唇、眼皮和鼻尖上色。其他要学的事情还包括他会说什么，不会说什么，好像她的肤浅、虚荣以及以前关于爱的旧观念，都必须一一得到矫正。

一天晚上，我上了他的床，他连眼皮都没从书上抬一下。甚至当我爬下床，回到自己的床上时，他也一动不动，一个字也没有对我说。我几乎立即陷入沉睡，因为我觉得受不了清醒的羞辱。

第二天早上，他上了我的床，一切如旧。

我好像迎头撞上大块大块坚硬的黑暗。

她学了，改变了。她的年龄帮了不少忙，喝酒也是。

当他习惯了她，或者说，对她有了安全感，他对她的感情反而比以前更好。他可以毫不犹豫地跟她谈他感兴趣的书，从她的身上找寻更温柔的抚慰。

手术前的那天晚上，他们紧挨着彼此躺在那张陌生的床上，所有裸露的皮肤都贴在一起——腿、胳膊和臀部。

II

莱莎告诉沃伦，一个叫碧·道兹的女人从多伦多给她打电话，问他们——沃伦和莱莎——能不能去看看她在乡下的房子，那是她和她丈夫住的地方。他们想确认家里的水龙头是不是关上了。碧和拉德纳（其实他并不是她的丈夫，莱莎说）在多伦多等着给拉德纳做手术。心脏搭桥手术。"因为水管可能会冻裂。"莱莎说。这场谈话发生在二月的一个礼拜天晚上，正是那年冬天风暴最猛烈的时候。

"你知道他们是谁，"莱莎说，"没错，你一定知道。还记得我介绍你认识的那对夫妇吗？去年一个秋天在无线电器材店外面的广场上？他脸上有一道疤痕，她留一头长发，一半黑一半白。我告诉你他是个标本制作师，你还问，'那是干什么的？'"

沃伦想起来了，一对老夫妇——其实也不算太老——穿着法兰绒衬衫和宽松长裤。他的疤痕和英国口音，她的热情洋溢和奇怪的发型。标本制作师就是往动物的尸体（或者说皮囊）里塞东西，包括鸟类和鱼类。

他当时问过莱莎："那家伙的脸怎么了？"她回答说："二战。"

"我知道钥匙在哪儿，所以她才给我打电话的。"莱莎说，"她家的房子在斯特拉顿镇。我以前住在那儿。"

"他们跟你去同一个教堂吗？还是别的什么？"沃伦问。

"碧和拉德纳？别开玩笑了。他们不过是住在公路对面。"

"也是她给我出的钱，"莱莎继续说道，好像这事他应该知道，"供我上大学。不是我跟她开的口。她就是突然给我打了个电话，说她想资助我上学。我心想，好吧，反正她有的是钱。"

※

莱莎小时候跟父亲和弟弟肯尼住在斯特拉顿镇的一个农场里。她的父亲并不务农，是修屋顶的。他只是在那儿租了一个房子。他们的母亲已经过世。到莱莎上高中的时候（肯尼比她小一岁，低两级），父亲带着他们搬到卡斯泰尔斯。他在那儿认识了一个有拖车房的女人，后来就跟她结婚了。再后来，他跟她迁到察塔姆。现在他们是在察塔姆、华莱士堡还是萨尼亚，莱莎不清楚。他们搬走的时候，肯尼已经死了。他是在十五岁那年死掉的，死于一起大型青少年撞车事故。这样的事故好像每年春天都会发生，总是跟醉酒、无照驾驶、临时偷车、乡村小道上新铺的碎石以及疯狂飙车有关。莱莎高中毕业后，去圭尔夫上了一年大学。她不喜欢大学，也不喜欢那儿的人。那时她已经成了一名基督徒。

沃伦就是这样认识她的。他家属于沃利救世主圣经教堂下面的一个教会，他一生下来就去圣经教堂。莱莎搬到沃利后也开始上这家教堂，同时也在一家政府经营的烈酒专卖店工作。现在她还在那儿上班，尽管她常会因此烦恼，有时候觉得自己应该辞掉工作。现在的她滴酒不沾，连糖也不碰。为了不让沃伦休息的时候吃丹麦酥，她给他带自家做的燕麦玛芬蛋糕。他每个礼拜三晚上会定期洗衣服，刷牙的时候会数数，每天早起做屈膝练习，读《圣经》的经文。

她觉得自己应该辞职，但他们需要钱。沃伦以前工作的那家小型发动机店已经关了门，他在接受新的培训，准备去推销电脑。他们结婚一年了。

∽

到了早上，天气转晴。快到正午的时候，他们坐上雪地车出发了。星期一是莱莎的休息日。高速公路上的雪已经铲过了，但小路仍然覆盖着积雪。雪地车在天亮前就开始在镇上穿行，在田野里和结冰的河面上留下一道道辙印。

莱莎告诉沃伦沿着河边的小路开，一直开到八十六号高速公路，然后往东北方穿过田野，这样就能绕过沼泽地。河面上到处都是动物的足印，有直线的、环状的和圆圈形的。沃伦能认出的只有狗的爪印。河上的冰有三英尺厚，再加上表面的积雪覆盖层，成了很好的行驶路面。跟往年一样，暴风雪从西边过来，因此，河岸东边的树上压着成块的积雪，树枝被撑开，看上去像柳条编的雪篮。西边的岸上，积雪起伏不平，像凝固的波浪，又像层层堆叠的巨大奶盖。在这样的景色中开着雪地车飞跑，与其他的雪地车一同在地上留下道道车印，用隆隆的响声和旋涡般的噪音打破白日的寂静，这样的感觉真让人兴奋不已。

从远处看，沼泽地是黑色的，有如北边地平线上一道长长的污渍。走近后发现它也被积雪压得透不过气来。黑色的树干映衬着白雪，一根一根地从眼前闪过，令人晕眩。莱莎用手在沃伦的腿上轻拍，示意他开上一条窄窄的小路，最后又狠狠地拍了他一下，让他停下。从噪音到沉默，从飞速到静止，这种转换好像突然从飞逝的云端掉进某个坚硬的东西里面。他们就这样卡在冬日坚实的正午里。

路的一边是一个破破烂烂的谷仓，里面露出陈旧的干草。"这就是我们以前住的地方，"莱莎说，"别当真，我是开玩笑的。其实还有一幢房子，不过现在已经不在了。"

路的另一边竖着一个牌子，上面写着"小迪斯默尔"。牌子的后面是几株树，一栋加高的浅灰色尖顶屋。莱莎说美国的什么地方还有一个沼泽地，叫"大迪斯默尔沼泽"，此地的名字就是这么来的。一个玩笑。

"从来没听说过。"沃伦说。

还有一些牌子上写着"禁止非法闯入""禁止狩猎""禁行雪地车"，还有"不得入内"。

后门钥匙放在一个古怪的地方，它先是被装进塑料袋，再放进一个树洞里。后门台阶不远处有几棵弯曲的老树，很可能是果树。藏钥匙的树洞周围涂了一圈沥青，莱莎说是为了防松鼠钻入。不过其他树的树洞周围也涂有沥青，这样藏钥匙的那个才不会显眼。"那你是怎么发现的？"莱莎指着那树洞的侧面轮廓——离近了就很容易看出——树皮上的裂痕用小刀加深过。长长的鼻子，下垂的眼睛和嘴巴，鼻尖上一大滴像鼻涕一样的东西，那就是涂过沥青的树洞。

"是不是很好笑？"莱莎说道。她把塑料袋塞进口袋，用钥匙打开后门。"别在那儿站着，"她说，"快进来。天哪，这儿简直跟坟墓一样冷。"她总是十分小心地把"耶稣"换成"天哪"，把"见鬼"换成"救命啊"，完全照教会说的做。

她在房子里走了一圈，把调暖器逐个拧开，好让地暖开始供热。

沃伦说："我们不会在这儿待很久吧？"

"待到我们暖和起来。"莱莎说。

沃伦试了试厨房的水龙头。一滴水也没有流出来。"水闸关了，"他说，"一切正常。"

莱莎已经去了客厅。"什么？"她大声叫道，"什么正常？"

"水。已经关了。"

"哦，是吗？那很好。"

沃伦在客厅的门口停下。"我们是不是应该脱掉靴子？"他问，"如果我们打算四处走动的话？"

"为什么？"莱莎问，在地毯上跺了跺脚，"干干净净的雪有什么不好？"

沃伦不是那种对房间和房里的摆设十分上心的人，不过，他确实注意到这里面的东西有些很寻常，有些则不。房间里有地毯、椅子、电视、沙发、书和一张大桌子，但也有一些架子，上面摆着一层一层的禽类标本，有的小而鲜艳，有的很大，适合射击。还有一只毛发光滑的棕色动物——鼬鼠？——和一只海狸——沃伦是根据它那扁平的尾巴来判断的。

莱莎拉开桌上的抽屉，在里面的纸堆里乱翻一气。他以为她在找那个女人要她找的东西。但接下来她把所有的抽屉都拉出来，把里面的东西底朝天地倒在地上，嘴里还发出滑稽的声响——她的舌头发出"啧啧"的赞叹声，好像抽屉是自个儿翻到地上去的。

"我主耶稣啊！"他叫道。（他从小就在教堂里生活，措辞反而没有莱莎那么小心。）"莱莎？你知道你自己在干什么吗？"

"和你一点儿关系也没有。"莱莎说。但她说话的口气兴高采烈，充满了友善。"你干吗不放松一下，看看电视或干点别的什么？"

她拿起那些摆好的鸟类和动物标本，把它们一个一个地扔到地上，本来已经一团糟的地板变得更乱了。"他用的是巴尔沙轻木，"她说，"又好看又轻巧。"

沃伦果真去打开了电视。那是台黑白电视，大部分频道除了雪花和波纹，什么也没有。唯一能看清楚的是一部老电视剧，里面有一个伊斯兰教传统服饰的金发女孩——一个女巫——和演J.R. 尤因[1]的那个演员。那时他还非常年轻，还没有成为J.R.。

"瞧这玩意儿，"他说，"简直就像时光倒流。"

莱莎没理他。他坐在一张厚厚的坐垫上，背对着她。他尽量表现得像一个大人，不去看她，好像不搭理她，她就会停下来。然而他还是能听见身后撕纸的声音。书被她从书架上取出，撕烂，然后摔到地上。他听见她跑进厨房，把抽屉一个个拉开，猛地关上碗橱的门，把碗碟摔得粉碎。过了一阵子她回到客厅，空气中立即弥漫着白色的粉末。她一定是把面粉倒在地上了。她在咳嗽。

沃伦也咳起来，不过还是没有转身。很快他就听到从瓶子里倒东西的声音，稀薄的液体的迸溅声和浓稠的液体的咕嘟声。他可以闻到醋、枫叶糖浆和威士忌的味道。她把这些东西倒到面粉、书、地毯、羽毛和动物标本上。有什么东西砸在炉子上碎了，他猜一定是威士忌酒瓶。

"打中了！"莱莎说。

沃伦没有回头。他一动不动，等待一切结束，整个身子好像都在嗡嗡作响。

一次，他跟莱莎去圣托马斯参加一个基督教摇滚乐舞会。关于基督教摇滚乐是不是应该存在，教会里存在着很大的争议。莱莎对此感到十分困扰，沃伦却没有。他去过一些摇滚乐舞会，那

---

[1] J.R. Ewing，美国二十世纪七十年代播出的电视连续剧《朱门恩怨》中的主要人物。

里的人甚至都不说自己是基督徒。但是，舞会一开始，莱莎却是最先滑入舞池的那个人，也是她招来了教会青年指导员那警觉不快的眼神。他正站在一侧，一边笑一边犹犹豫豫地鼓着掌。沃伦从来没有看过莱莎跳舞，她突然冒出的一股疯狂劲儿让他惊叹。他感到的更多是骄傲而不是担心。不过，他知道自己的感觉对她一点影响也没有。莱莎在那儿跳舞，他所能做的只有等待，看她随着音乐摇摆，屈身，弯腰，踢腿，对周围的一切都视而不见。

这才是她内心深处真正的东西！他想对所有人这么说。他觉得自己早就知道，第一次在教会见她时他就感觉到了。那是一个夏天，她戴了一顶夏天的小草帽，穿教会的女孩子都会穿的长袖裙装，但她和教会的其他女孩不一样，她的皮肤太光滑闪亮，身材太过苗条。倒也不是说她像杂志上的那些女郎，模特儿或卖弄风情的那种女人。莱莎不会那样，她的额头又高又圆，深邃的褐色眼睛，表情既凶狠又孩子气。她看上去非常特别，她也确实很特别。她那种女孩，平常连"耶稣啊！"都不会说，但在非常满足和特别懒散的时候会说"喔，他妈的！"。

她说自己在成为基督徒之前非常野。"从小就很野。"她说。

"怎么个野法？"他曾经问过她，"跟男人的那种？"

她瞪了他一眼，好像在说，别那么蠢！

沃伦感到什么东西从头皮一侧滴滴答答地流了下来。她已经偷偷溜到了他背后。他用手摸了摸脑袋，摸了一手黏糊糊的绿色的东西，闻起来一股薄荷味。

"来，喝一小口。"她说，把瓶子递给他。他喝了一口，强烈的薄荷味差点儿没把他呛死。莱莎拿过瓶子，朝前面的大窗子使劲儿扔过去。瓶子没有砸穿玻璃，但砸出许多裂缝来。瓶子也没有破——它掉到地上，一股美丽的液体从里面流了出来。墨绿色的血。窗玻璃上出现了上千条细细的裂缝，如同一个白色的光晕。沃伦起身，烈酒呛得他喘不过气来，身上也直冒热气。地板上现在一片狼藉，书撕烂了，上面污迹斑斑，酒杯砸得粉碎，小鸟标本被踩得面目全非，一摊摊的威士忌和枫糖浆，地毯上是一道道炉膛里拖出来的木炭条划出的黑印子，还有炉灰、黏糊糊的面粉和羽毛。莱莎灵巧地穿行于其中，雪地靴也挡不住她轻盈的步履。对自己截至目前的杰作，她显然十分欣赏。

沃伦举起刚才坐的坐垫，朝沙发扔了过去。坐垫砸到沙发上，没造成任何损害，但这个行为使他也被卷入其中。这不是他第一次参与破坏房屋。很久以前，他还只有九岁或十岁的时候，就曾和几个朋友在放学回家的路上闯进一栋房子。那是他朋友的婶婶住的房子，她当时不在家——她在一家珠宝店上班。她一个人住。沃伦和朋友是因为太饿才闯进去的。他们给自己做了果酱苏打饼干三明治，喝了一些姜汁汽水。然后不知怎么搞的，他们竟鬼使神差地把一瓶番茄酱倒在了桌布上，接着用手指蘸着番茄酱，在墙纸上写道："当心！血！"他们摔碎了几个盘子，还将一些食物扔得到处都是。

幸运的是，没人看见他们进屋，也没人看见他们离开。朋友的婶婶把这件怪事怪到最近被她赶出店的几个青少年头上。

想到这里，沃伦进厨房找番茄酱。他没找到番茄酱，不过找到了一罐番茄沙司。沙司比番茄酱要稀，因此效果差了不少，但他还是设法在厨房的木墙上写下了这样一行字："当心！这是你的血！"

番茄沙司有些渗进了墙板，有些还顺着往下流。趁字迹还没模糊，莱莎赶紧凑过来看，看后大笑一番。她在一地的废墟之中找到一支魔法马克笔。于是她爬到椅子上，在假血的上方写下一行字："犯罪的报应乃是死！"

"我应该多拿些东西出来，"她说，"他干活的地方到处都是油漆和粘胶，什么破烂都有。就在那间房。"

沃伦说："要我去拿吗？"

"算了。"她说，一屁股坐到沙发上——那也是客厅里不多的几个落脚处之一。"莱莎·明尼里，"她平静地说道，"莱莎·明尼里，把这个戳进肚子里！"

这是学校里的小孩子们对她唱的，还是她自己编的？

沃伦在她身边坐下来。"他们干了什么？"他问，"他们对你干了什么让你这么生气？"

"谁生气了？"莱莎一边说，一边起身去厨房。沃伦跟在她后面，看见她在电话上使劲按了几个号码。她等了一会儿，然后说："碧？"她的声音柔和，痛心，略显迟疑。"噢，碧！"她招手示意沃伦把电视关上。

他听见她说："厨房门边的窗子……我觉得是。甚至还有枫糖浆，简直令人难以置信……噢，还有那扇美丽的前窗，他们扔了什么东西上去。然后他们从炉子里拿出炭条，到处都是炉灰，还有那些栖息的鸟儿,那只大海狸。我真没法跟你描述眼前的一切……"

他回到厨房,她对他做了个鬼脸,扬了扬眉毛,一边听着电话那头的声音,一边对他撇了撇嘴。接着她继续描述屋子里损坏的东西,对碧表示同情,声音因痛苦和愤慨而颤抖。沃伦不愿意看到她现在的样子,就转身去找他们的头盔。

她挂上电话,过来找沃伦。"是她,"她说,"我已经跟你说过她对我做了什么。她送我去上了大学!"这句话又把两人逗笑了。

不过,此时沃伦的目光被地上一只鸟儿的标本吸引了。这只鸟躺在一堆乱七八糟的东西中间,羽毛湿透,无精打采地耷拉着脑袋,露出一只充满怨恨的红眼睛。"靠这个谋生真是古怪透顶,"他说,"总是被一堆死尸围绕着。"

"他们确实很古怪。"莱莎说。

沃伦说:"要是它突然呱呱地叫起来,你害怕吗?"

莱莎于是发出呱呱的叫声,打断了他的沉思。然后她碰了碰她的牙齿,用她的舌尖吻上了他的脖子。

III

碧问了莱莎和肯尼很多问题。她问了他们最喜欢的电视节目、颜色和冰激凌口味,如果可能的话,想变成什么样的动物以及还能回想起来的最早的记忆。"吃鼻屎。"肯尼说。他不是在开玩笑。

拉德纳、莱莎和碧都笑了起来,莱莎笑得最响。然后碧说:"你知道吗?那也是我最早的记忆之一!"

她在撒谎,莱莎心想,为了不让肯尼难堪,而他毫无察觉。

"这是道兹小姐,"拉德纳告诉他们,"在她面前要规矩一点。"

"道兹小姐。"碧说,好像吃了一惊,"碧。我叫碧。"

"她是谁?"等拉德纳和碧走到他们前面的时候,肯尼问莱莎,"她要跟他一起生活吗?"

"她是他的女朋友。"莱莎说。"他们很可能会结婚。"等到碧在拉德纳的屋里待了一个星期后,莱莎已经无法接受她会离开的想法。

∾

莱莎和肯尼第一次闯进拉德纳的地盘时，是从篱笆下面偷偷钻进去的，尽管所有的标识还有他们的父亲都警告他们不要进去。等他们在林子里跑得太远、莱莎又迷了路的时候，他们听见一声尖厉的哨声。

拉德纳叫住了他们："你们俩！"他从一棵树后面现身，手里握着一把小斧头，看起来就像电视上的谋杀犯。"你们俩认识字吗？"

那时他们大约六七岁的样子。莱莎回答说："认识。"

"那你们看到我的警告牌了吗？"

肯尼含含糊糊地说："一只狐狸跑了进来。"一次，父亲开车带他们经过时，他们看见一只红狐狸飞快地穿过公路，消失在林子里。父亲对他们说："那个小畜生就住在拉德纳的林子里。"

狐狸不住在林子里，拉德纳告诉他们。他带他们去看狐狸真正居住的地方。狐狸窝，他这么告诉他们。山坡上有一个洞，洞口边是一堆沙子，坡上长满了干燥强韧的草和白色的小花。"它们很快就会变成草莓。"拉德纳说。

"什么会变成草莓？"莱莎问。

"你们真是两个笨蛋。"拉德纳说，"你们一天到晚都在干什么？看电视？"

打那以后，他们开始和拉德纳一起度过周六。夏天来临以后，他们几乎天天跟拉德纳混在一起。父亲说如果拉德纳受得了他们的话,他对此没有意见。"不过最好别惹毛他,不然他会活剥了你们。"父亲说,"跟他做那些别的东西一样。你们明白我的意思吗?"

他们知道拉德纳干了什么,他让他们在旁边看。他们看过他掏空一只松鼠的头骨,用细线和大头钉把鸟的羽毛固定到最佳状态。一次,在确定他俩会非常小心之后,他还让他们来安装玻璃眼珠。他们也见过他给动物剥皮,把整块皮剥下来,用盐腌好,里朝外晒干,然后送到硝皮匠那里。硝皮时会上一种毒药,这样这块皮日后既不会开裂,也不会脱毛。

拉德纳把动物皮套在一个手工制作的假体上。鸟的身体可能就是完整的一块,用木头雕的。但动物的体型比较大,往往是混合了电线、粗麻布、粘胶、纸浆和黏土的完美组合。

莱莎和肯尼拎过被剥了皮的动物尸体,就跟绳子一样粗糙。他们摸过动物的肠子,看起来就像根塑料管,还把动物的眼珠挤得稀烂。这些事他们都跟父亲说了。"不过我们不会生病,"莱莎说,"每次我们都用硼砂皂洗手。"

他们学到的知识也不都是关于死掉的动物的:这只长着红翅膀的黑鸟在说什么?来陪我!巧妇鸟在说什么?求求你——求求你——求求你,请给我吃一块芝士。

"噢,是嘛!"父亲说。

很快他们便知道了更多事,起码莱莎如此。她了解了鸟、树、蘑菇、化石和太阳系。她知道了某些岩石的来历,秋麒麟草茎上那块凸起的地方，里面住了一条白色的小虫，这种虫在世界上任何别的地方都存活不了。

她也知道不要谈太多自己知道的东西。

碧站在池塘的岸边，穿着她那件日本和服。莱莎已经在塘里游泳了。她朝碧叫道："下来吧，快下来！"拉德纳远远地在池塘的另一边干活，砍芦苇，清理堵塞池塘的杂草。肯尼本来应该帮他的，莱莎想，跟一家人一样。

碧脱下和服，露出黄色的丝质游泳衣。她是个身材娇小的女人，黑发里掺了些许白发，厚厚地垂在肩上。眉毛又黑又粗，弯弯的，像极了她愠怒时甜蜜的嘴角，似乎在乞求人们的善待和安慰。太阳在她脸上留下了隐约的雀斑，浑身上下看上去都有点儿太柔软。她低头时，下巴和眼下会现出一些小小的褶皱。眼袋和下垂好像特别爱找上她，皮肤上也出现了凹陷或皱纹，强光照出紫色的毛细血管，凹陷处的颜色正在慢慢消退。实际上，莱莎爱的正是这些小小的瑕疵和隐蔽的损伤。她也喜欢碧眼里常常出现的潮湿，她声音里的微颤、打趣和调皮的请求，它的沙哑和不自然。莱莎衡量或评价碧的标准跟旁人不同，不过这并不是说莱莎对碧的爱来得容易或平静——她的爱是一种期待，尽管她并不知道自己在期待什么。

现在，碧走下了池塘。她是一步一步下水的。先下定决心，然后一段小跑，最后停下来。她站在齐膝深的水中，紧抱双肩开始尖叫。

"水不冷。"莱莎说。

"不,不,我很喜欢。"碧说。她一边发出欣喜的叫声,一边朝水齐腰深的地方走去。她转身面对莱莎,而莱莎此时已经游到她身后,打算朝她泼水。

"噢,别,别这么做!"碧叫起来。她开始在原地上下跳动,用手划水,她的手指张开又收拢,好像在捧花瓣。她象征性地把水朝莱莎泼去。

莱莎转过身仰面漂浮在水上,轻轻地朝碧的方向踢水。碧一上一下地跳着,躲避莱莎踢来的水。她一边跳,一边发出某种快乐又傻气的叫声,类似"噢喔,噢喔,噢喔"那样的声音。

尽管莱莎仰浮在水面上,她也能看到拉德纳停下了手里的活。他站在池塘另一边齐腰深的水里,在碧的身后。他在打量碧。然后,他也开始一上一下地跳起来。他的身体很僵硬,但脑袋剧烈地左右摇摆,两只手和翅膀一样划动或拍打着水面。他身体发颤,抽筋似的,完全沉浸在自我欣赏之中。

他在模仿碧。他在模仿碧的动作,不过是用一种可笑和难看的方式。他是故意想看碧出洋相。瞧啊,她多么虚荣,拉德纳好似在用他那生硬的动作说。看这个骗子。还假装不怕深水,假装兴高采烈,假装不知道我们瞧不起她。

这一幕太令人震惊了。莱莎拼命想憋住不笑,脸都憋得抖动起来。一部分的她想让拉德纳停下来,在造成任何伤害之前立即停止;另一部分的她则渴望看到那种伤害,拉德纳能够造成的伤害,那种撕裂,那种终极的快乐。

肯尼大叫起来。他对正在发生的事毫无觉察。

碧已经注意到莱莎表情的变化，现在又听到肯尼的叫声。她回头想看看后面是怎么回事，但拉德纳已经又钻到水里，拔起了水草。

莱莎立即踢起一阵水花，想分散她的注意力。当碧没有回应她时，她游到池塘更深处，潜入水下。她潜得很深、很深，潜到没有光亮的地方，潜到鲤鱼生活的淤泥中，她憋着气一直待在那里。她游得太远了，还被塘对岸的水草给缠住了。她浮出水面大口喘气，离拉德纳只有一两码远。

"我被水草缠住了，"她说，"差一点就被淹死了。"

"你可不会那么倒霉。"拉德纳说。他假装去拉她，趁机在她的两腿间摸了一把。与此同时，他的脸上浮现出一种虚假的震惊，好像脑子里的自己对双手的行为非常愤怒。

莱莎假装没注意到。"碧在哪儿？"她问。

拉德纳看了看对岸。"也许上岸回屋子里去了，"他说，"我没有看到她回去。"他又恢复了常态，一名正经的工匠，对刚才的愚蠢显得厌倦。拉德纳就是这样，可以在片刻之间判若两人。假如你对过去的事紧抓不放，那错的就是你。

莱莎尽可能笔直地朝塘对岸游去。她从水里起身，溅起一圈水花，十分吃力地爬上岸。她走过玻璃后面瞪着她的猫头鹰和老鹰，走过写着"自然从不做无用功"的标识。

她到处都找不到碧。沼泽那边的木板路上没有。松树下的开阔空地上也没有。莱莎走上了通往屋子后门的那条小路，中间要绕过一株山毛榉树，光滑的树皮上刻着几个名字的首字母。第一个 L 代表拉德纳，另一个 L 代表莱莎，K 则代表肯尼。一英尺以下的地方刻着 P. D. P. 三个字母。当莱莎第一次给碧看这些字母时，肯尼一拳头打在上面。"脱裤子！"①他喊道，上蹿下跳。拉德纳假装用力地敲了一下他的头。"沿此路前行！"②他解释道，指着树干上刻的弧形箭头。"别理这些满脑子下流想法的青少年。"他对碧说。

莱莎没有勇气敲门。她心里充满了内疚和不祥的预感。她觉得碧一定会离开这儿。在受到这样的侮辱之后，她怎么还能在这里继续待下去呢？她怎么能受得了他们？碧对拉德纳一无所知。她又怎么会能知道呢？莱莎也没法向别人描述他是什么样的人。在她和他的秘密生活中，最可怕的事情往往也是最有趣的，邪恶永远跟愚蠢交织在一起。你必须换上傻气的面孔和声音，假装他是一头卡通怪兽。你没法摆脱他，也不想摆脱他，就像你摆脱不了头皮发麻的感觉。

莱莎绕过屋子，走出林荫。她赤脚穿过晒得发烫的碎石路，向小路尽头的自家小屋走去。她家的房子坐落在一片玉米地中间，是木头盖的，上半部分漆成了白色，下半部分漆成亮眼的粉色，像唇膏的颜色。这是莱莎父亲的主意。也许他觉得这样可以让房子看起来新一点。也许他觉得粉色会让人感觉这个家里有个

---

① 此处原文为 "Pull down pants！" ——译者注
② 此处原文为 "Proceed down path"。P. D. P. 既是 "Pull down pants" 的缩写，也是 "Proceed down path" 的缩写。——译者注

女主人。

厨房里一团糟——麦片撒了一地,台面上洒出来的几摊牛奶已经发臭,从洗衣店取回的衣服堆满了角落的扶椅。洗碗布揉成一团——莱莎不用看也知道——混杂着水池里的垃圾。将这些收拾干净是她的工作,最好能在父亲回家以前清理完。

不过,现在她脑子里担心的不是这个。她上了楼,阁楼在斜屋顶下晒得跟烤箱一样热。她拿出她装着宝物的小袋子,袋子被她放在一只穿小了的旧橡皮靴里。没人知道这个秘密,肯尼肯定是不知道的。

袋子里有一条芭比玩偶的晚礼服,是她从以前一个玩伴那里偷来的(莱莎已经不怎么喜欢这条裙子了,但因为是偷来的,所以仍然十分珍惜)。还有一个"啪"的一声就能关上的蓝色眼镜盒,里面装着母亲的眼镜。一个手绘的木头彩蛋,是她二年级时参加复活节绘画比赛得到的奖品(蛋的里面有一个小蛋,小蛋里面又有一个更小的蛋)。她在路上捡到的一只莱茵石耳环。很长一段时间里,她都以为莱茵石就是钻石。这只耳环的设计繁复优美,圆环和扇贝形的小石头上挂着泪珠状的莱茵石。莱莎戴着它时,莱茵石泪珠几乎触碰到了她的肩膀。

她身上只穿着泳衣,只能把耳环握在手中,攥得滚烫。阁楼里的高温令她头昏脑涨,她低头在宝物袋里翻找,心里暗下决心。她渴望拉德纳林子里的树荫,好像那是一个黑色的池塘。

这栋房子周围一棵树都没有。唯一的灌木是屋后台阶边的一簇丁香,卷叶的边角已经开始发黄。周围除了玉米地和不远处那座歪歪斜斜的老谷仓，就没有别的什么了。因为谷仓随时可能倒塌，莱莎和肯尼被禁止入内。这里没有间隔，没有藏身的地方——一切都裸露着，简单自然。

然而一旦穿过公路——如同莱莎正在做的，快步走过碎石路——进入拉德纳的领地，你就好像来到一个全然不同的特殊国度。这是一片沼泽之国，如丛林般幽深，到处都是虫蝇、凤仙花和臭菘，蕴含着热带丛林的危险和复杂。然后是松树林，高耸的枝干，松针铺就的地毯，和林间低吟的风声，庄严如同教堂。还有雪松的下垂枝条形成的幽暗空间，完全被遮蔽的隐秘小屋和光秃秃的泥地。阳光在不同的地方以不同的方式投射进来，有的地方没有丝毫光线。林子里有些地方的空气浓稠而私密，在另一些地方你又能感受到轻快的微风。林子里的气味时而刺鼻时而诱人。一些小路让你不得不循规蹈矩，还有一些石头则故意摆放得逼你疯狂一跃。就是在这些地方，拉德纳教会了他们如何分辨山核桃树和白胡桃树，如何区分恒星和行星。这也是他们奔跑、喊叫和倒挂在树枝上表演各种惊险把戏的地方。也就是在这里，莱莎开始觉得大地上也有瘀伤，青草的触拂会带来瘙痒和羞耻。

P. D. P.

擦车童。

擦——揉——揉。

当拉德纳抓住莱莎，把整个身子压上来的时候，她感到了他内心深处的危险,一种机械的噼啪声,仿佛他会在一道强光下消耗殆尽,除了黑烟、焦味和一堆磨损的电线外什么也不剩。然而他重重地倒下,像是动物的皮毛猛然脱离了骨肉。他笨重而无助地躺在那里,有一刻,莱莎甚至肯尼都觉得瞟一眼他都是在犯罪。他的声音好像从呻吟的身体深处发出,说他们太坏了。

他虚弱地咂了咂舌头,眸子深处闪着光。他的眼睛又硬又圆,如同动物的玻璃眼珠。

太坏了——太坏了——太坏了。

"这是我见过的最可爱的礼物,"碧说,"莱莎,告诉我,这是你母亲留给你的吗?"

莱莎说是的。现在她明白单只耳环会让人觉得既孩子气又可怜——也许是故意装可怜。把它作为宝物珍藏似乎也很愚蠢。但是,如果这是母亲留下的东西,人们就可以理解了,这份礼物因此也具有了某种重要性。"你可以把它挂在项链上,"她说,"假如你把它挂在项链上,就能戴在脖子上。"

"我也是这么想的,"碧说,"我正想着把它挂在一条链子上,一定很可爱——一条银链子,你不觉得吗?噢,莱莎,你把它送给我,这让我感到很骄傲。"

"你可以把它挂在鼻子上。"拉德纳这么说,不过并没有讽刺的意味。现在他很平静,是那种精力耗尽的平静。他提到碧的鼻子,好像琢磨它是件很愉快的事。

拉德纳和碧坐在屋后的李子树下。他们坐在碧从城里运来的藤椅上。她没有带很多家当过来——屋里摊满了拉德纳的兽皮和工具,她只能见缝插针营造出一些休憩的空间。这几把椅子,一些杯子,还有一只坐垫。他们正在喝的酒杯。

碧已经换上了一条布料轻软的深蓝色裙子,松松地从肩膀上垂下来。她让水晶耳环从指缝里流过,让它掉在蓝裙子的褶皱里熠熠发光。她最终还是原谅了拉德纳,也许是说服自己把那件事忘了。

假如碧愿意,她是能够在周围营造安全感的。她当然可以。她只需要把自己变成一个不同的女人,那种坚定不移、界限分明的女人,行事果决、精力充沛、眼睛里容不下沙子。都不行。不允许。听话。这个能拯救他们的女人,她可以让他们都变好,并一直好下去。

上帝赋予了碧使命,尽管她并不自知。

只有莱莎看到了。

IV

莱莎从外面把门锁上。她把钥匙放进塑料袋里,再把塑料袋放进树洞里。然后,她朝雪地车走去。看到沃伦没动时,她对他说道:"你怎么回事?"

沃伦说:"后门旁边的窗子怎么办?"

莱莎深深地呼出一口气。"噢,我真是一个笨蛋!"她说,"我是个彻头彻尾的笨蛋!"

沃伦回到窗边,朝窗框的底部狠狠踢了一脚,然后又从锡皮屋的柴堆里抽出一根木棍,把玻璃打碎。"大得够一个小孩钻进去了。"他说。

"我怎么这么蠢?"莱莎说,"你救了我的命。"

"我们的命。"沃伦说。

锡皮屋没有锁,他在里面找到一些纸板箱、木头和简单的工具。他从纸箱上撕下一块大小合适的纸板,非常满意地把它钉到刚刚砸碎的窗户上去。"不然动物会钻进去。"他对莱莎说。

干完这活儿后,他发现莱莎进了积着雪的林子里。他追她。

"我好奇那头熊是否还在那里。"她说。

他想说熊不会向南走这么远,不过她没有给他机会。"你能根据树皮认出这是什么树吗?"她问。

沃伦说就是看树叶他也认不出是什么树。"好吧,枫树,"他说,"枫树和松树。"

"雪松,"莱莎说,"你一定得认识雪松,还有野樱桃。那儿有白桦。白色的。看到那棵灰皮树了吗?那是一棵山毛榉。瞧,树皮上还刻着字母,不过已经长开了,现在看上去跟树斑没什么不同。"

沃伦对这些不感兴趣,他只想回家。才午后三点,但你可以感觉到暮霭在林子里慢慢聚拢,上升,好像雪地里冒起的寒烟。

图书在版编目（CIP）数据

公开的秘密／（加）艾丽丝·门罗著；张洪凌译． —— 北京：北京十月文艺出版社，2024.1
ISBN 978-7-5302-2285-0

Ⅰ．①公… Ⅱ．①艾… ②张… Ⅲ．①短篇小说－小说集－加拿大－现代 Ⅳ．① I711.45

中国国家版本馆 CIP 数据核字（2023）第 016606 号

著作权合同登记号　图字：01-2022-6958

Open Secrets by Alice Munro
Copyright © 1994 by Alice Munro
This edition is arranged with William Morris Endeavor Entertainment, LLC.
through Andrew Nurnberg Associates International Limited
Simplified Chinese edition © 2024, Thinkingdom Media Group Limited.
All rights throughout the world are reserved to Alice Munro.

公开的秘密
GONGKAI DE MIMI
[加拿大] 艾丽丝·门罗 著
张洪凌 译

出　　版	北京出版集团	
	北京十月文艺出版社	
地　　址	北京北三环中路 6 号	
邮　　编	100120	
网　　址	www.bph.com.cn	
发　　行	新经典发行有限公司	
	电话 010-68423599	
经　　销	新华书店	
印　　刷	山东韵杰文化科技有限公司	
版　　次	2024 年 1 月第 1 版	
印　　次	2024 年 3 月第 2 次印刷	
开　　本	850 毫米 ×1168 毫米　1/32	
印　　张	10.5	
字　　数	220 千字	
书　　号	ISBN 978-7-5302-2285-0	
定　　价	59.00 元	

如有印装质量问题，由本社负责调换。
质量监督电话　010-58572393

版权所有，未经书面许可，不得转载、复制、翻印，违者必究。